veja

# DEZ ANOS EM DEZ TEMAS

## UM OLHAR SOBRE A ÚLTIMA DÉCADA NAS GRANDES REPORTAGENS E ENTREVISTAS DA REVISTA

| BRASIL | ECONOMIA | INTERNACIONAL |
| EDUCAÇÃO | SAÚDE | CIÊNCIA | VIDA DIGITAL |
| ESPORTE | CULTURA | MEMÓRIA |

E23v Editora Abril.

Veja: dez anos em dez temas - um olhar sobre a última década nas grandes reportagens e entrevistas da revista. / organizado por Eurípedes Alcântara; editado por Fábio Altman e Rinaldo Gama. - São Paulo: Abril, 2016.
212 p ; il. ; 23 cm.

ISBN 978-85-5579-018-8

1. Jornalismo. 2. Reportagens. 3. Reportagens – Compilação. I. Título. II. Alcântara, Eurípedes. III. Altman, Fábio. IV. Gama, Rinaldo.

CDD 070.43

2016



Av. Nações Unidas, 7221 – 05425-902 – Pinheiros – São Paulo – SP – Brasil

# SUMÁRIO

nferno para mulheres | A 5 quilômetros do terror | Co
terror | A rede – O terror finca bases no Brasil | **EDUCA**
ro | **SAÚDE** | Amor eterno pelo colesterol | Cirurgia ép
**CIA** | Encaixou-se perfeitamente | Um grande passo
**DIGITAL** | O tempo da internet das coisas | Ele esteve n
**RTE** | Jogo sujo | Fala a lenda viva do esporte | **CULTU**
ão | Enfim, um herói do lado certo | Vingança – A en
lo o paranoico tem razão | O terror dos modera
e Jobs – "Quero deixar uma marca no universo" | Ma
| Michael Jackson – Uma lenda envolta em mistério, c
abeth Taylor – A estrela ardente | Gabriel García Márq
abirinto | **BRASIL** | O homem-chave do PTB | Eles qu
| Os segredos do mensalão | O delator entrega os nom
n ministro como ele | Uma visão crítica das coisas | Verd
ne von Richthofen | **ECONOMIA** | Oi, Brasil, estamos
nbala o PIB | Índia – Avanço, mas não de tigre. De ele
**AL** | Darfur – À espera de um salvador | Afeganistão
es | A 5 quilômetros do terror | Como se perde um filho
O terror finca bases no Brasil | **EDUCAÇÃO** | Voando
Amor eterno pelo colesterol | Cirurgia épica ao som de
ou-se perfeitamente | Um grande passo para a human
| O tempo da internet das coisas | Ele esteve no ol
**TE** | Jogo sujo | Fala a lenda viva do esporte | **CULTU**
ão | Enfim, um herói do lado certo | Vingança – A em
lo o paranoico tem razão | O terror dos modera
e Jobs – "Quero deixar uma marca no universo" | Ma
| Michael Jackson – Uma lenda envolta em mistério, d
abeth Taylor – A estrela ardente | Gabriel García Márq

# CORRUPÇÃO E OUTROS CRIMES

Primeiro veio o mensalão, o esquema torneado no início do mandato presidencial de Luiz Inácio Lula da Silva para a compra de apoio ao seu governo no Congresso. Era, até então, o maior escândalo da história do país. Em pouco tempo, no entanto, ele foi superado pelo petrolão, uma megaoperação instalada no interior da Petrobras. Dos contratos bilionários da estatal saíam porcentuais de propina para abastecer partidos, campanhas e políticos da base governista. Criados pelas mesmas cabeças, e unidos pelo objetivo comum de financiar o projeto de poder eterno alimentado pelo PT, mensalão e petrolão foram esmiuçados por VEJA em reportagens exclusivas. Quatro delas estão nas páginas a seguir. Na sequência, vem o perfil de um então ministro do STF, hoje aposentado, transformado em celebridade durante o processo do mensalão: Joaquim Barbosa. A decepção com a esquerda em meio à avalanche de denúncias de casos de corrupção aparece de forma veemente na entrevista concedida pelo poeta Ferreira Gullar, um ex-militante do Partido Comunista Brasileiro. Completa esta seção uma reportagem sobre Suzane von Richthofen, protagonista de um crime que chocou o país. Condenada a 39 anos e seis meses de prisão, e atualmente cumprindo pena em regime semiaberto, Suzane recebeu VEJA em abril de 2006, três meses antes de seu julgamento.

18 DE MAIO, 2005

# O HOMEM-CHAVE DO PTB

O caso que se vai ler é um microcosmo da corrupção no Brasil. Dá arrepios pensar que a mesma coisa está ocorrendo agora em milhares de outras repartições, prefeituras, câmaras municipais...

**Policarpo Junior**

**HÁ UMA CENA RECORRENTE** na política nacional: são os políticos disputando, com unhas e dentes, a ocupação de cargos em todos os níveis de governo, da Esplanada dos Ministérios às câmaras municipais. Agora mesmo, uma parte do PMDB tem feito tudo para complicar a vida do Palácio do Planalto porque não conseguiu emplacar seu candidato a diretor de engenharia da Eletronorte, uma das grandes estatais elétricas do país, cujo patrimônio chega perto de 10 bilhões de reais. Por quê? Por que os políticos fazem tanta questão de ter cargos no governo? Para uns, o cargo é uma forma de ganhar visibilidade diante do eleitor e, assim, facilitar o caminho para as urnas. Para outros, é um instrumento eficaz para tirar do papel uma ideia, um projeto, uma determinada política pública. Esses são os políticos bem-intencionados. Há, porém, uma terceira categoria formada por políticos desonestos que querem cargos apenas para fazer negócios escusos, cobrar comissões, beneficiar amigos, embolsar propinas, fazer caixa dois, enriquecer ilicitamente. Quem tem intimidade com o poder em Brasília sabe que esses casos não são exceção, e em alguns bolsões de corrupção são até mesmo a regra. Raro, mesmo, é flagrar um deles em pleno voo. Foi o que VEJA conseguiu na semana passada.

Há um mês, dois empresários estiveram no prédio central dos Correios, em Brasília. Queriam saber o que deveriam fazer para entrar no seleto grupo de empresas que fornecem equipamentos de informática à estatal. Foram à sala de Maurício Marinho, 52 anos, funcionário dos Correios há 28, que desde o fim do ano passado chefia o departamento de contratação e administração de material da empresa. Marinho foi objetivo na resposta à indagação dos empresários. Disse que, para entrar no rol de fornecedores da estatal, era preciso pagar propina. "Um acerto", na linguagem do servidor. Os empresários, sem que Marinho soubesse, filmaram a conversa. A fita, à qual VEJA teve acesso, tem uma hora e 54 minutos de duração. É uma aula de corrupção, arrematada por uma cena lapidar: os empresários, a título de adiantamento de propina, colocam sobre a mesa um maço de 3 000 reais. Marinho pega o bolo de dinheiro, olha rapidamente e, sem conferir, coloca-o no bolso esquerdo de seu paletó. Antes e depois de embolsar os 3 000 reais de entrada, Marinho narra detalhes operacionais dos esquemas que patrocina nos Correios. Conta em que negócios é mais fácil roubar, quais os porcentuais de propina mais adequados para cada negócio e como os pagamentos podem ser feitos. "Várias formas", ensina. "Dólares, euros, tem esquema de entrega em hotéis. Se é em reais, tem gente que faz ordem de pagamento, abre conta."

Nos trechos mais relevantes da conversa, Maurício Marinho explica que está ali em nome de um partido, o PTB, e sob ordens de um político, o deputado Roberto Jefferson, presidente do PTB. "Ele me dá cobertura, fala comigo, não manda recado", diz Marinho, mostrando toda sua intimidade com o cardeal petebista. "Eu não faço nada sem consultar. Tem vez que ele vem do Rio de Janeiro só para acertar um negócio. Ele é doidão." Em entrevista a VEJA, concedida através de uma ligação de celular, Marinho disse que não é filiado a nenhum partido e alegou que mal conhece Roberto Jefferson, a quem teria encontrado só duas vezes. "Uma vez no aeroporto e outra num evento, há um ano, alguma coisa do partido", disse ele. Na fita, a realidade é outra. Marinho chefia um departamento subordinado à diretoria de administração dos Correios. Desde o ano passado, o diretor de administração é Antonio Osório Batista, ex-deputado do PTB da Bahia, que chegou ao cargo por indicação de Roberto Jefferson. Na conversa gravada, Marinho conta que o diretor, um assessor e ele próprio integram um mesmo grupo e executam uma mesma missão para um mesmo patrão.

"Nós somos três e trabalhamos fechado. Os três são designados pelo PTB, pelo Roberto Jefferson", comenta o funcionário. "É uma composição com o governo. Nomeamos o diretor, um assessor e um departamento-chave. Eu sou o departamento-chave. Tudo o que nós fechamos o partido fica sabendo." Será que Maurício Marinho, querendo parecer mais importante do que de fato é, começou a inventar? VEJA checou os episódios a que ele faz referência na conversa e, nos casos verificados, conclui-se que ele não tinha intenção alguma de projetar uma imagem falsa para seu interlocutor. A certa altura, ele conta que, depois de dois anos de luta, o PTB finalmente vai nomear o diretor de tecnologia dos Correios. "O novo diretor é da nossa agremiação. Quem vai cobrir a diretoria de tecnologia é o Fernando Bezerra, líder do PTB no Senado, com o apoio do Roberto Jefferson." E quem será o diretor? "O Ezequiel", diz Marinho. Na semana passada, o ministro das Comunicações, Eunício Oliveira, confirmou a VEJA que o novo diretor de tecnologia será Ezequiel Ferreira de Souza. "Recebi da Casa Civil a determinação de trocar o diretor de tecnologia por uma indicação do PTB, feita pelo senador Fernando Bezerra", informou o ministro. Bingo.

Em outro trecho, Marinho fala sobre um projeto dos Correios para fornecer medicamentos mais baratos a seus funcionários. Diz que haverá uma licitação para contratar a empresa que se encarregará de comprar remédios e credenciar farmácias. "É uma brincadeirinha de 60 milhões de reais", contabiliza Marinho. Ele diz ainda que o edital foi preparado por sua turma de tal forma que as vencedoras sejam quatro empresas indicadas por políticos amigos. "Nós temos de atender às quatro que vieram indicadas pelo deputado A e pelo senador B", afirma. "Ele *(refere-se ao diretor de recursos humanos, indicado pelo PMDB da Paraíba)* é que vai fechar a participação. O acerto é dele. Dessa participação dele, vai uma parte para o nosso partido. A licitação vai estar saindo nos próximos dias", completou. Na semana passada, apareceu no site dos Correios o edital de convocação para empresas interessadas em participar da licitação de 60 milhões de reais. Bingo, de novo.

Quando narra o empenho no esquema do deputado Roberto Jefferson, o homem que lhe dá cobertura e não manda recado, Marinho também não parece fantasiar. VEJA ouviu um ex-frequentador da alcova petebista, que já ocupou alto cargo federal por indicação do partido. Pedindo para não ter sua identidade revelada, ele conta que Roberto Jefferson promove reuniões periódicas com seus indicados para avaliar resultados financeiros. "Chega a ser constrangedor. Nas reuniões, fala-se abertamente das possibilidades de negócio, de quanto vai render e de como será feita a distribuição do dinheiro. Não há meias palavras", diz. Há casos em que são fixadas até metas. No fim do ano passado, por exemplo, o diretor de uma estatal controlada pelo PTB recebeu a visita do corretor de seguros Henrique Brandão, amigão de Roberto Jefferson. Na visita, Brandão disse ao diretor que, a partir daquela data, ele tinha de arrecadar 400 000 reais mensais para o PTB. Até ensinou como: fazer acordos com credores dispostos a pagar comissão sobre o que recebessem. Procurado por VEJA, Henrique Brandão, cujo escritório no Rio de Janeiro abriga uma peculiar coleção de 200 corujas empalhadas, confirmou que é amigo de Roberto Jefferson, mas disse que suas incursões políticas se limitam a defender os interesses dos corretores de seguros.

Fundado em 1945 pelo presidente Getúlio Vargas, o PTB de hoje não mantém nem parentesco distante com sua origem trabalhista e seu discurso nacionalista. Sufocado na ditadura militar (1964-1985), o partido só voltou ao cenário político nos anos 80 e, na década seguinte, aliou-se ao então presidente Fernando Collor, levado pelas mãos de José Carlos Martinez, morto num desastre aéreo. O deputado Roberto Jefferson, que é filiado ao PTB há mais de vinte anos, celebrizara-se pelo empenho com que integrou a tropa de choque de Collor. Desde o impeachment, o PTB participa de todos os governos, sempre beliscando um cargo aqui, outro cargo ali. Agora, no governo petista, porém, adquiriu força e vigor ímpares. Estima-se que o PTB tenha hoje cerca de 2 000 cargos de confiança no governo, a mesma cifra sob controle do PL do vice-presidente José Alencar. O mais vistoso é o Ministério do Turismo, ocupado por Walfrido Mares Guia, cujo orçamento é de 1 bilhão de reais. Mas, além do ministro, o PTB tem outros cargos valiosos.

Nos escalões superiores, os petebistas detêm mais de uma dúzia de cargos. Entre eles, há potências como a presidência da Eletronorte, ocupada pelo correligionário Roberto Salmeron. Uma das três maiores estatais elétricas do país, a Eletronorte tem mais de 5 000 funcionários e um orçamento de 940 milhões de reais. O PTB também cravou sua bandeira na gorda diretoria financeira da Transpetro, que cuida da frota que transporta o petróleo brasileiro e tem 350 milhões de dólares em investimento. O diretor financeiro da Transpetro, Álvaro Gaudêncio Neto, também faz parte da comissão que comanda a licitação para a compra de 42 petroleiros, aquisição de 1,9 bilhão de dólares. O PTB tem, ainda, a diretoria de operações e logística da BR Distribuidora, ocupada por Fernando Cunha, pela qual passam negócios de mais de 800 milhões de reais por ano. Somando-se os cargos de alto escalão, incluindo uma portentosa vice-presidência da Caixa Econômica Federal, o partido tem sob seu comando 14,5 bilhões de reais, fortuna equivalente à metade do PIB do Uruguai.

Com tanto terreno ocupado no governo petista, o PTB já protagonizou outros casos de corrupção. Em julho de 2003, seu indicado para a diretoria financeira do Departamento de Infraestrutura de Transportes, Sérgio Pimentel, foi demitido sob a suspeita de que vinha cobrando propina para liberar pagamentos do órgão. Em setembro do ano passado, o PTB apareceu no centro de outro escândalo. VEJA noticiou que o PT comprara o apoio do PTB, pagando 150 000 reais a cada deputado. O homem da mala, que se encarregou de levar a primeira parcela do pagamento aos deputados, foi o senhor Emerson Palmieri, que já foi tesoureiro do PTB. Palmieri é personagem tarimbado em histórias esquisitas. Em 2002, quando o jornal *Folha de S.Paulo* revelou a existência de um caixa dois do então prefeito de Curitiba, Cassio Taniguchi, Palmieri aparecia como beneficiário de 560 000 reais. Palmieri era um dos coordenadores da campanha presidencial de Ciro Gomes, que o afastou depois do escândalo. Hoje, reabilitado pelo PT, ele é diretor de administração e finanças da Embratur, cargo que controla 165 milhões de reais. O que andará fazendo Palmieri com poder sobre tanto dinheiro público? Ninguém perde por esperar.

Na origem da praga da corrupção no governo estão os 25 000 cargos de confiança no governo federal, que são ocupados por indicação política. Estima-se que, do total, os petistas ocupem 16 000 cargos. Os outros 9 000 estão sob o controle dos partidos aliados. Se, por hipótese, 95% dos que batalharam para ocupar esses postos foram movidos por objetivos íntegros, pelo interesse de fazer política à luz do dia e executar idéias defendidas nos programas de seus partidos, ainda assim haveria 1 250 cargos nas mãos de pilantras. É uma floresta de cargos. A forma mais eficaz de evitar que esse festival de irregularidades prossiga é reduzir o número monumental de 25 000 cargos de preenchimento político, todos eles, um a um, controlados pelo chefe da Casa Civil, o ministro José Dirceu. Na Inglaterra, cada novo governo dispõe de algo em torno de 100 cargos para preencher. Na França, o número não passa de 1 000. Nos Estados Unidos, são 5 000. "A superdimensão da patronagem no Brasil gera distorções perigosas, abre a porta para a corrupção, para o nepotismo e quebra a rotina da administração, o que aumenta a ineficiência do Estado e os gastos públicos", analisa o cientista político Jairo Nicolau, do Instituto Universitário de Pesquisas do Rio de Janeiro, o Iuperj.

As intenções espúrias são tão escancaradas que, nos últimos anos, até os cargos preferidos foram mudando, e sempre por razões pecuniárias. No primeiro governo tucano, por exemplo, os alvos prediletos eram estatais com farta carteira de investimentos e aquelas que seriam objeto de privatização. Atualmente, em função do rígido ajuste fiscal implementado pelo ministro Antonio Palocci, o interesse dos políticos migrou para cargos que ficam fora do alcance do contingenciamento do Orçamento. É o caso de Eletrobras, Furnas, Correios, Itaipu, Infraero, Petrobras, todas empresas com autonomia orçamentária. Antes, o Ministério dos Transportes e suas autarquias eram cobiçadíssimos pelos políticos, tanto que, nessa área, havia um feudo indomável do PMDB. Era uma época em que esses órgãos recebiam cerca de 50% do que se previa no Orçamento. Hoje, os políticos nem falam mais de órgãos nos Transportes. Examinando-se o Orçamento, descobre-se por quê: a liberação orçamentária atualmente mal passa de 10%. Entre os cargos preferidos atualmente, incluem-se ainda postos nos ministérios da Saúde e da Educação. Só porque administram verbas cujo repasse é obrigatório.

Com um punhado de cargos e montanhas de dinheiro, o PTB, mesmo assim, não está satisfeito com seu quinhão no governo. No vídeo em que achaca dois empresários, Maurício Marinho diz que o esquema ainda é malfeito. "O partido é muito desorganizado", reclama. Para enfrentar as próximas eleições, ele defende que a logística da propina seja planejada com antecedência. "Nós temos de ver quantos vão ser os candidatos, o que é que vamos dar pra cada um, o que é que compete aos Correios, à Infraero, à Eletronorte, à Petrobras." Em tempo: o PTB tem apaniguados ocupando cargos em cada uma das quatro empresas citadas. Em seguida, Marinho conta seus planos de assumir, ele mesmo, uma diretoria dos Correios em abril do ano que vem, quando muitos deixarão os cargos para se candidatar nas eleições. Na semana passada, porém, quando VEJA já investigava o caso de corrupção em que se envolveu, Marinho foi afastado da chefia do departamento pelo diretor Osório Batista, o ex-líder do PTB baiano. "Ele é um profissional competente, com currículo espetacular", diz Osório Batista. Então por que foi afastado do cargo? Problemas de saúde. "Sou diabético e estou tratando do fígado", explicou Marinho. Será que o deputado Roberto Jefferson sabia disso? Procurado por VEJA, o deputado preferiu manter silêncio.

---

**Com reportagem de Otávio Cabral e Alexandre Oltramari**

18 DE ABRIL, 2012

# ELES QUEREM APAGAR O MENSALÃO

Com o julgamento do mensalão pelo Supremo a caminho, os petistas lançam uma desesperada ofensiva para tentar desviar a atenção dos crimes cometidos por eles no que foi o maior escândalo de corrupção da história brasileira

**Daniel Pereira** e **Hugo Marques**

**JOSEF STALIN,** o ditador soviético ídolo de muitos petistas, considerava as ideias mais perigosas do que as armas e, por isso, suprimiu-as, matando quem teimava em manifestá-las. O PT até que tenta se arejar, exercitar certo pluralismo, mostrar respeito às leis e conduzir as instituições do país que ele governa não como propriedade particular do partido, mas reconhecendo-as como conquistas da sociedade brasileira. Mas basta uma contrariedade maior para que o espírito de papai Stalin baixe e rasgue a fantasia democrática dos petistas parcialmente convertidos ao convívio civilizado. A contrariedade de agora é a proximidade do julgamento pelo Supremo Tribunal Federal (STF) da maior lambança promovida pelos petistas com dinheiro sujo, que produziu o escândalo entronizado no topo do panteão da corrupção oficial brasileira com o nome de mensalão. Sussurre esse nome aos ouvidos de um petista nos dias que correm e ele vai reagir como se uma buzina de ar comprimido tivesse sido acionada a centímetros de seus tímpanos. A palavra de ordem emanada do comitê central sairá automaticamente: "Isso é invenção da oposição e da imprensa!".

Como formigas guiadas por feromônios, os militantes de todos os escalões, de ministros de Estado aos mais deploráveis capangas pagos com dinheiro público na internet, vão repetir disciplinadamente o mantra de que o mensalão "foi uma farsa". Ele vai ser martelado sobre os cinco sentidos dos brasileiros na tentativa de apagar os crimes cometidos pelos petistas e, seguindo a cartilha stalinista, fazer valer as versões sobre os fatos, transmutar culpados em inocentes e, claro, apontar bodes expiatórios como responsáveis pelas próprias misérias morais que eles infligiram ao país, a si mesmos e a sua reputação, firmada quando na oposição, de paladinos da ética. Esse processo perverso de reescrever a história está em curso em Brasília, em pleno século XXI. Sua mais recente iniciativa é a iminente instalação de uma Comissão Parlamentar de Inquérito (CPI) mista do Congresso Nacional, a primeira do governo Dilma Rousseff. O objetivo declarado — e desejável — da CPI é elucidar os limites da atuação no mundo oficial do contraventor Carlos Cachoeira, que explorava o bingo ilegal em Goiás e se encontra trancafiado em presídio de alta segurança. Acusado de receber dinheiro para defender os interesses do contraventor no governo e no Legislativo, o senador Demóstenes Torres, do DEM, está a caminho de perder o mandato. Razões para uma investigação republicana, portanto, não faltam. O problema está nos objetivos subalternos da CPI, que os petistas e seus aliados mal conseguem esconder nas conversas: criar um fato novo e, assim, desviar o foco da atenção da opinião pública do julgamento do mensalão. Eles esperam que as investigações produzam imagens que ajudem a demonstrar a tese central do presidente Lula sobre o mensalão, a de que o PT fez apenas o que todo partido político sempre fez. Esperam também criminalizar jornalistas para quem Carlos Cachoeira serviu de fonte sobre o que ia nos subterrâneos da corrupção no mundo oficial em Brasília, terreno que ele frequentava com especial desenvoltura.

Em resumo, o PT espera desmoralizar na CPI todos que considera pessoal ou institucionalmente responsáveis pela apuração e divulgação dos crimes cometidos pelos correlegionários no mensalão — em especial a imprensa. Por quê? Principalmente porque o esquema de compra de apoio parlamentar pelo governo do PT começou a ser desbaratado em 2005, após uma reportagem de VEJA mostrar um funcionário dos Correios cobrando e recebendo propina em nome do PTB. Depois disso, o presidente do partido, o ex-deputado Roberto Jefferson, revelou ao país que parlamentares recebiam dinheiro na boca do caixa para votar com o Planalto. O chefe do esquema era o então ministro da Casa Civil José Dirceu, que vivia repetindo o bordão segundo o qual não fazia nada sem o conhecimento do presidente Lula. Tanto a CPI dos Correios quanto a Procuradoria-Geral da República deixaram claro que parte do dinheiro que financiou o mensalão saiu dos cofres públicos. Durante as investigações, o então marqueteiro de Lula, Duda Mendonça, admitiu ter recebido dólares por fora, no exterior, por serviços prestados na campanha do presidente. Foi tão grave e acintosa a agressão dos petistas às leis brasileiras no mensalão que, tecnicamente, o presidente Lula poderia ter sofrido um processo de impeachment. Seu mandato foi preservado por falta de apetite da oposição e pelo cálculo, que se mostraria redondamente equivocado, de que Lula definharia no poder, sangrando pouco a pouco em consequência do mensalão. Nada disso ocorreu. Lula deu uma magnífica volta por cima, reelegeu-se, fez a sucessora e saiu do Palácio do Planalto da mesma forma que entrou — nos braços do povo.

Agora o fantasma do mensalão volta a ameaçar a hagiografia do líder petista — e a ordem de cima é atropelar quaisquer escrúpulos para preservar Lula. "A bancada do PT defende uma CPI para apurar esse escândalo dos autores da farsa do mensalão. É preciso que a sociedade organizada, movimentos populares, partidos políticos comprometidos com a luta contra a corrupção, como é o PT, mobilizem-se para impedir a operação-abafa e para desvendar todo o esquema montado por esses criminosos, falsos moralistas que se diziam defensores da moral e dos bons costumes", declarou Rui Falcão, deputado paulista, presidente nacional do PT. A forma cristalina pela qual Falcão explica os objetivos do partido na CPI parece a transcrição perfeita de uma cartilha de propaganda soviética. Dado que os companheiros cometeram crimes no mensalão e que esse fato é devastador para o partido que no passado empunhou a bandeira da ética para vencer a antipatia e a desconfiança da classe média brasileira, vamos tentar mudar a percepção da realidade e acionar os companheiros para ver se cola a ideia de que o mensalão foi uma armação cujos responsáveis, vejam só que coincidência, estão todos orbitando em torno de um contraventor cujas atividades vão ser investigadas por uma CPI.

A lógica política de Falcão é irretocável — até certo ponto. Esse truque funcionou na União Soviética, funcionou na Alemanha nazista, funcionou na Itália fascista de Mussolini, por que não funcionaria no Brasil? Bem, ao contrário dos laboratórios sociais totalitários tão admirados por petistas, o Brasil é uma democracia, tem uma imprensa livre e vigilante, um Congresso eleito pelo voto popular e um Judiciário que, apesar de fortemente criticado recentemente, tem demonstrado independência e vigor doutrinário. Isso significa que, para o delírio de Falcão se materializar, é preciso neutralizar as instâncias democráticas, calando-as ou garantindo que a estridência radical petista supere as vozes da razão e do bom-senso.

Uma CPI dominada pelo PT e seus mais retrógrados e despudorados aliados é o melhor instrumento de que a falconaria petista poderia dispor — pelo menos na impossibilidade, certamente temporária para os falcões, de suprimir logo a imprensa livre, o Judiciário independente e o Parlamento, fósseis de um sistema burguês de dominação que está passando da hora de ser superado pelo lulopetismo, essa formidável invenção tropical diante da qual empalidecem todos os demais arranjos político-sociais do mundo atual. Mas, enquanto o triunfo final não vem, os falcões petistas vão se contentar em usar a CPI para desmoralizar todos os personagens e forças que ousem se colocar no caminho da marcha arrasadora da história, que vai lançar ao lixo todos os que atacaram o PT e, principalmente, seu maior líder, o ex-presidente Lula.

Não por acaso, a estratégia que a falconaria petista está executando disciplinadamente em Brasília saiu da cabeça de Lula. Em novembro de 2010, a menos de dois meses do término de seu segundo mandato, o então presidente recebeu o ex-ministro e deputado cassado José Dirceu para um café da manhã no Palácio da Alvorada. À mesa, Lula prometeu a Dirceu, o mais influente quadro da engrenagem petista, que lançaria uma ofensiva para desmontar "a farsa do mensalão" tão logo deixasse o cargo. Não era bravata. Conforme prometido, essa cruzada para abafar o maior escândalo de corrupção da história recente do país começou a se materializar em pequenos movimentos. Foi ela que levou à eleição do petista João Paulo Cunha, um dos 36 réus no processo do mensalão, para a presidência da Comissão de Constituição e Justiça da Câmara em 2011, o que garantiu a ele uma posição privilegiada para dialogar com a cúpula do Poder Judiciário. Foi ela também que resultou na nomeação do petista José Genoíno, outro réu no processo, para o cargo de assessor especial do então ministro da Defesa, Nelson Jobim, ex-presidente do Supremo Tribunal Federal (STF), justamente a corte que julgará o caso.

Esses dois movimentos da reação capitaneada por Lula foram costurados nos bastidores. Fizeram parte de uma estratégia silenciosa destinada a reabilitar publicamente as estrelas petistas envolvidas até o pescoço com os desvios de dinheiro público para abastecer o caixa partidário. Uma tática deixada de lado na semana passada, quando o PT partiu para uma espécie de vale-tudo a fim de varrer para debaixo do tapete o esquema de compra de apoio parlamentar que funcionou durante o governo passado. A estratégia evoluiu para o uso da Operação Monte Carlo da Polícia Federal, que deu origem à CPI. A ação da PF desbaratou um esquema de exploração de jogos ilegais comandado por Carlinhos Cachoeira e revelou uma rede suprapartidária de políticos envolvidos com ele. Além do senador Demóstenes, as investigações atingiram o governador de Goiás, o tucano Marconi Perillo, desafeto de Lula desde que declarou, em 2005, que alertara o então presidente da existência do mensalão.

Lula viu na CPI a oportunidade política de mostrar que todos os partidos pecam. Que todos são farinha do mesmo saco e, por isso mesmo, o mensalão não seria um esquema de corrupção inaudito, muito menos merecedor de um rigor maior por parte do Judiciário e da sociedade. Para os petistas, apagar a história neste momento é uma questão de sobrevivência. Seus caciques sustentam que, com a aproximação da data prevista para o julgamento do mensalão e diante da hipótese de uma condenação, não há o que perder na arriscada aposta em tentar menosprezar a inteligência das pessoas, zombar das autoridades que investigaram o caso durante anos, impor constrangimentos aos ministros do Supremo que se preparam para julgar o processo. É tamanha a ânsia de Lula e dos mensaleiros para enterrar o escândalo que, se preciso, o PT rifará o governador do Distrito Federal, o petista Agnelo Queiroz, que também aparece no arco de influência dos trambiques da máfia do jogo.

Lula e os falcões petistas viram também abrir-se para eles a retomada de um antigo, acalentado e nunca abandonado projeto de emascular a imprensa independente no Brasil. Os projetos de censura da imprensa que tramitaram no PT foram derrotados não por falta de vontade, mas porque o obscurantismo cobriria a imagem do Brasil de vergonha no cenário mundial. Surge agora uma oportunidade tão eficiente quanto a censura, com a vantagem de obter a servidão acrítica da imprensa sem recorrer a nenhum mecanismo legal que possa vir a ser identificado com a supressão da liberdade de expressão. Não por coincidência, na semana passada a Executiva Nacional do PT divulgou uma resolução pedindo a regulamentação dos meios de comunicação diante "da associação de parte da imprensa com a organização criminosa da dupla Cachoeira-Demóstenes". Dando sequência à diretriz do comitê central do partido, o comissário Marco Maia, presidente da Câmara, complementou: "Todas as informações dão conta de que há uma participação significativa de alguns veículos de comunicação nesse esquema montado pelo Cachoeira. A boa imprensa, que está comprometida com a informação e a verdade, vai auxiliar para que a gente possa fazer uma purificação, separar o joio do trigo".

A oportunidade liberticida que apareceu agora no horizonte político é tentar igualar repórteres que tiveram Carlos Cachoeira como fonte de informações relevantes e verdadeiras com políticos e outras autoridades que formaram com o contraventor associações destinadas a fraudar o Erário. A nota da Executiva Nacional do PT e a fala do comissário Maia traem o vezo totalitário daquela parte do PT que não tem a mínima noção do papel de uma imprensa livre em uma sociedade aberta, democrática e que tenha como base material a economia de mercado. Papai Stalin ficaria orgulhoso dos pupilos. Caberá a eles agora, aos "tropicastalinistas" do PT auxiliados pelos impolutos José Sarney e Fernando Collor, "purificar" a imprensa, decidir qual é a boa e a ruim, o que é joio e o que é trigo nas páginas dos órgãos de informação e apontar que repórteres estão comprometidos com a informação e a verdade. Alguém com mais juízo deveria, a bem do comissário Maia, informá-lo de que, quando governos se arvoram a "purificar" seja o que for — a população, a imprensa ou a literatura —, estão abrindo caminho para o totalitarismo. Quem diria, comissário, que atrás de óculos modernosos se esconde uma mente tão arcaica.

Os petistas acham que atacar o mensageiro vai diminuir o impacto da mensagem. Pelo que disse Marco Maia, eles vão tentar mostrar que obter informações relevantes, verdadeiras e de interesse nacional lança suspeita sobre um jornalista. Maia não poderia estar mais equivocado. Qualquer repórter iniciante sabe que maus cidadãos podem ser portadores de boas informações. As chances de um repórter obter informações verdadeiras sobre um ato de corrupção com quem participou dele são muito maiores do que com quem nunca esteve envolvido. A ética do jornalista não pode variar conforme a ética da fonte que está lhe dando informações. Isso é básico. Disso sabem os promotores que, valendo-se do mecanismo da delação premiada, obtêm informações valiosas de um criminoso oferecendo-lhe em troca recompensas como o abrandamento da pena. Esses são conceitos de difícil digestão para os petistas acostumados a receber do comitê central as instruções completas sobre o que devem achar certo ou errado, bom ou ruim, baixo ou alto. Fora da bolha ideológica, porém, a vida exige que bons jornalistas falem com maus cidadãos em busca de informações verdadeiras. Motivo mesmo para uma CPI seria investigar os milionários repasses de dinheiro público que o governo e suas estatais fazem a notórios achacadores, chantagistas e manipuladores profissionais na internet. Fica a sugestão.

19 DE SETEMBRO, 2012

# OS SEGREDOS DO MENSALÃO

O empresário Marcos Valério, apontado como o operador do esquema, diz que, em troca do seu silêncio, recebeu garantias do PT de uma punição branda. Condenado pelo STF por vários crimes, cujas penas podem chegar a 100 anos de prisão, ele revela que o ex-presidente Lula sabia de tudo e que o caixa para subornar políticos foi muito maior: 350 milhões de reais

**Rodrigo Rangel**

**FALTAVAM CATORZE MINUTOS** para as 7 da manhã da última quarta-feira quando o empresário Marcos Valério, o pivô financeiro do mensalão, parou seu carro em frente a uma escola, em Belo Horizonte. Alvo das mais pesadas condenações no julgamento que está em curso no Supremo Tribunal Federal (STF), ele tem cumprido religiosamente a tarefa de levar o filho todos os dias ao colégio. Desce do carro, acompanha o menino até o portão e se despede com um beijo no rosto. Chega mais cedo para evitar ser visto por outros pais e alunos e vai embora depressa, cabisbaixo. "O PT me transformou em bandido", desabafa. Valério sabe que essa rotina em breve será interrompida. Ele é o único dos 37 réus do mensalão que não tem um átimo de dúvida sobre seu futuro. Na semana passada, o publicitário foi condenado por lavagem de dinheiro, crime que acarreta pena mínima de três anos de prisão. Computadas as punições pelos crimes de corrupção ativa e peculato, já decididas, mais evasão de divisas e formação de quadrilha, ainda por julgar, a sentença de Marcos Valério pode passar de 100 anos de reclusão. Mesmo com todas as atenuantes da lei penal brasileira, não é improvável que ele termine seus dias na cadeia. Valério tem culpa no cartório, mas fica evidente que ele está carregando sobre os ombros uma carga penal que, por justiça, deveria estar mais bem distribuída entre patentes bem mais altas na hierarquia do mensalão. É isso que mais martiriza a alma de Valério neste momento, uma dor que ele tenta amenizar lembrando, sempre que pode, que seu silêncio sobre os responsáveis maiores e acima dele está lhe custando muito caro.

Apontado como o responsável pela engenharia financeira que possibilitou ao PT montar o maior esquema de corrupção da história, Valério enfrenta um dilema. Nos últimos dias, ele confidenciou a pessoas próximas detalhes do pacto que havia firmado com o partido. Para proteger os figurões, conta que assumiu a responsabilidade por crimes que não praticou sozinho e manteve em segredo histórias comprometedoras que testemunhou quando era o "predileto" do poder. Em troca do silêncio, recebeu garantias. Primeiro, de impunidade. Depois, quando o esquema teve suas entranhas expostas pela Procuradoria-Geral da República, de penas mais brandas. Valério guarda segredos tão estarrecedores sobre o mensalão que não consegue mais retê-los só para si — mesmo que agora, desiludido com a falsa promessa de ajuda dos poderosos a quem ajudou, tenha um crescente temor de que eles possam se vingar dele de forma ainda mais cruel. Os segredos de Valério, se revelados, põem o ex-presidente Lula no epicentro do escândalo do mensalão. Sim, no comando das operações. Sim, Lula, que, fiel a seu estilo, fez de tudo para não se contagiar com a podridão à sua volta, mesmo que isso significasse a morte moral e política de companheiros diletos. Valério teme, e fala a pessoas próximas, que se contar tudo o que sabe estará assinando a pior de todas as sentenças — a de sua morte: "Vão me matar. Tenho de agradecer por estar vivo até hoje".

Sua mulher, Renilda Santiago, já tentou o suicídio três vezes. Há duas semanas, ela telefonou a uma amiga para dizer que iria a um reduto do tráfico encravado na região central de Belo Horizonte comprar uma arma. Avisou que havia decidido dar um tiro na cabeça. Renilda está mergulhada em crise aguda de depressão. Os dois filhos do casal vivem dramas à parte. Meses atrás, o menino, de 11 anos, tentou fazer um teste de admissão em uma escola mais perto de casa, mas a diretora nem deixou o garoto começar a prova. A direção da instituição não queria entre seus alunos o filho de Marcos Valério. A filha mais velha, de 21 anos, passou por constrangimentos cruéis. Em um debate na faculdade de psicologia, o assunto escolhido pelos colegas foi justamente o comportamento do pai dela. Humilhada, ela saiu da sala. Chega a ser assustador, mesmo que previsível, que as pessoas esqueçam a mais consagrada prática cristã, civilizada e jurídica — a de que os filhos não devem pagar pelos erros dos pais. Marcos Valério sofre de síndrome do pânico e praticamente não prega os olhos à noite. Sobre o PT e seus antigos parceiros, ele vem dizendo: "Eu detesto esse pessoal. Esse povo acabou com a minha vida, me fez de um tamanho que eu não sou. O PT me fez de escudo, me usou como um boy de luxo. Mas eles se ferraram, porque agora vai todo mundo para o ralo". O medo ainda constrange Marcos Valério a limitar suas revelações a pessoas próximas. Até quando?

## MENSALÃO

"O CAIXA DO PT FOI DE 350 MILHÕES DE REAIS"

A acusação do Ministério Público Federal sustenta que o mensalão foi abastecido com 55 milhões de reais tomados por empréstimo por Marcos Valério junto aos bancos Rural e BMG, que se somaram a 74 milhões desviados da Visanet, fundo abastecido com dinheiro público e controlado pelo Banco do Brasil. Segundo Marcos Valério, esse valor é subestimado. Ele conta que o caixa real do mensalão era o triplo do descoberto pela polícia e denunciado pelo MP. Valério diz que pelas arcas do esquema passaram pelo menos 350 milhões de reais. "Da SMP&B vão achar só os 55 milhões, mas o caixa era muito maior. O caixa do PT foi de 350 milhões de reais, com dinheiro de outras empresas que nada tinham a ver com a SMP&B nem com a DNA", afirma o empresário. Esse caixa paralelo, conta ele, era abastecido com dinheiro oriundo de operações tão heterodoxas quanto os empréstimos fictícios tomados por suas empresas para pagar políticos aliados do PT. Havia doações diretas diante da perspectiva de obter facilidades no governo. "Muitas empresas davam via empréstimos, outras não." O fiador dessas operações, garante Valério, era o próprio presidente da República.

Lula teria se empenhado pessoalmente na coleta de dinheiro para a engrenagem clandestina, cujos contribuintes tinham algum interesse no governo federal. Tudo corria por fora, sem registros formais, sem deixar nenhum rastro. Muitos empresários, relata Marcos Valério, se reuniam com o presidente, combinavam a contribuição e em seguida despejavam dinheiro no cofre secreto petista. O controle dessa contabilidade cabia ao então tesoureiro do partido, Delúbio Soares, que é réu no processo do mensalão e começa a ser julgado nos próximos dias pelos crimes de formação de quadrilha e corrupção ativa. O papel de Delúbio era, além de ajudar na administração da captação, definir o nome dos políticos que deveriam receber os pagamentos determinados pela cúpula do PT, com o aval do ex-ministro da Casa Civil José Dirceu, acusado no processo como o chefe da quadrilha do mensalão: "Dirceu era o braço direito do Lula, um braço que comandava". Valério diz que, graças a sua proximidade com a cúpula petista no auge do esquema, em 2003 e 2004, teve acesso à contabilidade real. Ele conta que a entrada e a saída de recursos foram registradas minuciosamente em um livro guardado a sete chaves por Delúbio. Pelo seu relato, o restante do dinheiro desse fundão teve destino semelhante ao dos 55 milhões de reais obtidos por meio dos empréstimos fraudulentos tomados pela DNA e pela SMP&B. Foram usados para remunerar correligionários e aliados. Os valores calculados por Valério delineiam um caixa clandestino sem paralelo na política. Ele fala em valores dez vezes maiores que a arrecadação declarada da campanha de Lula nas eleições presidenciais de 2002.

## O PRESIDENTE

### "LULA ERA O CHEFE"

A ira de Marcos Valério desafia a defesa clássica do ex-presidente Lula de que não sabia do mensalão e nada teve a ver com o esquema arquitetado em seu primeiro mandato. Com a segurança de quem transitava com desenvoltura pelos gabinetes oficiais, inclusive os palacianos, e era considerado um parceiro preferencial pela cúpula petista, Valério afirma que Lula "comandava tudo". Em sua própria defesa, diz que, como operador dos pagamentos, não passava de um "boy de luxo" de uma estrutura que tinha o então presidente no topo da cadeia de comando. "Lula era o chefe", repete Valério às pessoas mais próximas. A afirmação se choca com todas as versões apresentadas por Lula desde que o esquema foi descoberto, em 2005. Primeiro, escudou-se no argumento de que tudo não passou do uso de dinheiro "não contabilizado" que havia sobrado das campanhas políticas, prática suprapartidária e recorrente na política brasileira — não por acaso, tem sido essa a estratégia de defesa dos mensaleiros no STF. Num segundo momento, Lula se disse traído e pediu desculpas à nação em rede de televisão.

A rota de fuga de Lula evoluiu mais tarde para a negação completa, com a tese nefelibata de que o mensalão nunca existiu, tendo sido apenas uma armação das elites para abreviar seu mandato. A narrativa de Valério coloca Lula não apenas como sabedor do que se passava, mas no comando da operação. Valério não esconde que se encontrou com Lula diversas vezes no Palácio do Planalto. Ele faz outra revelação: "Do Zé ao Lula era só descer a escada. Isso se faz sem marcar. Ele dizia: 'Vamos lá embaixo, vamos' ". O Zé é o ex-ministro José Dirceu, cujo gabinete ficava no 4º andar do Palácio do Planalto, um andar acima do gabinete presidencial. A frase famosa e enigmática de José Dirceu no auge do escândalo — "Tudo que eu faço é do conhecimento de Lula" — ganha contornos materiais depois das revelações de Valério sobre os encontros em palácio. Marcos Valério reafirma que Dirceu não pode nem deve ser absolvido pelo Supremo Tribunal, mas faz uma sombria ressalva. "Não podem condenar apenas os mequetrefes. Só não sobrou para o Lula porque eu, o Delúbio e o Zé não falamos", disse, na semana passada, em Belo Horizonte. Indagado, o ex-presidente não respondeu.

## PACTO

### "MEU CONTATO ERA O OKAMOTTO"

Há menos de dois meses, VEJA revelou a existência de encontros secretos entre Marcos Valério e Paulo Okamotto, petista estrelado que desempenha a tarefa de assessor financeiro, ou tesoureiro, de Lula. Procurado para explicar por que se reunia com o principal operador do mensalão, Okamotto disse que os encontros serviam apenas para discutir política. Não, não era bem assim. Marcos Valério tinha um pacto com o PT, e Paulo Okamotto era o fiador desse pacto. "Eu não falo com todo mundo no PT. O meu contato com o PT era o Paulo Okamotto", disse Valério em uma conversa reservada dias atrás. É o próprio Valério quem explica a missão de Okamotto: "O papel dele era tentar me acalmar". O empresário conta que conheceu o Japonês, como o petista é chamado, no ápice do escândalo. Valério diz que, na véspera de seu primeiro depoimento à CPI que investigava o mensalão, Okamotto o procurou. "A conversa foi na casa de uma funcionária minha. Era para dizer o que eu não devia falar na CPI", relembra. O pedido era óbvio. Okamotto queria evitar que Valério implicasse Lula no escândalo. Deu certo durante muito tempo. Em troca do silêncio de Valério, o PT, por intermédio de Okamotto, prometia dinheiro e proteção. A relação se tornaria duradoura, mas nunca foi pacífica. Em momentos de dificuldade, Okamotto era sempre procurado. Quando Valério foi preso pela primeira vez, sua mulher viajou a São Paulo com a filha para falar com Okamotto. Renilda Santiago queria que o assessor de Lula desse um jeito de tirar seu marido da cadeia. Disse que ele estava preso injustamente e que o PT precisava resolver a situação. A reação de Okamotto causa revolta em Valério até hoje. "Ele deu um safanão na minha esposa. Ela foi correndo para o banheiro, chorando." O empresário jura que nunca recebeu nada do PT. Já a promessa de proteção, segundo Valério, girava em torno de um esforço que o partido faria para retardar o julgamento do mensalão no Supremo e, em último caso, tentar amenizar a sua pena. "Prometeram não exatamente absolver, mas diziam: 'Vamos segurar, vamos isso, vamos aquilo'... Amenizar", conta. Por muito tempo, Marcos Valério acreditou que daria certo. Procurado, Okamotto não se pronunciou.

## PODER

### "O DELÚBIO DORMIA NO ALVORADA"

Dos tempos em que gozava da intimidade do poder em Brasília, Marcos Valério diz guardar muitas lembranças. Algumas revelam a desenvoltura com que personagens centrais do mensalão transitavam no coração do governo Lula antes da eclosão do maior escândalo de corrupção da história política do país. Valério lembra das vezes em que Delúbio Soares, seu interlocutor frequente até a descoberta do esquema, participava de animados encontros à noite no Palácio da Alvorada, que não raro servia de pernoite para o ex-tesoureiro petista. "O Delúbio dormia no Alvorada. Ele e a mulher dele iam jogar baralho com Lula à noite. Alguma vez isso ficou registrado lá dentro? Quando você quer encontrar *(alguém)*, você encontra, e sem registro." O operador do mensalão deixa transparecer que ele próprio foi a uma dessas reuniões noturnas no Alvorada. Sobre sua aproximação com o PT, Valério conta que, diferentemente do que os petistas dizem há sete anos, ele conheceu Delúbio durante a campanha de 2002. Quem apresentou a ele o petista foi Cristiano Paz, seu ex-sócio, que intermediava uma doação à campanha de Lula. A primeira conversa foi em Belo Horizonte, dentro de um carro, a caminho do Aeroporto da Pampulha. Nessa ocasião, conta, Delúbio lhe pediu ajuda. "Ele precisava de uma empresa para servir de espelho para pegar um dinheiro." A parceria deu certo e desaguou no mensalão. Hoje, os dois estão no banco dos réus. Valério se sente injustiçado. Especialmente na parte da acusação que diz respeito ao desvio de recursos públicos do Banco do Brasil. Ele jura que esse dinheiro não caiu no caixa da corrupção. "No processo tem todas as notas fiscais que comprovam que esse dinheiro foi gasto com publicidade. Não estou falando que não mereço um tapa na orelha. Não é isso. Concordo em ser condenado por aquilo que eu fiz."

## EMPRÉSTIMO

### "O BANCO IA EMPRESTAR DINHEIRO PARA UMA AGÊNCIA QUEBRADA?"

Os ministros do STF já consideraram fraudulentos os empréstimos concedidos pelo Banco Rural às agências de publicidade que abasteceram o mensalão. Para Valério, a decisão do Rural de liberar o dinheiro — com garantias fajutas e José Genoino e Delúbio Soares como fiadores — não foi um favor a ele, mas ao governo Lula. "Você acha que chegou lá o Marcos Valério com duas agências quebradas e pediu: 'Me empresta aí 30 milhões de reais pra eu dar pro PT?' O que um dono de banco ia responder?" Valério se lembra sempre de José Augusto Dumont, então presidente do Rural. "O Zé Augusto, que não era bobo, falou assim: 'Pra você eu não empresto'. Eu respondi: 'Vai lá e conversa com o Delúbio'." A partir daí, a solução foi encaminhada. Os empréstimos, diz Valério, não existiriam sem o aval de Lula e Dirceu. "Se você é um banqueiro, você nega um pedido do presidente da República?" Foram essas mesmas credenciais palacianas, segundo ele, que lhe abriram as portas no Banco Central para interceder pela suspensão da liquidação extrajudicial do Banco Mercantil de Pernambuco, que interessava ao Rural. Valério foi destacado para cuidar do assunto em Brasília. Uma tarefa executada com todas as facilidades e privilégios. "Valério chegou lá no Banco Central e foi atendido. Você acha que o Banco Central receberia um imbecil qualquer, dono de uma agência de publicidade quebrada?"

## "NOJENTO E VEXATÓRIO"

Ex-superintendente do Banco Rural em Brasília, Lucas da Silva Roque foi um dos principais colaboradores nas investigações da Polícia Federal destinadas a desbaratar a quadrilha do mensalão. Foi ele quem revelou onde estavam os recibos que mostraram quais políticos receberam dinheiro para votar com o governo Lula no Congresso. Nesta entrevista, Roque conta que pagou um preço alto por agir de forma correta e relata um plano ambicioso urdido pela cúpula da instituição financeira em parceria com José Dirceu. Eles queriam montar um banco popular, do qual Rural e BMG seriam sócios, para conceder empréstimos consignados aos aposentados. Um negócio companheiro e bilionário.

**Por que o senhor decidiu ajudar a polícia?** Não tinha nada a temer. Não entrei no jogo deles, não sou bandido. Fui mandado para a agência do Rural em Brasília para moralizá-la, porque ali estava uma bagunça. O que estava acontecendo no banco era acintoso, nojento e vexatório. O delegado disse que queria todos os documentos. Apontei onde estavam as caixas. Àquela altura, já estava tudo encaminhado para fazer sumir as provas, mandando-as de Brasília para Minas Gerais. Mostrei onde estavam os documentos e falei para o delegado que procurasse papéis também numa construtora, que servia de almoxarifado do banco.

**Como a diretoria reagiu à sua colaboração com a PF?** Fui atacado de tudo quanto é jeito. Me colocaram em um porão que não era uma agência bancária, depois em uma loja de shopping que foi fechada por ser irregular. Pior, mandaram me avisar que eu estava proibido de aparecer na diretoria do banco. Isso foi em outubro de 2005. Virei a Geni. Fui demitido em agosto de 2010. Eu, minha esposa e meus filhos fomos achincalhados na rua como mensaleiros. Tive sérios problemas de saúde, perdi meu casamento.

**O senhor tinha relação de proximidade com Marcos Valério. Ele disse a algumas pessoas que teve um encontro com Lula na Granja do Torto. Vários encontros. É verdade?** Sim, ele deixava para viajar para Belo Horizonte no sábado à noite para passar lá.

**Levado por quem?** Delúbio Soares, Silvinho Pereira e José Dirceu.

**Quais eram os planos da cúpula do Banco Rural e dos petistas?** Eles tinham um projeto de montar um banco popular com a CUT. Juntariam o Banco Rural, o BMG, a CUT. Era um projeto com capital de 1 bilhão de reais.

**Quem capitaneava esse projeto?** Eram os bandidos do mensalão. Como o PT não tinha cultura bancária, o Rural e o BMG seriam sócios. Um banco privado com a participação da CUT, que direcionaria todos os beneficiários do INSS para tomar dinheiro em empréstimos consignados nessa instituição popular. Quando o mensalão estourou, o projeto foi abortado.

**Hugo Marques**

10 DE SETEMBRO, 2014

# O DELATOR ENTREGA OS NOMES

O ex-diretor Paulo Roberto Costa lista mais de trinta políticos envolvidos com a corrupção na Petrobras e põe o governo no centro de um escândalo de proporções idênticas às do mensalão

**Rodrigo Rangel**

**O ENGENHEIRO PAULO ROBERTO COSTA** já foi um dos homens mais poderosos da República. Indicado pelo mensaleiro José Janene (PP), ele ocupou a diretoria de Abastecimento e Refino da Petrobras entre 2004 e 2012. Nesse período, passaram por seu gabinete decisões sobre aluguel de plataformas e navios, manutenção de gasodutos e construção de refinarias — e, junto com elas, interesses bilionários que despertavam a atenção de governos, parlamentares e empreiteiras. Paulinho, como era chamado pelo ex-presidente Lula, soube servir a tantos e tão variados senhores que, como de costume, logo passou a ser cortejado por eles. No Congresso, PT, PMDB e PP disputavam sua paternidade, tratavam-no como um afilhado dileto e elogiavam sua eficiência. Paulo Roberto era um exemplo a ser seguido, segundo seus padrinhos políticos. Foi assim até março deste ano, quando a Polícia Federal prendeu o ex-diretor sob a acusação de participar de um megaesquema de lavagem de dinheiro comandado pelo doleiro Alberto Youssef. Antes festejado, Paulo Roberto passou a assombrar os partidos, transformando-se num fantasma capaz de implodir candidaturas de relevo e jogar o governo no centro de um escândalo de corrupção de proporções semelhantes às do mensalão. E isso aconteceu.

As investigações já haviam revelado a existência de uma ampla rede de corrupção na Petrobras envolvendo funcionários da empresa, grandes empreiteiras, doleiros e políticos importantes. Funcionava assim: para terem acesso aos milionários contratos da estatal, as empreiteiras eram instadas a reverter parte de seus lucros aos cofres da organização. O dinheiro, depois de devidamente lavado por doleiros, era distribuído entre os políticos e os partidos da chamada base de sustentação do governo. Apesar das sólidas evidências que surgiram, faltava o elo mais importante da cadeia: a lista dos beneficiados, os corruptos, o nome de quem recebia ou se locupletava de alguma forma do esquema de arrecadação de propina. Não falta mais. Por medo de ser apontado como o único e principal responsável pelo esquema de corrupção que superfaturou e desviou recursos de projetos da Petrobras, Paulo Roberto topou negociar os termos de um acordo de delação premiada, instrumento legal pelo qual acusados terão direito à redução de pena ou até mesmo ao perdão judicial se colaborarem com as investigações, e identificou aqueles que seriam seus mais influentes parceiros.

Uma série de depoimentos do ex-diretor à Polícia Federal explica essa reviravolta e ajuda a esclarecer por que Paulo Roberto era tão admirado quando despachava na Petrobras e agora, já atrás das grades, é tão temido na Praça dos Três Poderes. Colhidos desde o dia 29 de agosto, eles renderam mais de quarenta horas de conversas gravadas e, o mais importante, deram aos delegados e procuradores um cardápio de políticos que, segundo o ex-diretor, se refestelaram nos poços bilionários da Petrobras. Aos investigadores, ele disse que três governadores, seis senadores, um ministro de Estado e pelo menos 25 deputados federais embolsaram ou tiraram proveito de parte do dinheiro roubado dos cofres da estatal. A alta octanagem das declarações provocou, de imediato, uma mudança na estratégia de investigação. Por envolver políticos detentores de foro privilegiado, que só podem ser processados nos tribunais superiores, o assunto passou a ser acompanhado pelo gabinete do procurador-geral da República, Rodrigo Janot, e pelo Supremo Tribunal Federal.

Nos últimos dias, VEJA obteve detalhes de uma parte significativa das declarações prestadas pelo ex-diretor. Paulo Roberto acusa uma verdadeira constelação de participar do esquema de corrupção. É o caso dos presidentes da Câmara, Henrique Eduardo Alves (PMDB-RN), e do Senado, Renan Calheiros (PMDB-AL), além do ministro de Minas e Energia, Edison Lobão (PMDB-MA). Entre os senadores estão Ciro Nogueira (PI), presidente nacional do PP, e Romero Jucá (PMDB-RR), o eterno líder de qualquer governo. Já no grupo de deputados figuram o petista Cândido Vaccarezza (SP) e João Pizzolatti (SC), um dos mais ativos integrantes da bancada do PP na Casa. O ex-ministro das Cidades e ex-deputado Mário Negromonte, também do PP, é outro citado por Paulo Roberto como destinatário da propina. Da lista de três governadores mencionados pelo ex-diretor, todos são de estados onde a Petrobras tem grandes projetos em curso: Sérgio Cabral (PMDB), ex-governador do Rio, Roseana Sarney (PMDB), atual governadora do Maranhão, e Eduardo Campos (PSB), ex-governador de Pernambuco e ex-candidato à Presidência da República, morto no mês passado em um acidente aéreo.

Pelo acordo, Paulo Roberto se comprometeu a detalhar o envolvimento de cada um dos políticos no esquema. Até por isso, estima-se que, para esgotar o que ele tem a dizer, pelo menos mais três semanas de depoimentos serão necessárias. Sobre o PT, ele afirmou que o operador encarregado de fazer a ponte com o esquema era o tesoureiro nacional do partido, João Vaccari Neto, cujo nome já havia aparecido nas investigações como personagem de negócios suspeitos do doleiro Alberto Youssef. Ao elaborar a lista de políticos e partidos envolvidos e empreiteiras que participavam do esquema e descrever a maneira como a propina era transposta de um lado para outro por vias clandestinas, Paulo Roberto Costa vem ajudando os investigadores a montar um quebra-cabeça cuja imagem, no final, lembrará em muito outro grande escândalo recente da política: o esquema funcionou a pleno vapor nos últimos três governos do PT e tinha como objetivo manter intacta e fiel a base de sustentação no Congresso Nacional. Ao irrigar o caixa das siglas aliadas e o bolso de seus integrantes, a engrenagem ajudava a manter firmes as alianças. Qualquer semelhança com o mensalão, portanto, não é mera coincidência — com a diferença de que, agora, as cifras giram na casa dos bilhões. Nas declarações que forneceu à polícia, Paulo Roberto não mede esforços para mostrar quanto era poderoso na estrutura criminosa. Já nas primeiras oitivas, ele fez questão de dizer que, na época em que era diretor da Petrobras, conversava frequentemente com o então presidente Lula — e costumava tratar com ele de assuntos da companhia. "Por várias vezes, tratei diretamente com o presidente Lula", declarou, numa das primeiras conversas com os investigadores. Da caixa de segredos de Paulo Roberto ainda há muito mais a sair. Ele se comprometeu a detalhar o conteúdo das conversas com o ex-presidente.

Os depoimentos têm sido colhidos por temas — e um deles, já programado, servirá para esclarecer um assunto que virou emblema da barafunda em que a Petrobras foi metida: a controversa compra da refinaria de Pasadena, no Estado americano do Texas. A estatal brasileira, como se sabe, gastou 1,2 bilhão de dólares num complexo que, pouco antes, havia sido arrematado por 42,5 milhões. Junto com Nestor Cerveró, seu colega de diretoria, Paulo Roberto foi um dos responsáveis por costurar o negócio. Em conversas preliminares, o agora delator admitiu aquilo de que já se desconfiava: segundo ele, a operação de aquisição de Pasadena também serviu para abastecer o caixa de partidos e para pagar propina a alguns dos envolvidos na transação. Nos próximos dias, Paulo Roberto prestará um depoimento específico sobre o assunto, em que deverá contar como o negócio foi engendrado e como o dinheiro pago a mais pela Petrobras foi parar em mãos erradas. O delegado encarregado do inquérito sobre Pasadena, que corre em Brasília, irá a Curitiba especialmente para ouvir o ex-diretor. Até meados da semana passada, ele não havia feito nenhuma acusação formal contra a presidente e candidata à reeleição Dilma Rousseff, mas, sempre que havia alguma menção a ela, demonstrava mágoa profunda e lembrava que na base das operações estão os políticos que apoiam o governo.

Aos mais próximos, por mais de uma vez ele se queixou da postura da petista. O argumento sempre foi o mesmo: ela ataca publicamente ex-diretores da Petrobras, sem considerar que, politicamente, era beneficiária das engrenagens clandestinas que funcionavam na companhia, uma vez que o dinheiro sujo proveniente de lá ajudava a bancar a base de sustentação do governo no Congresso. Por que o ex-diretor resolveu contar o que sabe? A pessoas próximas ele confidenciou que não gostaria de repetir a história de Marcos Valério, o operador do mensalão, condenado a quarenta anos de cadeia enquanto os cabeças do esquema já estão à beira de deixar a prisão. A saída, então, foi partir para a delação premiada. O primeiro depoimento foi prestado na sexta-feira 29 de agosto. Desde então, as sessões para ouvi-lo têm sido diárias.

No prédio da Polícia Federal em Curitiba, Paulo Roberto Costa vem sendo interrogado por delegados e procuradores. Os depoimentos são registrados em vídeo — na metade da semana passada, já havia pelo menos 42 horas de gravação. No fim de cada sessão, todo o material é lacrado. Os arquivos são criptografados, para evitar vazamentos. Tamanho cuidado não é por acaso: as revelações que emergem dos depoimentos de Paulo Roberto são explosivas e têm potencial para causar um terremoto político em Brasília. Já nos primeiros depoimentos, ele esmiuçou a lógica que predominava na assinatura dos contratos bilionários da Petrobras. Admitiu, pela primeira vez, que as empreiteiras contratadas pela companhia tinham, obrigatoriamente, de contribuir para um caixa paralelo cujo destino final eram partidos e políticos de diferentes legendas da base aliada do governo. Em outras palavras, Paulo Roberto confirmou a existência de um megaesquema de cobrança de propina que funcionava no coração da maior companhia da América Latina — e confessou que a sua poderosa diretoria estava a serviço da engrenagem criminosa.

O esquema se estendia, segundo ele, a outras diretorias da Petrobras, e cada partido tinha seus encarregados de fazer a interligação entre os negócios e a política. O ex-diretor citou o PP, o PMDB e o PT como os principais beneficiários do propinoduto. Pouco antes de topar a delação premiada, Paulo Roberto fez chegar a seus velhos conhecidos uma declaração assustadora, especialmente para aqueles cujos nomes estarão nas urnas nas eleições de outubro. "Se eu falar, não vai ter eleição", disse. Questionado pelos investigadores sobre o que queria dizer com a declaração, fez um pequeno reparo: "Pode até ter eleição, mas o estrago será grande". E começou a contar o que sabia.

## SOB O GOVERNO DELES

Segundo Paulo Roberto Costa, o esquema na Petrobras funcionou ao longo dos dois governos Lula e adentrou no governo Dilma Rousseff. Assim como no mensalão, a distribuição de dinheiro servia para garantir que os partidos aliados continuassem a apoiar o Palácio do Planalto no Congresso Nacional. Paulo Roberto diz que, por várias vezes, despachou diretamente com Lula. Procurado, o ex-presidente não se manifestou. Até o fechamento desta edição, a presidente Dilma Rousseff também não havia comentado o assunto.

## O MINISTRO

Titular da Pasta de Minas e Energia, o peemedebista Edison Lobão é citado por Paulo Roberto como um dos beneficiários do esquema montado na Petrobras. Por meio da assessoria do ministério, Lobão disse que sua relação com o ex-diretor sempre foi institucional. Ele nega ter recebido dinheiro de Paulo Roberto Costa.

## O TESOUREIRO

Paulo Roberto Costa disse à polícia e ao MP que João Vaccari Neto, secretário nacional de finanças do PT, era quem fazia a ponte entre o partido e o propinoduto da Petrobras. Em nota enviada a VEJA, João Vaccari afirmou que "nunca encontrou o senhor Costa para tratar de doação financeira ou mesmo de qualquer outro assunto relativo ao PT".

## OS SENADORES

O presidente do Senado, Renan Calheiros, não se manifestou sobre a acusação de Paulo Roberto Costa. O senador Ciro Nogueira, presidente do PP, disse que conheceu Paulo Roberto em eventos do partido e negou ter recebido dinheiro: "Assumi o PP em abril de 2013, quando Paulo Roberto já não era mais diretor". Romero Jucá nega ter se beneficiado do esquema: "Só tinha contato com o Paulo Roberto em solenidades. Nunca tive intimidade para conversar sobre arrecadação".

## OS DEPUTADOS

"Nunca pedi nem recebi do Paulo Roberto nenhum tipo de ajuda. A Petrobras é petista", afirmou Henrique Alves. "Só estive com ele umas duas vezes", disse Cândido Vaccarezza. Mário Negromonte e João Pizzolatti não responderam.

## OS GOVERNADORES

Sérgio Cabral diz que sua relação com Paulo Roberto sempre foi institucional e que nunca recebeu dinheiro dele. A governadora Roseana Sarney diz o mesmo.

5 DE SETEMBRO, 2007

# O BRASIL NUNCA TEVE UM MINISTRO COMO ELE

No julgamento histórico em que o STF pôs os mensaleiros (e o governo e o PT) no banco dos réus, Joaquim Barbosa foi a estrela – ele, o brasileiro que fala alemão, o mineiro que dança forró, o juiz que adora história e ternos de Los Angeles e Paris

**André Petry**

**HOSPEDADO EM CASA** de amigos na Mariahilfer Strasse, uma das ruas que desembocam no anel que circunda o centro de Viena, o ministro Joaquim Barbosa, do Supremo Tribunal Federal, repassava detalhes do mensalão. Era julho, o sol do verão austríaco produzia um calor de quase 40 graus e o ministro carregava seu carma: um arquivo digital com a íntegra do mensalão. Entre um concerto e outro, esse amante de música clássica, cuja coleção particular reúne 700 CDs, matutava sobre a melhor forma de montar seu voto para o julgamento do mensalão. O conteúdo já estava resolvido. Ele se convencera de que uma quadrilha liderada pelo ex-ministro José Dirceu movimentara dezenas de milhões de reais para corromper parlamentares em troca de apoio político. Sua obsessão era a forma do voto, a estrutura, a ordem dos capítulos. No julgamento, que levou cinco dias e durou 36 horas, Joaquim Barbosa leu seu voto de 430 páginas. Fora minuciosamente preparado para que os ouvintes, aos poucos, fossem compondo mentalmente as tenebrosas conexões do esquema e o papel de cada comparsa. O resultado foi um sucesso arrasador. "Nem eu esperava tanto", confessa ele, abanando a cabeça para dar ênfase.

Das 112 votações, nas quais os demais ministros do STF eram convidados a decidir se aceitavam a denúncia de que tal pessoa poderia ter cometido tal crime, Joaquim Barbosa ganhou todas — 96 delas por unanimidade. Com uma linguagem simples e objetiva, sem os labirintos do juridiquês, o voto de Joaquim Barbosa e sua aprovação consagradora mostraram que, como na Berlim do século XVIII, ainda há juízes em Brasília. Do alto de seus 200 anos de história, o Supremo Tribunal Federal informou ao país que os corruptos e corruptores do mensalão podem ter sido tolerados pela Câmara dos Deputados, pela direção de seus partidos e até pelas urnas de outubro, mas não o serão pela mais alta corte da Justiça brasileira — o que é um alento em um país tão castigado pela impunidade. "Aqui, ninguém, ninguém" — repetiu o ministro Celso de Mello, o mais antigo membro da corte — "está acima da Constituição." E assim foi. Ao transformar todos os quarenta denunciados em réus em um processo criminal, o STF cumpriu seu papel à risca e se agigantou como uma instituição sólida e soberana.

Por envolver dois poderes da República, cinco legendas, três ex-ministros e toda a antiga cúpula do partido do presidente, o mensalão revelou o mais amplo esquema de corrupção política já desvendado numa democracia ocidental — desconsiderando-se, é claro, a incomparável metástase criminosa que corroeu a Itália até o início da década de 90. "Todos os escândalos políticos mundiais recentes estavam circunscritos a um partido político, como ocorreu com o Partido Socialista francês, ou a líderes isolados, como Helmut Kohl na Alemanha e Richard Nixon nos Estados Unidos", analisa o cientista político Octaciano Nogueira, da Universidade de Brasília. "O mensalão é diferente porque, além de altos membros do governo petista, envolve líderes de vários partidos." Com sua escala monumental, o mensalão resultou num processo com 11 200 páginas, 140 apensos, 41 testemunhas e quarenta réus defendidos por 29 advogados, o que exigiu do STF um empenho fora do comum. Ao encerrar o julgamento, a ministra Ellen Gracie, presidente do tribunal, avaliou: "Tenho dificuldade de crer que alguma corte no mundo se reúna em plenária num caso tão complexo e debata com tanta minúcia, como fizemos".

O regente dessa orquestra é um ministro que parece ser tudo o que não é e, no entanto, é tudo o que não parece ser. É um homem frugal, do tipo que prepara seu próprio café da manhã, consome comida natural, bebe suco de clorofila, aprecia um chope com os amigos e escuta MPB. Mas também é um sujeito refinado, aficionado a música clássica, modesto bebedor de vinho, que compra seus ternos elegantes em duas cidades: Paris (o nome da loja? "Não, esse eu não conto, não", ri, com ar matreiro) e Los Angeles ("A loja é Three-day Suit, tem de ter sorte para chegar em tempo de liquidação"). Tem uns vinte ternos, e, jura, nenhum custou mais de 300 dólares. Joaquim Barbosa também é um homem descontraído, que gosta de jogar uma pelada com amigos duas vezes por semana, aprecia andar pela Lapa, no Rio de Janeiro, e tem prazer em dançar. Ao mesmo tempo, é formal, não permite muita aproximação nem intimidade. É um magistrado apaixonado por história, um brasileiro que fala alemão e detesta o "jeitinho", um mineiro que dança forró. "O 'jeitinho' me irrita. Também me irrita o patrimonialismo, essa doença brasileira de sempre tirar vantagem do que é público."

Eleitor de Lula, Joaquim Barbosa trata sua trajetória de vida de maneira mais reservada do que o presidente. Ele não desfralda sua origem pobre de primogênito de oito filhos de pai pedreiro e mãe dona de casa como bandeira para valorizar sua história de sucesso ou apresentar-se como pós-graduado em povo — e faz questão de valorizar os estudos. Veio de uma família humilde, nunca ficou desabrigado nem passou fome, mas enfrentou dificuldades. Em sua cidade natal, Paracatu, no interior de Minas, ficou um ano sem estudar quando era criança porque a diretora da escola, em um devaneio típico dos que se sentem donos da coisa pública, resolveu cobrar mensalidade. A família Barbosa não tinha dinheiro, e Joaquim, o "Joca", ficou fora da escola. "Foi um trauma", relembra. Desmitificador, diz que nunca comeu o pão que o diabo amassou para chegar aonde está e que tudo o que fez foi estudar. "Isso eu fiz. Estudei, estudei muito." Fez direito e pós-graduação em Brasília, virou doutor pela Sorbonne, em Paris, e foi professor visitante nas faculdades de direito da Colúmbia, em Nova York, e da Universidade da Califórnia, em Los Angeles. Tem dois livros publicados, um em francês, justamente sobre o STF brasileiro, e outro em português, sobre a experiência americana com as ações afirmativas para negros.

Joaquim Barbosa não é militante da negritude. "Tenho consciência racial, mas não faço disso uma causa", diz, com certa indiferença. Antes de chegar ao STF, preocupava-se mais com a questão racial, como mostra o livro que escreveu sobre igualdade racial, mas o trabalho no tribunal o afastou do assunto. Seu tempo ficou cada vez mais curto. O último livro que leu? Uma comédia escrita em alemão sobre o fim da Cortina de Ferro, de autoria de Wladimir Kaminer, jovem autor russo radicado em Berlim. Ele gosta do assunto. Quando o Muro de Berlim ruiu, estava em Paris. "Quase caí da cama. Lembro até hoje das imagens, o pessoal bebendo champanhe na garrafa e gritando '*Wahnsinn, Wahnsinn*', que significa 'loucura, loucura'", diz ele, levantando os braços no ar e imitando o deslumbramento dos alemães naqueles dias eufóricos. Seu último filme? *Um Lugar na Plateia,* simpática comédia francesa. Gostou muito, sobretudo porque o elenco traz duas atrizes de sua admiração: Valérie Lemercier e Cécile De France.

Com o caso do mensalão sobre a mesa, passou os últimos quatro meses deitando, sonhando, acordando e estudando o escândalo. Manteve, nesse período, apenas o esqueleto de sua rotina — acorda cedo (entre 5 e 5 meia), almoça cedo (antes do meio-dia) e se deita cedo (até as 10) —, recheando-a com estudos do caso. Outro dado que subverteu sua rotina depois que chegou ao Supremo é a dor nas costas. "Adquiri aqui, por causa das poltronas do plenário", acredita. Tem almofadas especiais na poltrona do plenário, na cadeira do gabinete e no banco do carro. Faz de tudo: massagem, quiropraxia, acupuntura e pilates. "Vou curar isso", promete a si mesmo. Por causa da dor nas costas, prefere conversar em pé a se sentar. Fez isso nas sessões do julgamento do mensalão, apoiando-se, em pé, no espaldar da poltrona. No gabinete, tem uma espécie de púlpito, sobre o qual coloca os livros e papéis para ler e despachar em pé. Por causa desses incômodos e dificuldades, ele vive reclamando da vida?

Que nada. Joaquim Barbosa adora viajar, sobretudo aos países cuja língua conhece. É fluente em francês, inglês e alemão, nessa ordem. Já esteve duas vezes na África do Sul, ambas para dar palestras, e uma vez no Senegal, a turismo. O que achou do Senegal? "O problema social é gritante, a miséria é...", diz ele, deixando as reticências como convite à imaginação. Mas ele gosta mesmo é do Hemisfério Norte. Gosta de Montmartre, o charmoso bairro parisiense onde já morou e de cuja basílica se tem uma deslumbrante vista da capital francesa. Já morou também em Nova York, cuja "exuberância cultural" adora, ainda que deteste o frio do inverno, e em Los Angeles — que, ao contrário da opinião de respeitável maioria, achou uma "cidade interessante", embora não rivalize com São Francisco, sua preferida nas terras de Tio Sam. Estava em Los Angeles em fevereiro de 2003, quando recebeu um e-mail de um tal de Sérgio Sérvulo, então assessor do Ministério da Justiça, informando que o ministro Márcio Thomaz Bastos gostaria de conhecê-lo. Avisou seu filho, hoje com 22 anos e estudante de jornalismo no Rio de Janeiro, que precisaria ir a Brasília. Foi, e nunca mais voltou, a não ser para recolher seus pertences e vender o carro californiano. Tomou posse como ministro do STF em junho de 2003.

No caso mais importante de sua vida de magistrado, e da própria história recente do STF, Joaquim Barbosa fez um voto inteligente. Subverteu a ordem da denúncia preparada pelo procurador-geral da República. No seu voto, abriu com o capítulo 5, porque mostrava a fonte do dinheiro que abasteceu o valerioduto. Depois, pulou para o capítulo 3, no qual são narrados os casos de desvio de dinheiro público. E, assim, deixou por último os capítulos mais complexos, incluindo aquele em que José Dirceu e comparsas são acusados de formação de quadrilha. Com essa forma, o escândalo ficou mais compreensível e o capítulo anterior jogava luz sobre o capítulo subsequente. Talvez isso explique a facilidade com que o crime de formação de quadrilha foi aceito — ao contrário das expectativas iniciais. Seu colega, o ministro Ricardo Lewandowski, tem outra leitura. Em reportagem publicada pela *Folha de S.Paulo,* a repórter Vera Magalhães relatou ter presenciado um telefonema de Lewandowski, na noite do fim do julgamento, em um restaurante em Brasília. Na conversa, o ministro, que estaria falando com seu irmão, fez afirmações levianas. Disse que "a imprensa acuou o Supremo", que "todo mundo votou com a faca no pescoço" e que, antes do acuo do tribunal, a "tendência era amaciar para o Dirceu". O que teria constrangido o Supremo, na versão de Lewandowski, foi a publicação, na semana anterior, de mensagens trocadas entre ele e a ministra Cármen Lúcia pela intranet. Elas insinuavam que o ministro Eros Grau rejeitaria a denúncia em troca da indicação ao Supremo de um amigo seu, Carlos Alberto Direito. Eros Grau aceitou a denúncia. E Direito foi indicado para o STF na semana passada. Isso só mostra que, se alguém votou com a faca no pescoço, foi Lewandowski — aliás, o único que votou a favor de Dirceu na denúncia por formação de quadrilha. Envolvido em tanta fofoca em tão pouco tempo, o ministro já ganhou o apelido de "Lewandowski e Trazendowski". Outros preferem "Leviandowski".

O desabafo de Lewandowski motivou alguns — entre eles, José Dirceu — a dizer que o julgamento estava sob suspeição e que poderia ser anulado. Bobagem. Mas os mensaleiros, o PT e o Palácio do Planalto têm feito tudo, cada um a seu modo, para reduzir a grandeza da decisão do Supremo. O presidente Lula, que no último dia do julgamento sobrevoou a periferia de Brasília, fez de conta que o assunto não lhe dizia respeito, mas depois mandou um recado torto aos novos réus: de que não tinham do que se envergonhar...! Na quinta-feira, os petistas fizeram um jantar em São Paulo em homenagem aos réus, entre eles João Paulo Cunha, promovendo uma estupidez que põe o partido acima dos princípios, um erro que a maioria do PT vem cometendo desde a eclosão do escândalo, deve voltar a cometê-lo neste fim de semana, quando faz seu terceiro congresso nacional, e que certamente ficará como cicatriz indelével na história da legenda. Apesar da decisão do STF, os petistas continuam agarrados ao discurso de que o mensalão não passou de conspiração "da elite e da mídia". Agora, com o processo criminal instalado, caberá ao Ministério Público recolher as provas necessárias às condenações. Tudo pode acontecer. Especula-se até que ministros poderiam ter aceitado a denúncia agora para dar satisfação à opinião pública e, no decorrer do processo, trabalhar sorrateiramente para inviabilizar as condenações. O certo é que o Ministério Público terá um trabalho duro pela frente. O julgamento final não deve ocorrer antes de três anos — portanto, quando um novo governo estiver tomando posse, um novo governo, é bom atentar, que pode ser da turma petista ou de aliados, mas também pode não ser.

O julgamento da semana passada deu a Joaquim Barbosa uma súbita notoriedade. Normalmente, seu e-mail público (gabminjoaquim@stf.gov.br) não recebe mais do que cinco mensagens por semana. Nos últimos dias, passaram de 100. "Em geral, eram mensagens de pessoas dizendo-se aliviadas com o resultado do julgamento", conta. Aposentando-se aos 70 anos, como manda a lei, Joaquim Barbosa ficará no tribunal até 2025 — mas ele dá sinais de que talvez os apelos da vida o arranquem dali antes disso. "Com certeza, fico até chegar a minha vez de ser presidente." Pelo rodízio do tribunal, sua oportunidade chegará dentro de pouco mais de cinco anos. Até lá, haverá um ministro Joaquim Barbosa, encarregado do processo do mensalão. Depois, sabe-se lá. "Gosto da vida", diz ele. E, bem ao seu estilo globalizado, percorre mentalmente seus bairros preferidos em Paris, Berlim e Rio, e completa: "Gosto do Marais, gosto de Prenzlauerberg, gosto da Lapa". O Brasil jamais teve um deplorável escândalo como o mensalão. Como compensação, também jamais teve um ministro como Joaquim Barbosa.

**Com reportagem de Ricardo Brito**

26 DE SETEMBRO, 2012

# UMA VISÃO CRÍTICA DAS COISAS

O poeta Ferreira Gullar diz que o socialismo não faz mais sentido, recusa o rótulo de direitista e ataca: "Quando ser de esquerda dava cadeia, ninguém era. Agora dá prêmio, todo mundo é"

**Pedro Dias Leite**

**UM DOS MAIORES** poetas brasileiros de todos os tempos, Ferreira Gullar, 82 anos, foi militante do Partido Comunista Brasileiro e, exilado pela ditadura militar, viveu na União Soviética, no Chile e na Argentina. Desiludiu-se do socialismo em todas as suas formas e hoje acha o capitalismo "invencível". É autor de versos clássicos: "À vida falta uma parte / — seria o lado de fora — / para que se visse passar / ao mesmo tempo que passa / e no final fosse apenas / um tempo de que se acorda / não um sono sem resposta. / À vida falta uma porta". Gullar teve dois filhos afligidos pela esquizofrenia. Um deles morreu. O poeta narra o drama familiar e faz a defesa da internação em hospitais psiquiátricos dos doentes em fase aguda. Sobre seu ofício, diz: "Tem de haver espanto, não se faz poesia a frio".

**O senhor já disse que "se bacharelou em subversão" em Moscou e escreveu um poema em que a moça era "quase tão bonita quanto a revolução cubana". Como se deu sua desilusão com a utopia comunista?** Não houve nenhum fato determinado. Nenhuma decepção específica. Foi uma questão de reflexão, de experiência de vida, de as coisas irem acontecendo, não só comigo, mas no contexto internacional. É fato que as coisas mudaram. O socialismo fracassou. Quando o Muro de

Berlim caiu, minha visão já era bastante crítica. A derrocada do socialismo não se deu ao cabo de alguma grande guerra. O fracasso do sistema foi interno. Voltei a Moscou há alguns anos. O túmulo do Lenin está ali na Praça Vermelha, mas pelo resto da cidade só se veem anúncios da Coca-Cola. Não tenho dúvida alguma de que o socialismo acabou, só alguns malucos insistem no contrário. Se o socialismo entrou em colapso quando ainda tinha a União Soviética como segunda força econômica e militar do mundo, não vai ser agora que esse sistema vai vencer.

**Por que o capitalismo venceu?** O capitalismo do século XIX era realmente uma coisa abominável, com um nível de exploração inaceitável. As pessoas com espírito de solidariedade e com sentimento de justiça se revoltaram contra aquilo. O Manifesto Comunista, de Marx, em 1848, e o movimento que se seguiu tiveram um papel importante para mudar a sociedade. A luta dos trabalhadores, o movimento sindical, a tomada de consciência dos direitos, tudo isso fez melhorar a relação capital-trabalho. O que está errado é achar, como Marx diz, que quem produz a riqueza é o trabalhador e o capitalista só o explora. É bobagem. Sem a empresa, não existe riqueza. Um depende do outro. O empresário é um intelectual que, em vez de escrever poesias, monta empresas. É um criador, um indivíduo que faz coisas novas. A visão de que só um lado produz riqueza e o outro só explora é radical, sectária, primária. A partir dessa miopia, tudo o mais deu errado para o campo socialista. Mas é um equívoco concluir que a derrocada do socialismo seja a prova de que o capitalismo é inteiramente bom. O capitalismo é a expressão do egoísmo, da voracidade humana, da ganância. O ser humano é isso, com raras exceções. O capitalismo é forte porque é instintivo. O socialismo foi um sonho maravilhoso, uma realidade inventada que tinha como objetivo criar uma sociedade melhor. O capitalismo não é uma teoria. Ele nasceu da necessidade real da sociedade e dos instintos do ser humano. Por isso ele é invencível. A força que torna o capitalismo invencível vem dessa origem natural indiscutível. Agora mesmo, enquanto falamos, há milhões de pessoas inventando maneiras novas de ganhar dinheiro. É óbvio que um governo central com seis burocratas dirigindo um país não vai ter a capacidade de ditar rumos a esses milhões de pessoas. Não tem cabimento.

**O senhor se considera um direitista?** Eu, de direita? Era só o que faltava. A questão é muito clara. Quando ser de esquerda dava cadeia, ninguém era. Agora que dá prêmio, todo mundo é. Pensar isso a meu respeito não é honesto. Porque o que estou dizendo é que o socialismo acabou, estabeleceu ditaduras, não criou democracia em lugar algum e matou gente em quantidade. Isso tudo é verdade. Não estou inventando.

**E Cuba?** Não posso defender um regime sob o qual eu não gostaria de viver. Não posso admirar um país do qual eu não possa sair na hora que quiser. Não dá para defender um regime em que não se possa publicar um livro sem pedir permissão ao governo. Apesar disso, há uma porção de intelectuais brasileiros que defendem Cuba, mas, obviamente, não querem viver lá de jeito nenhum. É difícil para as pessoas reconhecer que estavam erradas, que passaram a vida toda pregando uma coisa que nunca deu certo.

**Como o senhor define sua visão política?** Não acho que o capitalismo seja justo. O capitalismo é uma fatalidade, não tem saída. Ele produz desigualdade e exploração. A natureza é injusta. A justiça é uma invenção humana. Um nasce inteligente e o outro, burro. Um nasce atlético; o outro, aleijado. Quem quer corrigir essa injustiça somos nós. A capacidade criativa do capitalismo é fundamental para que a sociedade se desenvolva, para a solução da desigualdade, porque é só a produção da riqueza que resolve isso. A função do Estado é impedir que o capitalismo leve a exploração ao nível que ele quer levar.

**Qual a sua visão do governo de Dilma Rousseff?** Dilma é uma mulher honesta, não rouba, não tem a característica da demagogia. Mas ela foi posta no poder pelo Lula. Assim, não tem autoridade moral para dizer não a ele. Nesse aspecto, é prisioneira dele.

**Como o senhor avalia a perspectiva de condenação dos réus do mensalão?** O julgamento não vai alterar o curso da história brasileira de uma hora para a outra. Mas o que o Supremo está fazendo é muito importante. É uma coisa altamente positiva para a sociedade. Punir corruptos, pessoas que se aproveitaram de posições dentro do governo, é uma chama de esperança.

**O senhor se identifica com algum partido político atual?** Eu fui do Partido Comunista, mas era moderado. Nunca defendi a luta armada. A luta armada só ajudou mesmo a justificar a ação da linha dura militar, que queria aniquilar seus oponentes. Quando fui preso, em 1968, fui classificado como prisioneiro de guerra. O argumento dos militares era, e é, irrespondível: quem pega em armas quer matar, então deve estar preparado para morrer.

**O senhor condena quem pegou em armas para lutar contra o regime militar?** Quem aderiu à luta armada foram pessoas generosas, íntegras, tanto que algumas sacrificaram sua vida. Mas por um equívoco. Você tem de ter uma visão crítica das coisas, não pode ficar eternamente se deixando levar por revolta, por ressentimentos. A melhor coisa para o inimigo é o outro perder a cabeça. Lutar contra quem está lúcido é mais difícil do que lutar contra um desvairado.

**Como se justifica sua defesa da internação no tratamento da esquizofrenia?** As pessoas usam a palavra manicômio para desmoralizar os hospitais psiquiátricos.

Internei meu filho em hospitais que têm piscina, salão de jogos, biblioteca. Mesmo os públicos não têm mais camisa de força nem sala com grades. Tive dois filhos esquizofrênicos. Um morreu, o outro está vivo, mas não tem mais o problema no mesmo grau. Controlou com remédio, e a idade também ajuda. A esquizofrenia surge na adolescência e se junta à impetuosidade. Com o tempo, a pessoa vai amadurecendo. Doença é doença, não é a gente. Se estou gripado, a gripe não sou eu. A esquizofrenia é uma doença, mas eu não sou a esquizofrenia. Posso evoluir, me tornar uma pessoa mais madura, debaixo de toda aquela confusão. O esquizofrênico com 50 anos não é o mesmo de quando tinha 17.

**Qual o pior momento na sua convivência com filhos esquizofrênicos?** Quando a pessoa entra em surto, ela pode se jogar pela janela. Meu filho, o Paulo, se jogou. Hoje ele anda mancando porque sofreu uma lesão na coluna. Ele conversava comigo, via televisão, brincava, lia meus poemas. Em surto, não tinha controle. Queria estrangular a empregada. Nessas horas, a única maneira é internar e medicar. Nesse estado, sem nenhum socorro, o esquizofrênico pode fazer qualquer coisa. A família pobre faz o quê, se não tem mais onde internar? Se mantiver a pessoa em casa, ela poderá tocar fogo em tudo, pegar uma faca e tentar assassinar o pai. Poderá fugir para a rua, desvairada. Essa política contra os hospitais psiquiátricos tem como resultado prático uma tragédia em que os ricos internam seus filhos em clínicas particulares e os pobres morrem na rua. Quando ouço alguém dizer que as famílias internam os filhos porque querem se ver livres deles, só posso pensar que essa pessoa gosta dos meus filhos mais do que eu. Nunca viu meu filho, mas ama meu filho mais do que eu. Absurdo. Você não sabe o que é uma família ter um filho esquizofrênico. Além do problema do tratamento, há o desespero de não saber o que fazer. Os hospitais psiquiátricos continuam a existir porque os médicos sabem que não há outra saída. Não se interna um doente para que ele fique vinte anos lá dentro, mas sim três dias, três meses. Meus filhos nunca ficaram internados além do tempo necessário. Eles voltavam para casa normais. Era uma alegria. Nenhuma família quer ter seu filho preso.

**Como foi a primeira vez que se defrontou com a doença?** O primeiro surto do Paulo foi no exílio, em Buenos Aires. Um dia, no apartamento, a gente estava brincando, a bola desceu pela escada, ele saiu para pegá-la e não voltou. Desci, ele tinha sumido. Em que direção eu ando? Voltei para casa e fiquei chorando, não sabia o que fazer. Paulo ficou meses sumido. Isso foi em 1974, logo que cheguei a Buenos Aires. Terminei encontrando-o preso. No desvario, ele tentou roubar um carro — não sabia nem dirigir — e foi preso. Fez greve de fome. Estava esquelético. O policial disse que era preciso uma ordem para soltá-lo, porque era menor. Mas deixou que eu levasse meu filho, porque sabia que ele estava doente. Levei o Paulo para casa. Ele entrou e começou a arrebentar a janela. Morávamos no 5º andar. Ele foi internado. Até o dia em que, esperto como é, sumiu do hospital, para sempre. Foi encontrado em São Paulo. Saiu de Buenos Aires sem um tostão, com a roupa do corpo. Esses episódios não têm fim.

**Como é seu método para fazer poesia?** Já fiquei doze anos sem publicar um livro. Meu último saiu há onze anos. Poesia não nasce pela vontade da gente, ela nasce do espanto, alguma coisa da vida que eu vejo e que não sabia. Só escrevo assim. Estou na praia, lembro do meu filho que morreu. Ele via aquele mar, aquela paisagem. Hoje estou vendo por ele. Aí começo um poema... Os mortos veem o mundo pelos olhos dos vivos. Não dá para escrever um poema sobre qualquer coisa. O mundo aparentemente está explicado, mas não está. Viver em um mundo sem explicação alguma ia deixar todo mundo louco. Mas nenhuma explicação explica tudo, nem poderia. Então de vez em quando o não explicado se revela, e é isso que faz nascer a poesia. Só aquilo que não se sabe pode ser poesia.

**A idade é uma aliada ou uma inimiga do poeta?** Com o avanço da idade, diminuem a vontade e a inspiração. A gente passa a se espantar menos. Tem poeta que não se espanta mais, mas insiste em continuar escrevendo, não quer se dar por vencido. Então ele começa a escrever bobagens ou coisas sem a mesma qualidade das que produzia antes. Saber fazer ele sabe, mas é só técnica, falta alguma coisa. Não se faz poesia a frio. Isso não vai acontecer comigo. Sem o espanto, eu não faço. Escrever só para fazer de conta, não faço. Eu vou morrer. O poeta que tem dentro de mim também. Tudo acaba um dia. Quando o poeta dentro de mim morrer, não escrevo mais. Não vou forçar a barra. Isso não vai acontecer. Toda vez que publico um livro, a sensação que tenho é de que aquele é o definitivo. Escrever um poema para mim é uma grande felicidade. Se não acontecer, não aconteceu.

12 DE ABRIL, 2006

# VERDADES E MENTIRAS DE SUZANE VON RICHTHOFEN

Repudiada pela família, sem dinheiro, com medo de sair às ruas e manipulada pelos advogados, a jovem que participou do assassinato dos pais está mais perdida do que nunca

**Juliana Linhares**

**A DOIS MESES** de seu julgamento, Suzane Louise von Richthofen vem a público pela primeira vez falar sobre o crime que cometeu: o assassinato de seus pais. Mais gorda, com os cabelos curtos e uma franja cobrindo parte dos olhos, ela recebeu a reportagem de VEJA com os cabelos desalinhados, calçada em pantufas e vestindo uma camiseta cor-de-rosa com estampa da personagem Minnie. Desde que deixou a prisão, Suzane, hoje com 22 anos, vive em um apartamento no bairro do Morumbi, em São Paulo, hospedada por um casal de amigos de seus pais a quem chama de "pai" e "mãe". Agarrada à mulher o tempo todo, comporta-se como se fosse uma criança pequena. Fala baixo e com voz infantil. Ao responder às perguntas, escondia o rosto atrás dos cabelos, mirava o chão e lançava olhadelas indagativas para seus advogados. Claramente foi instruída por eles para fazer o tipo frágil e desassistida. No esforço de evitar o que mais teme, a volta para a cadeia, onde ficou por mais de dois anos, Suzane tenta convencer seus interlocutores de que é uma menina perturbada — e de que foi essa condição que a fez, em 2002, abrir a porta de casa para que o então namorado, Daniel Cravinhos, acompanhado do irmão, Cristian, entrasse no quarto de seus pais e os assassinasse a golpes de barras de ferro.

Será preciso convencer o júri de que Suzane não é a mesma pessoa que em 2002 foi assim descrita pelo delegado Domingos de Paulo Neto, que dirigia o Departamento de Homicídios e Proteção à Pessoa de São Paulo quando do duplo assassinato: "Ela é fria, calculista e impetuosa". O que mudou? Certamente a temporada na cadeia, o isolamento dos amigos, o repúdio dos familiares e um eventual remorso tiveram efeito suavizante sobre a personalidade da jovem recém-saída da adolescência. Com toda a certeza, porém, ela pode estar usando as características descritas pelo delegado em 2002 para criar, sob a orientação dos advogados, uma persona vitimizada, carente e merecedora de pena. Não se pode prejulgar. Um júri será convocado com a específica finalidade de decidir o destino de Suzane.

O engenheiro Manfred Albert von Richthofen e a psiquiatra Marísia von Richthofen foram mortos na cama em que dormiam em 31 de outubro de 2002. Oito dias mais tarde, Suzane, Daniel e Cristian Cravinhos foram presos e confessaram o crime. Ao contrário de Suzane, os irmãos permanecem na cadeia. O julgamento dos três está previsto para junho. Todos responderão por duplo homicídio triplamente qualificado, o que, neste caso, significa: motivo torpe, meio cruel e impossibilidade de defesa da vítima. Daniel e Suzane ainda responderão por fraude processual e Cristian, por todos esses crimes mais o de furto. Na ocasião do assassinato, Suzane cursava o 1º ano de direito na Pontifícia Universidade Católica de São Paulo (PUC-SP). Desde então, abandonou os estudos, o cabelo longo e boa parte da vaidade. Deixou de praticar esportes e trocou as blusas justas e curtas que gostava de usar por camisetas largas e compridas. Passa o dia trancada em casa. Pela manhã, ajuda a arrumar as camas e preparar o almoço. À tarde, assiste a TV — desenhos animados são seus programas preferidos — e brinca com os seis pássaros que a família que a hospeda cria soltos no apartamento. Vê novela, lava a louça do jantar e vai dormir. Por receio de que vizinhos protestem contra a sua presença no prédio — o que já chegou a acontecer há algum tempo —, seus protetores, que pedem que não sejam identificados, tratam o assunto quase como um segredo. Nenhum dos membros da família a chama nem mesmo pelo apelido: "Su" virou "Rê". Nas poucas vezes em que deixa o apartamento, Suzane usa as escadas, em vez do elevador. O temor de ser "descoberta" é tanto que ela afirma não sair nem à janela. "Tenho medo de que eles queiram que eu vá embora daqui", diz.

Suzane não tem mais contato com suas amigas do colégio alemão Humboldt, onde estudou da 1ª série até o fim do ensino médio. Hoje, sua melhor amiga é uma advogada treze anos mais velha, Luzia Helena Sanches. A relação começou quando Luzia viu Suzane na TV e sentiu "que precisava conhecê-la". Trocaram cartas e hoje se falam todos os dias por telefone, já que a advogada mora em uma cidade no interior de

São Paulo. Luzia e Suzane se chamam uma à outra pelo mesmo apelido: "Gordão". Suzane diz que Luzia é a irmã que ela não teve. Quanto ao irmão de verdade, Andreas von Richthofen, hoje com 19 anos, a relação é tensa. Desde que os pais foram mortos, Andreas passou a morar com um tio, irmão de sua mãe. Ele chegou a visitar Suzane na cadeia algumas vezes, mas hoje os dois não se veem mais. Eventualmente, falam-se por telefone, mas a conversa sempre termina em briga. Suzane é vaga quando fala sobre os motivos de seus desentendimentos com Andreas. "Acho que ele tem raiva", disse a VEJA. Já uma pessoa próxima a ela diz que a razão dos conflitos é a herança dos pais. Andreas estaria pressionando Suzane para que ela desista de brigar por sua parte no patrimônio dos Richthofen. O artigo 1814 do Código Civil Brasileiro prevê que filhos que matam os pais perdem o direito à herança. A deserdação, porém, não é automática. É preciso que haja uma ação judicial pedindo a exclusão do herdeiro. A família de Marísia, com quem Andreas vive, já deu início ao processo. Suzane, por meio de seus advogados, pretende brigar para manter o direito à herança.

Foi por causa de um hobby do irmão, o aeromodelismo, que Suzane conheceu Daniel Cravinhos, em 1999. A família Richthofen estava no Parque do Ibirapuera, um dos cartões-postais de São Paulo, olhando Andreas brincar com seu avião quando Daniel, também adepto da prática, começou a puxar conversa. Quando o namorico engatou, Manfred e Marísia não se importaram — acharam que era coisa passageira. Com o tempo, o namoro ficou sério e Daniel passou a frequentar não só a casa da família, como o sítio do casal, no interior de São Paulo. Apesar das diferenças sociais — Daniel é filho de um escrivão aposentado e morava em um sobrado em um bairro de classe média baixa, nas proximidades do Aeroporto de Congonhas —, o namoro foi aceito pela família por quase três anos. Em seu depoimento à polícia, Suzane disse que o rapaz passou a ser uma "obsessão" em sua vida. "Queria estar sempre com ele, o tempo todo, o dia inteiro." Suzane enchia o namorado de presentes. Entre outras coisas, presenteou-o com um aparelho de som e um par de óculos de marca famosa no valor de mais de 1 000 reais. A família do namorado, de quem ela se tornou muito próxima, também mereceu agrados. Segundo um dos advogados de Suzane, a jovem trocou o piso da casa dos pais do namorado e comprou para eles uma TV e um aparelho de DVD. Tudo com dinheiro da sua mesada e escondido dos pais. Além disso, teria pago algumas prestações de um carro Corsa para o namorado. Com Daniel, Suzane também conheceu as drogas. Os dois fumavam maconha quase todos os dias e experimentaram ainda ecstasy, éter e cola. Em meados de maio de 2002, o casal Richthofen decidiu proibir o namoro.

Na madrugada de 31 de outubro, Daniel e o irmão Cristian aguardaram que Suzane confirmasse que seus pais estavam dormindo e entraram com ela na casa dos Richthofen. Suzane guiou-os pela sala, subiu as escadas na frente e ficou esperando que entrassem no quarto. Assim que entraram, ela acionou o interruptor de luz para facilitar a locomoção dos assassinos. Nesse ponto, afirma, desceu para a biblioteca. Manfred e Marísia dormiam. O primeiro a atacar foi Daniel, que golpeou Manfred na cabeça com uma barra de ferro. Em seguida, Cristian, com uma barra idêntica nas mãos, atingiu Marísia. Manfred desmaiou logo. Marísia, não. Ao ser atacada, acordou e tentou proteger-se com as mãos. Alguns de seus dedos foram quebrados com a violência das pancadas. Recebeu golpes na cabeça e no rosto. A certa altura, já agonizante, passou a emitir um som "parecido com um ronco", segundo relatou Cristian à polícia. Na tentativa de silenciá-la, o jovem pegou uma toalha do casal no banheiro e empurrou-a pela garganta da psiquiatra. Um dos ossos do pescoço de Marísia foi quebrado. Depois de eles constatarem que suas vítimas estavam mortas, Daniel colocou uma arma pertencente a Manfred, perto de seu braço, ao lado da cama. Em seguida, cobriu o rosto de Manfred com uma toalha. O de Marísia foi envolto em uma sacola plástica de lixo, que havia sido deixada por Suzane na escada para que os irmãos depositassem as barras de ferro e suas roupas manchadas de sangue.

A moça disse à polícia que, enquanto os pais eram mortos, ela permaneceu no andar de baixo da casa, caminhando entre a sala e a biblioteca. Suzane afirma que, na maior parte do tempo, chorou, com os ouvidos tapados com as mãos. Teve, no entanto, suficiente sangue-frio para espalhar documentos e contas a pagar pelo chão da biblioteca e também ajudou os irmãos a arrombar, com uma faca, a maleta em que o pai escondia dinheiro e a colocar 8 000 reais e 5 000 dólares na mochila de Cristian. Embora soubesse o segredo da pasta, Suzane deduziu que o arrombamento daria mais veracidade à farsa. Depois do crime, Suzane e Daniel deixaram Cristian perto da casa dele e foram para um motel. No primeiro depoimento que prestaram à polícia, logo após o crime, os dois afirmaram ter mantido relações sexuais naquela noite. Mais tarde, mudaram a versão. Do motel, pegaram o irmão Andreas, que havia sido deixado por eles num cibercafé próximo à casa dos pais. Suzane entrou em casa junto com o irmão. Depois de simular surpresa diante dos indícios do "assalto", cumpriu o roteiro combinado com o namorado: na frente de Andreas, que nada sabia, ligou para Daniel pedindo ajuda e obedeceu a seu conselho de chamar a polícia.

O parricídio e o matricídio são crimes repudiados com horror por todas as épocas, etnias e sociedades. Na Roma Antiga, os homicídios eram punidos de diferentes maneiras, dependendo de sua gravidade. Nessa escala, o assassinato do pai pelo filho merecia a mais espetacular das punições. A Lei Pompeia sobre os Parricídios, criada em 55 a.C., dizia que aquele que matasse seu ascendente não deveria ser submetido "nem à espada, nem ao fogo, nem a nenhuma outra pena solene". Deveria, no lugar disso, ser "encerrado em um saco de couro, juntamente com um cão feroz, um galo, uma víbora e uma macaca, e, nessas fúnebres estruturas, ser arrojado ao mar vizinho ou ao rio, para que em vida lhe cheguem a faltar todos os elementos, e, enquanto viva, seja privado da luz do céu, e, uma vez morto, da terra".

A peça *Édipo Rei*, escrita por Sófocles, tornou-se a mais famosa tragédia grega justamente por tratar desse crime tremendo que é o parricídio. A obra inspirou o pai da psicanálise, o austríaco Sigmund Freud, a tomar o nome de Édipo emprestado para designar o complexo que está na base do psiquismo e das neuroses: o desejo recôndito do menino pequeno de matar o pai, visto como rival amoroso em sua relação com a mãe, assim como o da menina pequena de eliminar a mãe. O parricídio e o matricídio assombram tanto por ser crimes que, ao atentar contra um dos pilares da civilização, a família, ecoam uma essência humana atávica e incancelável. Quando ganham materialidade por decisão de uma menina que poderia ser a filha de qualquer um de nós, como Suzane, o horror aumenta. Tende-se, inclusive, a buscar uma explicação razoável para a atrocidade — algo que distancie a tragédia de nossas vidas, que nos dê a certeza de que só poderia acontecer com "eles". Foi assim no caso de Suzane. Chegou-se a dizer, por exemplo, que seu pai a espancava e abusava sexualmente dela — duas mentiras, conforme se provou. Suzane nunca foi uma vítima de sua família. Seus pais a amaram, contaram-lhe histórias quando era pequena e orgulharam-se de cada vitória que conquistou. Ela estudou em bons colégios, praticou esportes, aprendeu três línguas. Teve carinho, foi mimada e bem educada. O que não funcionou na educação dela, então? Impossível saber ao certo. Nesses casos, fala mais alto a espessa zona de mistério que envolve o cérebro adolescente, uma sopa fervente de hormônios, sensações, ansiedade, dúvidas e desejos. Os adolescentes americanos Eric Harris e Dylan Klebold não eram muito diferentes dos outros — até que, em 1999, mataram a tiros colegas e professores na escola, o que ficou conhecido como o massacre de Columbine. Por que isso ocorreu? Nunca se saberá ao certo.

O julgamento de Suzane e o dos irmãos Cravinhos estão previstos para o mesmo dia, 5 de junho. Os advogados Mário de Oliveira Filho e Mário Sérgio de Oliveira, contratados e pagos pela família que hospeda Suzane, ainda trabalham para que as sessões ocorram em dias diferentes. A justificativa é que a defesa dela e a dos Cravinhos são conflitantes: os irmãos afirmam que partiu de Suzane a ideia de cometer o crime. Ela culpa os Cravinhos. Além disso, os advogados de Suzane defendem a tese de que o júri terá de usar critérios diferentes para julgar sua cliente e os outros assassinos. "Suzane não participou efetivamente das mortes", diz Oliveira. Se o esforço dos advogados der certo, o julgamento de Suzane deverá acontecer apenas em julho. Eles tentarão convencer os jurados de que Suzane foi levada pelo namorado a cometer os crimes. "Ela estava plenamente adequada à vida familiar, até que conheceu os Cravinhos, que já tinham histórico de banditismo e de uso de entorpecentes. Foi nesse momento que ela saiu de seu caminho", diz Oliveira Filho.

Suzane, que esteve presa entre novembro de 2002 e junho de 2005, tem pavor de voltar à cadeia. Até 2004, ela permaneceu na Penitenciária Feminina da Capital, no Carandiru, em São Paulo, onde era constantemente ameaçada pelas presas, já que crimes como o que ela cometeu são considerados abjetos até mesmo por bandidos. Ela teve de ser transferida para uma penitenciária em São Carlos, no interior de São Paulo, depois que, numa rebelião, um grupo de presas tentou matá-la. Antes da entrevista a VEJA, os advogados de Suzane avisaram que ela não falaria sobre sua estada na prisão — o trauma teria sido muito grande. Em nenhum momento, no entanto, a reportagem foi solicitada a não falar com a jovem sobre o assassinato de seus pais. Nas diversas oportunidades em que o tema foi abordado, Suzane, acompanhada de advogados, esforçou-se para chorar. Não conseguiu em nenhuma das vezes. Na quinta-feira passada, diante de uma repórter da Rede Globo, chegou a simular um desmaio ao ser questionada sobre o crime. É natural que advogados instruam seus clientes, inclusive a respeito da imagem que devem apresentar em público. E é também natural que, às vésperas do julgamento que vai decidir sua vida, Suzane concorde em obedecer às orientações de sua defesa. O que há de mentira e de verdade em suas ações e afirmações, no entanto, é algo que, talvez, nunca se saberá. Como também ficará no ar a dúvida a respeito da sinceridade da frase com que ela se despediu da reportagem: "Olha, eu amo muito os meus pais". Foi uma das poucas vezes em que Suzane olhou nos olhos da repórter.

## "QUERIA MINHA VIDA DE VOLTA"

Desde que deixou a prisão, há nove meses, Suzane von Richthofen está morando em um apartamento, em São Paulo, com um casal de amigos de seus pais a quem ela chama de "pai" e "mãe". Foi lá que ela recebeu, de camiseta com a estampa da personagem Minnie e pantufas em forma de coelhinho, a reportagem de VEJA, para sua primeira entrevista depois do crime.

**Qual a lembrança que você tem dos seus pais?** Meu pai é muito lindo. Minha mãe também. São os melhores pais do mundo. Esses dias, eu estava na cozinha e senti meu pai me abraçando por trás.

**O que você sente ao falar deles?** Um buraco no peito. Dói muito falar deles. É tudo muito triste.

**Do que você se lembra daquele dia?** De nada. Eu estava muito drogada. Tinha fumado maconha o dia inteiro. Eu não lembro de nada, nada.

**Você tem alguma explicação para o que fez?** *(Suzane não responde.)*

**Você está arrependida?** *(Suzane responde afirmativamente com a cabeça.)* Queria voltar àquele dia e apagar tudo. Queria a minha vida de volta.

**Você tem falado com o seu irmão?** *(Andreas von Richthofen, que atualmente vive com parentes do lado materno.)* Não. Ele está com um tio nosso, que o proibiu de falar comigo. De vez em quando, ele me telefona, mas a gente briga.

**Por quê?** Ele tem saudade dos nossos pais. Ele também não queria estar sozinho. Acho que tem raiva.

**No dia do seu julgamento, você vai reencontrar, pela primeira vez, seu ex-namorado Daniel Cravinhos. O que você sente por ele hoje?** Raiva, muita raiva. Eu não queria nunca mais vê-lo.

**Do que você tem mais medo?** Do dia do julgamento.

**Como você vê o seu futuro? Tem algum sonho?** Não. Entreguei tudo para Deus. Não tem condições.

**Mas você não pensa, por exemplo, em voltar a estudar direito?** Eu já falei. Não tem condições, né?

# ECONOMIA

# DEPOIS DA BONANÇA, A TEMPESTADE

Na última década, o Brasil voltou a sentir o gosto do crescimento acelerado — mas a receita do governo acabaria se revelando indigesta. A economia viveu seus melhores dias desde o chamado "milagre econômico" dos anos 70. A miséria e a desigualdade de renda diminuíram. Houve, ao mesmo tempo, a emergência da classe C. Analisado mais amplamente, incluindo as classes D e E, o fenômeno foi tema de uma reportagem de capa em 2014. Nela, VEJA radiografava o que chamou de República Federativa da Periferia do Brasil, cujo poder de compra a colocaria no 16º lugar do G20 do consumo mundial, à frente da Suíça e da Holanda. Durante todo esse processo, o governo deu como certo que o vigoroso avanço na economia poderia se perpetuar. Mais grave ainda: multiplicou gastos públicos e ampliou a intervenção estatal. Uma capa de agosto de 2012 já alertava para os riscos desse modelo. Na verdade, eram as sementes da atual crise que estavam sendo plantadas. De um membro dos Brics, o Brasil, a outro, a Índia. Em 2006, a revista visitou o país hindu para registrar os efeitos da aceleração de sua economia. A metáfora do elefante foi escolhida para descrever uma nação pujante, mas que arrastava o peso das grandes massas de miseráveis e de conflitos políticos e sociais. Passada uma década, o elefante indiano continua em seu passo vigoroso — e a arrastar o seu fardo.

29 DE JANEIRO, 2014

# OI, BRASIL, ESTAMOS AQUI!

Bem-vindo ao país da periferia, tão próximo e às vezes tão distante de tantos brasileiros. Formado pelas classes C, D e E, é um universo de 155 milhões de pessoas que compram mais do que a Suíça e a Holanda

**Fernanda Allegretti**

**O SORRISO METÁLICO** e colorido dos jovens que, nas últimas semanas, tomaram conta do noticiário nacional, após a explosão dos rolezinhos, deixa escapar bem mais do que os versos do funk ostentação com os quais eles fazem, às centenas, os seus barulhentos passeios pelos shoppings das periferias das grandes cidades brasileiras. Não é que a trilha sonora desse novo e ruidoso fenômeno urbano careça de importância. Mas o sorriso, em si, de aparelho, daquela garotada — um símbolo de status, de ascensão econômica e, sobretudo, de uma sadia vaidade, decorrente da autoestima elevada — ilumina algo de maior vulto. Para além das roupas de grife e de traquitanas tecnológicas de última geração, itens obrigatórios para "os parça" e "as mina", os dentes cobertos de ferragens e elásticos compõem a face mais visível de um país que existe dentro do Brasil, habitado pelas classes C, D e E. Um país "fictício", diga-se desde logo, contra qualquer insinuação de secessão, de apartheid social — e que, no entanto, revela o Brasil real.

Ele é formado pela parcela que representa a maioria da população, um contingente de 155 milhões de pessoas que vem se consolidando como um gigantesco exército de consumidores, alimentados pela facilidade de crédito — no ano passado, eles gastaram, com produtos e serviços em geral, 1,27 trilhão de reais, segundo projeção do instituto Data Popular, especializado em pesquisas nas classes média e baixa e que atende empresas como Mastercard, Santander e TAM. Conforme levantamento do instituto, só os jovens de classe C consumiram em 2013 algo em torno de 129 bilhões de reais, contra 80 bilhões das classes A e B e 19,9 bilhões da D.

A pedido de VEJA, o Data Popular isolou dados e estatísticas das classes C, D e E — cuja renda familiar mensal média varia de 250 a 2 344 reais — para criar, hipoteticamente, um país, de modo a tornar explícito o seu vigor no mercado. Se existisse de fato, a, chamemos assim, "República Federativa da Periferia do Brasil" teria um poder de compra que a poria no G20 do consumo mundial, ocupando a 16ª posição no ranking das nações que mais gastam (o Brasil está hoje na sétima posição). Estaria, dessa maneira, à frente, por exemplo, de Suíça e Holanda. Para chegar a essa conclusão, o Data Popular cruzou números da Pesquisa Nacional por Amostra de Domicílios (Pnad), do Instituto Brasileiro de Geografia e Estatística (IBGE) e do Banco Mundial.

"O orgulho da periferia encontra-se muito atrelado ao consumo porque, pela primeira vez, essas famílias conseguiram romper com a história de pobreza de seus antepassados", acredita o sociólogo e cientista político Rudá Ricci, autor do livro *Nas Ruas*, sobre os protestos de junho de 2013. "Elas estão conseguindo gastar com supérfluos, viajar de avião, ter um smartphone. Os meninos do rolezinho são filhos dessa geração que deixou a miséria para trás e se inseriu na sociedade por meio do consumo." Durante décadas, houve pouca mobilidade social no Brasil. Pobre era pobre e classe média era classe média. Nos últimos anos, a ascensão social foi rapidíssima. Compreensível: entre 2002 e 2012, a renda familiar média dos 25% mais pobres cresceu 45% (a dos 25% mais ricos subiu 13%).

A referência às viagens aéreas e aos telefones móveis conectados à internet ganha peso quando se analisam alguns dados recentes. De acordo com o Data Popular, 54% dos que tomaram um avião em 2013 pertenciam às classes C, D e E, que, por sua vez, têm em mãos 58% dos smartphones habilitados.

Naturalmente, não se está querendo dizer que, diante de indicadores tão expressivos, a vida das classes menos favorecidas por aqui tenha alcançado padrões escandinavos. Em 2012, 3,2 milhões de domicílios das classes C, D e E não tinham água encanada; 9,2 milhões seguiam sem coleta de lixo e 19,4 milhões sem coleta de esgoto. Vive-se na periferia o paradoxo de ter um celular de última geração e ser obrigado a carregar uma lata d'água na cabeça.

Como o Brasil de verdade, o país fictício exibe diversidade e diferenças regionais. A Periferia, com p maiúsculo, comporta distintas periferias. Diferentemente de São Paulo, por exemplo, no Rio de Janeiro "periferia" é, muitas vezes, uma área vizinha dos pontos nobres. Lá, morros recobertos por teias de favelas ficam, como se sabe, a poucos degraus dos glamourosos bairros da Zona Sul. "A geografia carioca põe a periferia no meio da cidade, aproximando, como em nenhum outro lugar do país, as diferentes camadas sociais", diz o sociólogo Marcelo Burgos, da PUC-RJ. "Elas frequentam a mesma praia. A cultura dos morros transborda para o asfalto, e os desejos de consumo da Zona Sul são aspirados e copiados nas favelas. Há uma simbiose."

Muitas vezes, as diferenças podem ser flagradas entre periferias de uma mesma cidade. A Zona Sul de São Paulo, onde estão áreas carentes como Capão Redondo e Grajaú, registrou em 2013, de acordo com a Secretaria de Segurança Pública do Estado, taxas de homicídio e roubo 30% maiores do que as da Zona Leste, onde se localizam São Mateus e Guaianases.

Ressalvas feitas, pode-se voltar aos pontos de contato. "O que aproxima os moradores das periferias brasileiras é a aspiração de ascender socialmente e ter acesso a bons serviços e a uma vida confortável", diz Burgos. Desse desejo absolutamente legítimo decorrem outras aproximações. A autoestima elevada e o orgulho mencionados antes estão por trás de um sentimento que se espalha e une diversas periferias: o apego às origens. Há exatos treze anos, em 2001, VEJA realizou uma reportagem de capa sobre essas regiões. Ela discutia as implicações do inchaço da periferia. Naquela época, o sonho de consumo do morador de bairros pobres não era comprar um tênis de marca — era mudar para um local melhor. Hoje, o progresso social não traz consigo a obsessão de ir morar onde vivem os integrantes das classes A e B — quando isso é possível, claro, o que está longe de ser corriqueiro — nem frequentar os lugares que eles frequentam (shopping centers incluídos). "O orgulho de viver no subúrbio tem a ver com a identidade cultural. Sinto que isso está ainda mais exacerbado agora, com o crescimento econômico desses lugares. Mesmo quem enriquece não quer sair de lá", atesta o telenovelista João Emanuel Carneiro, autor de *Avenida Brasil* (2012), que fez sucesso pondo em cena personagens como o ex-craque Tufão (Murilo Benício), um ídolo "pobre-rico" que jamais deixou o bairro simples onde cresceu.

Muito dessa atitude de apego às origens está ancorado no empreendedorismo que, cada vez mais, se faz notar entre os integrantes das classes menos abastadas. O levantamento Data Favela, realizado pelo Sebrae e pelo Data Popular, com 2 000 pessoas de 63 favelas brasileiras de nove estados mais o Distrito Federal, mostrou que, de um total de 11,7 milhões de pessoas que moram naqueles lugares, cerca de 20% se sustentam com a exploração de um pequeno negócio próprio. Quarenta e sete por cento dos empreendedores iniciaram a atual atividade há menos de três anos.

Diante de todo esse cenário, não se estranha que a esmagadora maioria (87%) dos brasileiros situados nas classes mais baixas atribua a seus próprios esforços a melhora de sua vida, de acordo com o Data Popular. Só 6% creditam tal mudança ao governo — a despeito das políticas sociais que tiraram 30 milhões de pessoas da pobreza entre 2003 e 2009 e do aumento real de quase 70% do salário mínimo entre 2003 e 2012. Para os entrevistados pelo instituto, antes da mão governamental vêm a família, Deus, a fé, a sorte e até o patrão. Tamanha descrença no governo se reflete na avaliação dos serviços públicos: de zero a 10, as classes C, D e E dão nota 4 para a segurança e a saúde, 4,5 para o transporte e 5 para a educação. Não se imagine, entretanto, que a aparente despreocupação política dos participantes dos rolezinhos reflita o pensamento das classes de menor poder aquisitivo. Embora 54% de seus integrantes avaliem que o Brasil seria melhor sem partidos políticos, 81% consideram a política um assunto importante e 67% confiam que o voto pode mudar o país. Considerando o tamanho da população da República da Periferia, não é difícil medir o seu cacife eleitoral no Brasil real. Para o presidente do Data Popular, Renato Meirelles, é preciso acompanhar com atenção uma provável mudança de discurso nas próximas eleições: "O debate não será mais focado no legado de cada partido, mas sim no que eles podem oferecer para o futuro. O jovem dessa classe emergente não está interessado no que Lula ou FHC fizeram; quer um político que melhore as condições de vida dele".

Conquistar a atenção, e o poder de compra, das classes mais baixas tem mobilizado potências do mercado. Em 2005, 34% dos clientes da americana Procter & Gamble (P&G) no Brasil eram da classe C; cinco anos depois, já representavam mais da metade. Para entender melhor tais consumidores, a empresa organiza periodicamente imersões em suas rotinas. "Uma das particularidades desse grupo é que o jovem da família tem alto poder de decisão, e é muito exigente", explica Gabriela Onofre, diretora de comunicação e marketing da P&G. O alto nível de exigência, aliás, é um traço fundamental desse público, que costuma fazer pesquisa de preço e é muito criterioso em suas escolhas. Diz Gabriela: "Há uma preocupação grande em consumir bons produtos, com a melhor tecnologia e a maior inovação". Isso para não falar do desprezo à falsificação. Dados do Data Popular indicam que, no último ano, 73% das mulheres da classe AB compraram produtos piratas; na classe C, esse número foi de 53%.

No mundo do entretenimento, a atenção às classes menos abastadas também é grande. Pudera. No caso de comédias como *De Pernas pro Ar*, o estouro de audiência ocorre especialmente em cinemas da periferia. Com isso — de volta aos negócios —, desde 2009 vem crescendo o número de salas em shoppings fora das regiões centrais das cidades. Até porque, segundo levantamento da Associação Brasileira de Shopping Centers (Abrasce) realizado em 2012, 56% do público de classe C declarou ir àqueles centros de compras uma vez por semana (na classe A, foram 70%).

O entendimento da "classe C emergente" como "nova classe média" tem sido um ponto de polêmica entre acadêmicos e especialistas. "A definição de classe média é baseada estritamente em dados econômicos, não tem absolutamente nada a ver com capital cultural ou social", argumenta Renato Meirelles. "Os baixos valores dos seus ganhos são fruto de uma má distribuição da renda. Apenas 5% dos brasileiros ganham um salário maior do que 4000 reais por mês e só 1% ganha acima de 11000 reais. Logo, seria equivocado identificar apenas 5% da população como classe média. No mundo, não é diferente. Cinquenta e quatro por cento da população mundial ganha menos do que a classe média brasileira."

Quando cantam funk pelos corredores dos shoppings, os jovens rolezeiros filhos dessa classe social expandida podem estar querendo apenas se divertir — e não fazer das músicas hinos de protesto contra algo como a má distribuição de renda, uma das mazelas ainda persistentes entre os brasileiros. As letras entoadas são, muitas vezes, grosseiras, feias — mas o sorriso metálico dos meninos e meninas da fictícia República Federativa da Periferia, pelo que ele representa do Brasil de verdade, é bonito de ver.

---

**Com reportagem de Ana Luiza Daltro e Bela Megale** (São Paulo); **Alvaro Leme e Cecília Ritto** (Rio de Janeiro); **Adriano Ceolin e Ullisses Campbell** (Brasília); **Isabel Marchezan** (Porto Alegre); **Kalleo Coura** (Recife)

18 DE JULHO, 2012

# A MÃO QUE NÃO EMBALA O PIB

O governo abre os cofres, dá incentivos a indústrias escolhidas, amplia os empréstimos dos bancos públicos e reduz os juros. Mesmo assim, a economia não reage. É um sinal de que o Brasil voltou a esbarrar nos antigos obstáculos à melhoria da produtividade

**Giuliano Guandalini**, **Marcelo Sakate** e **Ana Luiza Daltro**

**O REAL CHEGOU AOS 18 ANOS** com um sinal irrefutável de seu caminho rumo à maturidade. Na semana passada, o Banco Central reduziu a taxa básica de juros, a Selic, para 8% ao ano. É o valor mais baixo da história. A importância desse número não fica aí. Subtraindo os impostos e as taxas de administração, investimentos em fundos DI e de renda fixa atrelados à Selic oferecerão daqui em diante um rendimento anual em torno de 5%. Em termos de ganho real, ou seja, considerando a inflação esperada de 5%, a rentabilidade será nula. Os poupadores brasileiros, nos tempos de juros elevadíssimos, haviam se habituado a ter ganhos de até 10% acima da inflação sem fazer nenhum esforço, apenas depositando seu dinheiro em fundos de aplicações em títulos da dívida pública. Agora, para obterem remunerações mais elevadas, terão de procurar investimentos de prazo mais longo e também mais arriscados. A economia brasileira, assim, passa a ficar mais parecida com a das nações avançadas.

A queda nas taxas de juros derruba uma barreira histórica ao desenvolvimento. Os recursos dos poupadores, em vez de dormir sossegadamente na ciranda dos fundos de curtíssimo prazo, poderão migrar para o financiamento de projetos como a construção de residências e a renovação da infraestrutura decrépita. A redução na taxa Selic tem sido acompanhada de um barateamento no custo do crédito para o consumo, principalmente nos bancos públicos. Além da queda no custo do dinheiro, o governo lançou diversos pacotinhos de incentivos a determinados segmentos da indústria, como a redução dos impostos de carros e eletrodomésticos. Houve ainda uma ampliação do caixa do BNDES. Ao todo, foram despejados mais de 100 bilhões de reais na economia desde meados do ano passado.

Com todos esses estímulos, seria de esperar que a atividade estivesse avançando em capacidade plena. Nada mais longe da realidade. O PIB permanece em estado de semiestagnação desde o fim do ano passado. Para os analistas mais certeiros do setor privado, a economia não crescerá mais de 2% neste ano. Diariamente surgem notícias de empresas que postergaram projetos de investimentos, e começam a aparecer demissões na indústria, depois de anos seguidos de contratações.

A economia brasileira é um paradoxo. O governo abre a mão e despeja recursos e incentivos em massa na economia, os juros nunca foram tão baixos e o desemprego permanece em patamares mínimos. Tem-se aqui a combinação perfeita para injetar ânimo e insuflar o consumo e os investimentos. Mas o PIB não dá sinais de reação. Por quê? Uma primeira explicação estaria nos efeitos da crise do euro e do pálido crescimento dos países ricos. Mas só isso não explica a desaceleração. Sofrendo as mesmas pressões externas negativas, as economias de Chile, Peru e Colômbia têm projeção de crescimento de 5% para este ano. O Brasil perdeu o gás por motivos mais profundos. Há dez anos o governo não faz nenhuma reforma significativa com impacto positivo no principal indutor da riqueza: a produtividade. A melhora na infraestrutura foi medíocre em todo esse período, fazer negócios continuou a ser um pesadelo burocrático e tributário, e a qualidade da mão de obra evoluiu — mas pouco. O crescimento econômico mais rápido, enquanto durou, foi resultado das políticas de crédito barato, que não podem ser mantidas indefinidamente, e do empuxo das reformas feitas na década anterior. Tudo isso, claro, impulsionado pela valorização dos principais itens de exportação — a produção agrícola e os minérios. A balança comercial favorável trouxe bilhões de dólares e alimentou a expansão do crédito. Agora, sem o vento externo a favor, os antigos gargalos voltam a estrangular o PIB. Ficou caro produzir no Brasil, por causa da alta no custo em fatores como eletricidade e mão de obra, e as indústrias têm optado por importar componentes e até mesmo produtos acabados, no lugar de ampliar os investimentos. Apesar de todos os incentivos, as engrenagens da economia giram em falso.

Confrontado com a letargia do PIB, o governo, em vez de se dedicar a projetos que diminuam as amarras ao investimento privado e libertem as forças do livre mercado, optou por redobrar a carga de suas intervenções na economia. Elevou a tributação dos investimentos e empréstimos internacionais, restringiu a compra de terras por estrangeiros, interveio na cotação do dólar, tolerou a inflação acima da meta, colocou barreiras aos produtos importados e passou a favorecer o aumento do conteúdo nacional em diversas áreas, sobretudo na indústria automobilística e ainda mais na produção de petróleo. Afirma o economista Eduardo Giannetti da Fonseca: "O país já havia avançado no processo de uma melhor definição da fronteira entre o Estado e os mercados livres, mas agora há uma certa confusão no ar. É um efeito muito claro da crise de 2008, que acabou por legitimar uma tentação que já existia. O flanco se abriu, e o governo gostou da brincadeira". Com as políticas dirigistas, o governo pensou que estaria plantando as sementes de um "Brasil Maior", para usar o nome de um dos pacotes planaltinos. Colheu o pibinho.

"A desaceleração da economia mostra que não basta baixar os juros e elevar o câmbio. É preciso devolver a confiança ao investidor de que o cenário benigno vai se manter", diz o economista Felipe Salto, da Tendências Consultoria. A mão pesada do Estado brasileiro poderia ser acionada para cortar gastos públicos e fazer as reformas que tragam o custo do país a padrões compatíveis com o crescimento rápido e sustentável. Em entrevista recente, Carlos Ghosn, presidente mundial da Renault-Nissan, revelou que é mais barato importar aço sul-coreano feito com minério brasileiro para fabricar seus automóveis do que comprar diretamente das siderúrgicas brasileiras.

A produtividade média da economia, medida pela quantidade que cada trabalhador produz, ficou estagnada na última década. A exceção é a agropecuária, cuja produtividade tem avançado a um ritmo médio superior a 4% ao ano. Boa parte desse ganho se deve às pesquisas da Empresa Brasileira de Pesquisa Agropecuária, a estatal Embrapa, um caso exemplar, mas tristemente único, de como o governo pode incentivar o desenvolvimento.

A agropecuária brasileira sofre com a logística deficiente, mas mesmo assim resiste e avança. São inúmeros os exemplos de problemas clamando pela mão salvadora do Estado. Um deles: o custo para transportar o algodão produzido na Bahia até o Porto de Santos é o dobro do que se cobra pelo frete marítimo de Santos até a China. A Ferrovia Norte-Sul poderia derrubar o custo de escoamento. As obras estão a cargo da estatal Valec, cujos ex-dirigentes respondem por crimes de superfaturamento e corrupção. Cadê a mão do Estado forte para tirar a ferrovia do papel? Nessa hora a mão do Estado fica fraca e trêmula.

O modelo econômico brasileiro, tão bem-sucedido no decorrer dos últimos dez anos, está se esgotando. Nas páginas seguintes, economistas falam sobre qual é o papel ideal dos governos na indução do crescimento econômico e do equilíbrio de forças necessário entre a mão de ferro do estado e a mão invisível dos mercados.

## É MELHOR DE MÃOS DADAS

Jornalistas de VEJA entrevistaram quatro economistas sobre o que mudou e o que não mudou nas sempre tensas relações entre a mão pesada do Estado e a mão invisível do mercado — esta, a famosa expressão de Adam Smith, patrono da ciência econômica, para descrever o conjunto de empresas, capitalistas e consumidores. A conclusão deles é que Estado e mercado são complementares, e não inimigos em luta de vida ou morte.

## VITO TANZI

Economista italiano radicado nos Estados Unidos, especialista em contas públicas e autor de *Government versus Markets*
Autor da entrevista: **André Petry**

**O que resistiu ao tempo e às mudanças de conjuntura e não muda nas atribuições do Estado?** O papel regulador. O Estado tem de fazer o mercado funcionar da melhor forma possível. Cabe ao Estado investigar e corrigir o abuso de poder econômico, a falta de transparência, a formação de monopólios e os favorecimentos. Todas as demais distorções decorrem da negligência do Estado nesses fundamentos. A má distribuição de renda decorre do mau funcionamento do mercado, mas cabe ao Estado corrigir a falha que deu origem à desigualdade. Há, porém, uma diferença entre proteger os vulneráveis e redistribuir renda. A ideia de redistribuir é que nos levou ao aumento insustentável do gasto público. Devemos nos preocupar com o nível de renda dos 20% mais pobres da população. O Estado deveria ter compromisso com as pessoas realmente pobres, as mais vulneráveis. Os programas de educação para todos ou saúde para todos não são fundamentais. Eles são aceitáveis, mas desde que se mostrem exequíveis e não levem o país à falência.

**Quais deveres do Estado não mudam, seja o governo liberal ou conservador?** Neste começo de século, parece ser uma moléstia mundial a insistência dos governos em não reduzir seu volume de gastos. Acima de um determinado limite, os gastos públicos se tornam insustentáveis. Como quase sempre existem também enormes déficits públicos, os impostos não podem ser reduzidos. Mas os gastos públicos podem e devem ser cortados. O limite da insustentabilidade varia de país para país, mas, do ponto de vista puramente empírico, percebo que, quando um governo gasta mais do que 35% do produto interno bruto (PIB), ele está pondo em risco a estabilidade da economia e o bem-estar da população. Eu diria que 35% do PIB é o limite de gastos públicos acima do qual um país, seja ele qual for, começa a correr o risco de falir.

**Continua sendo papel dos governos reativar economias em crise?** O Estado nem tinha essa função até a década de 30, quando John Maynard Keynes publicou seu famoso livro *Teoria Geral do Emprego, do Juro e da Moeda*. Desde então, ela tem feito parte da pauta de atuação dos governos. Eu aceitei a economia keynesiana, mas com o tempo tive a chance de conhecer seus limites. Com Keynes, surgiu a ideia de que o governo, em situações especiais, pode contratar um grupo de trabalhadores para abrir um buraco e outro grupo para tapá-lo, mantendo, assim, certo nível de emprego. Se isso funcionou durante a Grande Depressão americana dos anos 30, é ainda motivo de debate. Mas, para mim, parece fora de dúvida: hoje não funciona mais. A ideia keynesiana de que os empregos são intercambiáveis é uma ficção, sobretudo nas economias modernas, que exigem mão de obra altamente especializada. Por essa razão, em muitos países as estatísticas mostram, em aparente paradoxo, altos níveis de desemprego e, ao mesmo tempo, vagas sobrando.

**Depois da hegemonia da economia de mercado no processo de globalização, estamos assistindo à volta do capitalismo de Estado?** Parece ser a tendência, mas o capitalismo de Estado não é monolítico. Compare a Argentina e a Coreia do Sul. Os dois países seguiram o mesmo caminho, com o mesmo tipo de política industrial, mas executaram o projeto de modo diferente. Estive na Coreia pela primeira vez no começo dos anos 80. Fui como consultor. Certo dia, levaram-me para visitar uma fábrica de carros. Era a Hyundai. Pensei que eles fossem loucos, pois nunca seriam capazes de competir com o resto do mundo. Como sabemos, conseguiram. Os sul-coreanos cometeram alguns erros, mas acertaram muito. Criaram uma economia regulada, mas não restritiva, e montaram um dos melhores sistemas de educação do mundo. A Argentina fez o contrário, estatizou para manter vivas empresas que deveriam desaparecer, e agora está pagando o preço.

**A China tem sido vista como a grande vitrine do sucesso do capitalismo de Estado. Procede?** A China é um Estado autoritário. No começo, um sistema assim funciona bem. O governo é ágil para executar projetos porque atropela interesses e lobbies. Na democracia, tudo precisa ser negociado, e isso leva tempo. No atual estágio, tudo é fácil para a China. O país absorve tecnologia do exterior, aprimora seu sistema educacional, chama de volta seus melhores profissionais. O problema é que essas vantagens — econômicas, frise-se — acabam. Os interesses e os lobbies começam a vingar, e o governo autoritário perde o poder inicial de higienizar o mercado. A China ainda está se beneficiando do autoritarismo, mas os problemas aparecerão, acredito, dentro de uns cinco anos.

**Entre o autoritarismo chinês e a liberdade total dos mercados, deve existir alguma coisa mais virtuosa, não?** Sim, um sistema de mercado sabiamente regulado. Não acredito em fundamentalismo do mercado como a escola de Chicago. Não acredito em Friedrich Hayek, o expoente da escola austríaca. Hayek acreditava que o sistema de preço nos oferece todas as informações de que precisamos sobre a economia, dispensando qualquer outro mecanismo de análise. Obviamente, nem tudo está no preço. Quem compra um pacote turístico para as férias não sabe, antecipadamente, se o preço embute a real qualidade dos serviços que vai receber. Quando levo meu carro à oficina, não sei quanto vai custar o conserto nem tenho ideia se os mecânicos farão de fato o serviço pelo qual cobraram. Nesses casos, o preço não deu as informações necessárias. É preciso regular também os programas do Estado de bem-estar social. Na Itália, havia gente se aposentando aos 30 anos de idade. Com pensão integral. Os governos precisam perceber as distorções, antes que elas virem desastres, e agir. Se os bancos têm de ser salvos porque ficaram grandes demais para falir, parece-me óbvio que eles não podem ser livres para chegar a ficar tão grandes. O governo precisa se antecipar ao problema e fatiá-los, cumprindo sua missão essencial de garantir que o mercado funcione da melhor forma possível.

**Entre os países que formam o Bric, quais as economias mais bem equipadas para enfrentar os desafios propostos pelo século XXI?** Pela ordem: Índia em primeiro, depois o Brasil, em seguida a China e, por último, a Rússia.

## MAÍLSON DA NÓBREGA

Sócio da Tendências Consultoria, é ex-ministro da Fazenda
Autor da entrevista: **Marcelo Sakate**

**A crise de 2008, deflagrada por Wall Street, marcou o começo da desconfiança das pessoas com os sábios da economia?** As crises são inerentes ao sistema capitalista, porque em alguns momentos se produz uma junção excessiva de riscos, ou porque prolifera a ideia de que o mercado já resolveu todos os problemas, ou porque estão todos em meio a uma euforia. Onde é que não tem crise? Em Cuba e na Coreia do Norte. No entanto, eles estão miseráveis. A crise de 2008 não é assim tão diferente de outras que ocorreram no passado. Elas têm em comum a persistência no erro, o que Andrew Haldane, ex-diretor do Banco da Inglaterra, chamou de "miopia diante do desastre", uma característica da mente humana que nos torna propensos a apagar os sentimentos fortemente negativos. Um exemplo disso é o motorista apressado que presencia um acidente grave na estrada e automaticamente diminui a velocidade. Após alguns minutos, ele já está acelerando o carro a toda novamente e se expondo aos mesmos riscos que produziram o acidente que ele acabou de ver. Portanto, as duas únicas certezas que temos são, primeiro, que outra crise tão grave virá, e, segundo, que ela não será produzida por empréstimos podres, como em 2008. A cada crise, criam-se mecanismos para evitar que ela se repita, mas as inovações e as novas ondas de euforia fazem com que as crises aconteçam.

**Ou seja, os reguladores, as pessoas que precisam vigiar o sistema financeiro, estão, a exemplo dos generais, sempre lutando a última guerra, e não a próxima?** Muito se disse que faltou fiscalização sobre os bancos de Wall Street, e isso levou aos abusos que produziram a crise. Acho que foi muito mais um problema de regras. O sistema inglês e o americano são muito baseados nas instituições. Os inspetores partem do princípio de que os bancos estão cumprindo as regras. Eles não fiscalizam se os bancos estão assumindo riscos excessivos, pois consideram que, se existe uma norma que regula isso, ela está sendo cumprida.

**Mas os bancos estavam oferecendo no mercado papéis podres baseados em empréstimos feitos a pessoas que não queriam nem podiam pagar...** As autoridades americanas poderiam ter feito uma regra determinando que nenhum banco poderia oferecer crédito que não estivesse associado a um pagamento desde o início. Mas é fácil falar depois do leite derramado. O fato é que a crise de 2008 foi resultado de inúmeros fatores. Um deles, pouco estudado, foi o desequilíbrio econômico provocado pelos imensos superávits comerciais da China, que aumentou brutalmente a liquidez comprando papéis públicos americanos.

**Um Estado mais forte não seria o bastante para evitar as crises?** O economista Charles Kindleberger catalogou, desde o século XVII, a ocorrência de 300 crises graves. Portanto, elas parecem mesmo inevitáveis, seja qual for o peso da mão do Estado. O que importa mesmo, quando se fala do papel do Estado, é saber que ele é forte quando é capaz de criar as condições propícias ao empreendimento e à prosperidade.

**Que condições são essas?** A capacidade para regular os mercados e impedir o abuso do poder econômico, os cartéis e os monopólios; a capacidade de impor pesos e medidas uniformes, fundamentais para evitar perdas de eficiência; a capacidade de exercer o monopólio da violência, para garantir a segurança das pessoas; a capacidade de prover educação fundamental de qualidade e de defender o território. Ou seja, é forte o Estado que cria um pano de fundo a partir do qual se desenvolve a atividade econômica, um Estado que garante o funcionamento de um Judiciário independente, preserva o direito de propriedade e a validade dos contratos. Acima de tudo isso, é preciso conquistar a *accountability*, que quer dizer prestar contas, em inglês, ter um governo responsável perante a comunidade, capaz de gerir bem os recursos, ter transparência e submeter-se, periodicamente, ao julgamento dos eleitores. No regime autoritário, erroneamente confundido com Estado forte, não há *accountability*.

**O senhor acha que as pessoas deveriam temer menos as crises?** Não é isso, mas elas precisam saber que o que gera a riqueza das nações é essa conjugação de mercado e instituições. Uma das funções do conjunto de instituições é prevenir e reprimir o abuso de domínio de mercado, mas isso não se traduz automaticamente na garantia de que nunca mais haverá crises econômicas graves.

## IAN BREMMER

Presidente do Eurasia Group, é autor de *The End of the Free Market*
Autor da entrevista: **Marcelo Sakate**

**É correto chamar a crise atual de uma crise do livre mercado?** Não estamos nos defrontando com a derrocada do sistema de livre mercado. Temos mais o fracasso de políticos que não conseguiram criar as regras inteligentes necessárias para o capitalismo de livre mercado funcionar nem as condições para o crescimento a longo prazo da economia.

**Em relação à crescente intervenção do Estado, existe uma diferença palpável entre os líderes americanos e os europeus?** Há agora um grande senso de urgência dos governos na Europa porque a zona do euro enfrenta uma crise imediata. Os Estados Unidos enfrentam o que chamamos de "maldição do porto seguro". Como há volatilidade no resto do mundo, o dinheiro continua a ser aplicado nos títulos do Tesouro americano, mesmo depois que a dívida do país foi rebaixada. Mas, sim, concordo, está ocorrendo um envolvimento maior do Estado em todas as partes do mundo, principalmente porque as pessoas se convenceram de que o capitalismo dominado pelo Estado foi o que permitiu à China, o mais influente dos mercados emergentes, passar pela crise financeira com danos mínimos. Mas ainda não temos prova de que essa tendência veio mesmo para ficar.

**Como saber em quais circunstâncias a intervenção do Estado é justificável e quando ela é negativa?** É uma questão de equilíbrio. Vou fazer uma analogia. Os árbitros não devem decidir o resultado de uma partida de futebol, mas é impossível jogar sem eles. O capitalismo de livre mercado precisa de regras desenhadas de maneira inteligente e que tenham sido estruturadas de forma confiável para assegurar a competição mais eficiente possível, mantendo a saúde do sistema. Existem bons exemplos de intervenções limitadas e inteligentes. Nos Estados Unidos, os reguladores negligenciaram até as responsabilidades mais básicas na monitoração da exploração de petróleo no Golfo do México. Mas, no setor de tecnologia, os Estados Unidos tendem a promover a inovação dando estímulos de maneira inteligente.

**A administração da presidente Dilma Rousseff é mais liberal ou mais conservadora, em termos de intervenção do Estado, do que o governo da alemã Angela Merkel, do francês François Hollande e da argentina Cristina Kirchner?** Em primeiro lugar, temos de deixar claro que o Brasil não pode ser descrito como um país que tenha adotado o capitalismo de Estado. As empresas controladas pelo Estado representam 38% do valor da bolsa brasileira. Na Rússia, essa proporção é de 62%. Na China, 80%. A diferença não é simplesmente uma questão de intensidade. Reflete uma cultura política inteiramente diferente. Na comparação proposta por você com os países mencionados, vejo que o Estado brasileiro está mais ativamente envolvido nas atividades de energia e mineração do que os governos europeus. Mas o tratamento ao investimento estrangeiro no Brasil é muito diferente do modelo cada vez mais tolo que vemos na Argentina. A presidente Dilma Rousseff tem perseguido um equilíbrio inteligente entre o controle da inflação, que foi uma peça central do sucesso do governo Lula, e a ascensão de um número maior de pessoas à classe média.

RAGHURAM RAJAN
Ex-professor da Escola de Negócios Booth na Universidade de Chicago e ex-economista-chefe do FMI, é presidente do Banco Central da Índia e autor de *Linhas de Falha — Como Rachaduras Ocultas Ainda Ameaçam a Economia Mundial*
Autor da entrevista: **Marcelo Sakate**

**A presença do Estado empresário na economia é sempre ruim?** Eu não acho que seja necessariamente ruim ter uma economia mista, em que existam companhias estatais em alguns setores. O problema é quando os governos tentam interferir na gestão das empresas controladas pelo Estado; quando tentam direcionar decisões mais por razões políticas do que econômicas. A questão é como obter os benefícios de uma economia mista, em que possa existir competição entre o setor público e o privado, em vez das dificuldades que são prejudiciais e foram criadas pela intervenção política. Por um lado, a interferência política tende a prejudicar as estatais, mas os privilégios, por outro lado, criam o efeito contrário, em que o governo compra mais das empresas estatais, que também compram mais de outras companhias controladas pelo Estado.

**Existe algum modelo de economia mista que se aproxime do ideal?** É difícil apontar um modelo que seja um exemplo por completo, mas eu cito a França, que tem um modelo de economia mista razoavelmente bem-sucedido, no sentido de que o PIB do país ainda é muito elevado. Podemos até argumentar que se trata de um modelo potencialmente funcional também para outros países.

**O modelo brasileiro é funcional e sustentável?** O modelo de crescimento puxado pelo consumo, com transferências e crédito para a classe média e para a classe média baixa, foi muito bem-sucedido. Mas o problema é que isso se esgotou. A questão para o governo brasileiro é definir o próximo modelo. O Brasil tem de enfrentar o fato de estar se tornando uma economia de custos muito elevados; deveria ter como foco o aumento dos investimentos e da poupança doméstica. O país ainda é muito dependente de poupança externa. Precisa aprimorar a infraestrutura física e a oferta de capital humano, fomentar a competição e a abertura da economia. São coisas que a mão forte do governo poderia fazer e revigorar o Brasil.

7 DE JUNHO, 2006

# ÍNDIA – AVANÇO, MAS NÃO DE TIGRE. DE ELEFANTE

O gigante asiático está crescendo em ritmo acelerado, mas precisa arrastar o peso da pobreza e de sua complexidade social

**Carlos Graieb**

**QUANDO UM PAÍS** contém em suas fronteiras um sexto da população do planeta, seu sucesso ou seu fracasso não são um assunto banal. A Índia é um país assim. Ela tem atualmente 1,1 bilhão de habitantes. Em 2050, o número terá saltado para 1,6 bilhão. Próspera, ela será uma superpotência. Estagnada, um cenário dantesco de miséria. Neste exato momento, os dados estão sendo lançados. As notícias são auspiciosas. Pela primeira vez desde a sua independência do Império Britânico, em 1947, a Índia aparece aos olhos do mundo como um país viável, com a economia no rumo da riqueza. As taxas de expansão do PIB só ficam atrás das da China. Durante duas décadas, elas foram da ordem de 6% ao ano. Em 2005, chegaram a 8,1%, e não existe ameaça imediata de que venham a cair. Um aspecto excepcional dessa explosão é o fato de ser guiada pelo setor de serviços. A Índia não acena ao mundo com alimentos ou produtos manufaturados, mas sobretudo com soluções baratas e engenhosas em campos como o da tecnologia da informação e o da pesquisa farmacêutica. Mais do que outras nações emergentes, ela tem usado os novos meios de comunicação para influir na economia internacional, monitorando a distância redes de computação ou atendendo em seus call centers pessoas que se encontram em outros continentes. Nesse aspecto, a Índia está na vanguarda da globalização. Difundiu-se, além disso, um sentimento de urgência entre seus empresários, formadores de opinião e jovens profissionais. A ambição e a ousadia são encorajadas. Vistos de imigração para os Estados Unidos ou a Europa ainda são cobiçados, mas muitos alunos recém-saídos da universidade preferem tentar a sorte no país. A sensação é que a oportunidade está batendo à porta, e não pode ser desperdiçada.

A Índia já teve muitas décadas perdidas. Seu primeiro líder depois da independência, Jawaharlal Nehru, foi um político admirável em diversos sentidos, mas implementou um regime estatista que sufocou a iniciativa no país. Vivia-se no "reino das licenças". "Quem quisesse comprar um carro ou conseguir um telefone tinha de entrar em imensas listas de espera. Importar um computador requeria dezenas de visitas à burocracia", lembra Kamal Nath, ministro do Comércio e da Indústria. Essa jaula de ferro começou a ser desmontada em 1991, quando uma grave crise fiscal obrigou o governo a tomar medidas liberalizantes. Isso fez com que o desejo de empreender voltasse a correr nas veias dos indianos. "Quando pensamos nos fatores que podem garantir o futuro da Índia, devemos certamente contar entre eles sua classe de empresários", explica o economista Suman Bery, diretor do Conselho Nacional de Pesquisa Econômica Aplicada.

Segundo a revista *Forbes*, a Índia tem hoje 23 bilionários. São pessoas como Lakshmi Mittal, o quinto homem mais rico do mundo, com um patrimônio de 23,5 bilhões de dólares amealhados na siderurgia. Como os irmãos Mukesh e Anil Ambani, que dirigem a Reliance, o maior grupo privado da Índia, com faturamento de 23 bilhões de dólares em 2005, sobretudo na área de refino de combustíveis. Ou como Azim Premji, controlador da Wipro, um gigante do setor de tecnologia. Mais do que o pitoresco surgimento dos bilionários, porém, o que importa na Índia são as massas, sempre as massas. Duzentos e cinquenta milhões de indianos — duas Nigérias — ainda vivem na miséria extrema. O número vai caindo pouco a pouco, ao passo que aumenta, alguns degraus acima, o contingente dos que fincam pé na classe média. Nos últimos quinze anos, a classe média indiana triplicou de tamanho. Conta hoje com 300 milhões de pessoas — dois terços da União Europeia.

Banais por si próprias, histórias como a do engenheiro Ashok Kumar, de 22 anos, é que fazem a diferença. Ele acabou de receber seu diploma e enfrenta um doce dilema: não sabe como contar aos pais os detalhes de seu primeiro emprego. Sua família é de origem modesta. Integrante da comunidade dos *jats*, uma das centenas de subcastas do hinduísmo, seu pai seguiu as tradições e vive da agricultura. Ele tem 5 acres de terra perto de Nova Délhi, e a lavoura lhe garante 650 dólares por ano. É por isso que Ashok hesita em lhe falar do trabalho que conseguiu. A multinacional francesa que o contratou, e que desenvolve tecnologia para a extração de gás e petróleo, vai lhe pagar 4000 dólares por mês. O salário é seis vezes maior que a renda anual de seu pai. "Ele vai ficar orgulhoso, mas talvez seja um pouco chocante", diz o jovem. Diversos colegas de Ashok na universidade vivem a mesma situação. Eles vão entrar no mercado de trabalho embolsando quantias que seus pais ou irmãos mais velhos jamais esperaram ganhar.

Pessoas como Ashok Kumar contaram com um pouco de sorte e muita determinação para chegar ao ensino superior. A educação primária só se tornou obrigatória na Índia em 2001. Segundo as estatísticas oficiais, 75% das crianças abandonam o colégio na 8ª série e 85% no ensino médio. Feitas todas as subtrações, são 2,5 milhões de pessoas que saem da universidade a cada ano. Essa é uma questão-chave. Se não conseguir ampliar suas taxas de escolaridade, a Índia terá dificuldade para dar um salto industrial e, pior que isso, poderá ver abortado o seu voo, até agora notável, no campo tecnológico. Segundo um estudo da consultoria McKinsey, em 2010 haverá demanda por 500000 profissionais qualificados no campo da tecnologia da informação (TI) e nos centros de atendimento e assistência técnica remotos, os quais a Índia domina. O país detém 65% do mercado mundial de TI e 46% do de atendimento remoto. A preocupação, portanto, não é criar vagas, mas supri-las com mão de obra qualificada. De acordo com a McKinsey, apenas um quarto dos engenheiros indianos chega hoje "pronto" às companhias de TI.

A Índia tem instituições de ensino superior que se encontram entre as melhores do mundo. Os Institutos Indianos de Administração e, sobretudo, os Institutos Indianos de Tecnologia (IITs) são a nata desse sistema. Ao todo, há sete IITs, em sete cidades. Mantidos pelo governo federal, eles são um símbolo e também uma das causas da ascensão da Índia ao mundo da tecnologia. A simplicidade de seu ambiente pode ser enganosa. No fim da tarde, professores se reúnem pachorrentamente — e descalços — num laboratório do IIT de Roorkee, onde Ashok Kumar estudou, mas seus alunos certamente receberão uma educação de ponta. Todos os anos, empresas indianas e multinacionais mandam olheiros para recrutar esses alunos, seja para seus escritórios locais, seja para outras partes do mundo. A luta para ingressar num IIT é feroz. Lá dentro, o mesmo espírito competitivo prevalece. Toda uma mitologia se formou em torno dessas escolas. Até mesmo um romance já foi escrito sobre elas e virou best-seller (trata-se da sátira *Five Point Someone,* título que poderia ser traduzido livremente como O Aluno Medíocre). Os homens são a esmagadora maioria nos IITs, mas as moças também estão lá. No IIT de Roorkee são 343 entre 3266 rapazes. Para elas, além dos possíveis ganhos em dinheiro, a educação significa um novo tipo de controle sobre a própria vida. Diz a estudante de engenharia Gitanjali Prasad: "Eu certamente quero me casar, mas também quero dedicar tempo à minha carreira".

O casamento nos moldes tradicionais continua sendo uma instituição não apenas central como muito bem-aceita na vida indiana, mesmo entre os jovens urbanos. Por moldes tradicionais entendam-se coisas como o casamento arranjado — frequentemente com a ajuda de vistosos anúncios nos cadernos matrimoniais, que são a parte mais importante dos jornais de domingo — e a mudança dos noivos para a casa dos pais dele depois da celebração. Mas a tolerância a "arranjos alternativos" cresceu bastante, e a vida profissional das mulheres é um fator importante nisso. A ideia do divórcio é sempre recebida com um balanço pesaroso de cabeça, mas ela já não é um anátema como há dez ou quinze anos. Os carinhos públicos de casais não são algo fácil de ver na Índia. Nos filmes de Bollywood, só agora os primeiros beijos estão aparecendo — "Muito desajeitados e precisando de treino", como diz a escritora Shobha Dé. Nos clubes noturnos de uma cidade agitada como Mumbai é a mesma coisa: muita dança sensual embalada por canções estrangeiras ou indianas, muita carne exposta por saias e miniblusas, mas também a preservação quase universal dos limites, digamos, do bom-tom. Informalmente, contudo, os jovens reconhecem que o sexo pré-marital é bem mais comum do que se possa julgar.

A cultura do hedonismo e do consumo está dando os primeiros passos na Índia. Os cirurgiões plásticos são bastante requisitados, mas com discrição; o Botox foi liberado para uso cosmético apenas em meados de maio. À mesa, o vinho é um hábito que está sendo rapidamente adquirido pelas classes emergentes. "O primeiro clube de degustação surgiu em Mumbai em 1992, e agora já há mais de 5 000 pelo país", diz o empresário S.G. Chougule, que dedica seu tempo livre à pesquisa de cepas de uva que possam ser plantadas na Índia (ele é dono de uma vinícola, cujos produtos levam a marca Indage). Um fenômeno discutido por todos os observadores da vida social é o surgimento da "página 3" nos grandes jornais. Pessoas da página 3 são celebridades: estrelas de cinema, obviamente, já que Bollywood é a principal indústria de entretenimento da Índia, muito à frente da televisão, mas também jovens estilistas como Manish Arora e escritoras como Shobha Dé. As grifes estrangeiras marcam presença no país e muitos jovens que podem comprá-las as estão usando como emblemas de identidade. Mas não há sinal de que o indiano, até mesmo o mais afluente, venha a ter com as grifes uma relação remotamente parecida com a que têm os japoneses — entre outras coisas, porque roupas tradicionais como o sári têm presença garantida tanto no cotidiano quanto nas celebrações.

Durante o último Fórum Econômico Mundial de Davos, na Suíça, a Índia foi uma vedete com seus números de crescimento. Outdoors brilhavam com a frase "Índia inacreditável". Mas o slogan ganha significado irônico assim que se pisa no país. A precariedade da infraestrutura indiana é um tapa na cara de qualquer visitante, até mesmo o brasileiro, familiarizado com problemas de trânsito e de abastecimento de água, com favelas e lixões. Os aeroportos são barracões depauperados. Os blecautes de energia são rotina. Qualquer incursão nas estradas é uma aventura que oscila entre o cômico e o assustador. Cada avanço tem de ser negociado com veículos de todo tipo, inclusive carroças e tratores que surgem do mato sem aviso prévio. A frota de automóveis da Índia se moderniza aos poucos, mas ônibus e caminhões são em geral decrépitos; seus para-choques trazem a inscrição "Buzine, por favor". As estradas são estreitas e cheias de buracos. Dos 2,5 milhões de quilômetros da malha rodoviária nacional, menos de 10% são modernos e bem conservados. Quanto às metrópoles — bem, como já dito, o Brasil não é um caso de urbanização feliz, mas a Índia é ainda pior.

Cidades como Bangalore ou Mumbai ameaçam estourar. Dotada de um clima ameno, Bangalore foi uma das localidades preferidas dos colonizadores britânicos, que nela criaram parques e comodidades. Mais tarde ela se tornou "o paraíso dos aposentados". Finalmente, nos anos 90, um novo apelido entrou em voga: "Vale do Silício indiano", uma referência às empresas de tecnologia que se instalaram ali. Mas o sucesso econômico não foi acompanhado por esforços de organização. A cidade hoje padece de imensos congestionamentos, esgoto a céu aberto e favelas cada vez mais apinhadas. Outro exemplo impressionante é Mumbai. Trata-se da cidade mais populosa da Ásia, com 14 milhões de habitantes. Toda essa gente se espreme numa faixa estreita de terra, na verdade uma ilha. Novos subúrbios começaram a despontar recentemente, mas eles não bastam para desafogar a metrópole. Exércitos de mendigos se movem pelas ruas. Outras manchas de pobreza marcam a paisagem: bairros labirínticos onde vivem muçulmanos; cortiços ligados a tecelagens falidas; favelas "modernas", com casebres de madeira. Centro financeiro e cultural, Mumbai também tem muitos ricos. Mas até os bairros nobres transpiram decadência. A culpa é de uma lei dos anos 40 que torna quase impossível promover um despejo. Projetos para derrubar a lei vêm à baila de tempos em tempos e são abandonados assim que os proponentes se dão conta de seu possível custo político. Sem poderem dispor de seus imóveis, os proprietários deixaram de conservá-los e eles foram se deteriorando, batidos pelas monções. Se a Baía de Guanabara lembra uma boca banguela, como disse o antropólogo Claude Lévi-Strauss, a baía central de Mumbai é uma boca com dentes podres.

Quando a Índia se tornou independente do Império Britânico, herdou instituições legais e políticas de cunho democrático. Sua primeira geração de líderes teve a sabedoria de construir sobre esses alicerces, em vez de rejeitá-los. Exceto por um breve "período de emergência" no fim da década de 70, o regime democrático indiano se mantém intacto há sessenta anos. Trata-se de uma vantagem inegável na luta pela modernidade. Num país autoritário como a China, demandas futuras por maior liberdade podem resultar em caos. A democracia indiana é uma promessa de estabilidade a longo prazo. No dia a dia, contudo, não são poucos seus problemas. Como a corrupção, por exemplo. Segundo a ONG Transparência Internacional, essa é uma praga ainda mais indiana do que brasileira. Lá, como aqui, o financiamento de campanhas é um processo vergonhoso. "O aspecto mais repugnante da corrupção na Índia não é a sua extensão, mas o fato de ela estar sendo aceita como algo inevitável", afirma o economista Bimal Jalan, que foi presidente do banco central indiano entre 1997 e 2003. Também não são poucas as pressões depositadas sobre a esfera política. Elas decorrem do ancestral sistema de castas, dos conflitos ideológicos e religiosos e de uma estonteante diversidade regional e cultural (sobre esta última, basta dizer que há dezoito línguas oficiais na Índia e cerca de 2 000 dialetos).

Um chiste famoso, atribuído à ex-primeira-ministra Indira Gandhi, diz que a Índia não é um cadinho onde as coisas se fundem, e sim um prato de salada onde elas se misturam. Em termos mais abstratos, isso significa que a Índia abraça a filosofia do pluralismo. Há quem diga, no entanto, que o país tem uma essência, e que essa essência é hindu. O principal defensor dessa ideia é o BJP, que dirigiu a Índia de 1999 a 2004 e hoje lidera a oposição. "Não somos sectários. Não queremos criar divisões. Nossa política pode se resumir numa frase — a nação antes de tudo", diz o porta-voz do partido, Prakash Javadekar. Quando estava no governo, porém, o BJP tomou medidas como encomendar uma revisão dos livros de história adotados nas escolas, tornando-os doutrinários. Além disso, há bons indícios de que suas lideranças podem alimentar conflitos em regiões do país sob sua influência. Quatro anos atrás, mais de 2 000 pessoas da minoria muçulmana foram linchadas no Estado de Gujarat. No mês passado, duas noites de terror reavivaram a memória desse massacre. Seis muçulmanos foram mortos depois de protestos contra a demolição de uma mesquita na cidade de Ahmedabad. Um deles foi queimado dentro de seu carro. O Exército interveio antes que houvesse uma escalada de violência. As tropas, no entanto, foram acionadas pelo governo central, pois corria a suspeita de que a polícia local fechava os ouvidos aos pedidos de socorro. Hoje, como em 2002, Gujarat é governado pelo BJP.

O sistema de castas da religião hindu representa outro enorme desafio para a Índia. Segundo os textos sagrados, uma entidade cósmica, Purusha, sacrificou seu corpo para criar a humanidade. De sua boca surgiram os brâmanes, a casta sacerdotal. De seus braços vieram os guerreiros e os proprietários de terra, batizados de xátrias. Das pernas saíram os comerciantes, ou vaixás. Finalmente, dos pés do gigante brotou a casta dos sudras, os trabalhadores braçais. A humanidade terminava aí; para além de suas fronteiras ficavam os intocáveis, submetidos a toda espécie de jugo e humilhação. Por mais que se fale em secularização, esse sistema ainda permeia a vida social da Índia. Desde o berço as pessoas desenvolvem sensores para identificar a posição de um indivíduo no painel das castas com base em seu nome ou em seu tom de pele. Na verdade, a classificação é ainda mais sutil, pois há centenas de subcastas associadas às ocupações e à origem geográfica. O estrangeiro a quem dizem que as castas são coisa do passado (e essa afirmação é feita com alguma frequência) precisa apenas folhear os anúncios matrimoniais dos jornais de domingo para certificar-se do contrário. Cada um lista os atributos do pretendente e suas exigências. É possível dividir os classificados entre aqueles que requerem um noivo de uma casta específica e os que não fazem esse pedido.

Em 1950, a discriminação com base nas castas ganhou limites legais. A Constituição indiana promulgada naquele ano aboliu a intocabilidade e inaugurou uma nova era: a da ação afirmativa. Nas décadas que se seguiram, vários programas foram criados para promover a ascensão social dos antigos intocáveis (que se rebatizaram de *dalits,* ou "oprimidos") e também dos integrantes de subcastas mais pobres. É um assunto que não para de ferver. Neste exato momento, a Índia está em agitação por causa dele. Uma nova lei acaba de aumentar as cotas destinadas a *dalits* e congêneres nas universidades e no serviço público. A reserva, que era de 22,5% das vagas, pulou para 49% delas. Nem todos os que se opõem à medida — entre eles estudantes que no mês passado chegaram a ter confrontos violentos com a polícia nas ruas de Nova Déli — o fazem por preconceito. Eles têm argumentos respeitáveis, como o de que um sistema de cotas tão ampliado põe em perigo a meritocracia nas universidades. Uma das acusações mais repetidas durante o período em que se discutiu a nova lei foi que seu objetivo era simplesmente conquistar o voto *dalit.* Em outras palavras, ela seria uma medida populista.

Como observam alguns — entre eles o prêmio Nobel de Economia Amartya Sen —, ação afirmativa com base em castas não beneficia necessariamente os mais pobres. Nos últimos cinquenta anos, por exemplo, muitos *dalits* enriqueceram, o que significa que seus filhos não precisam de mais benefícios. Na verdade, mesmo tomados em conjunto, os antigos intocáveis já não representam o degrau mais baixo da pirâmide social. "Pode-se dizer que a situação dos *dalits* é hoje um pouco melhor que a dos muçulmanos", afirma Mohammad Hamid Ansari, diretor da Comissão de Minorias da Índia. Num país onde 300 milhões de pessoas vivem com menos de 1 dólar por dia, a miséria não faz mesmo muitas distinções. Nesse panorama, são medidas em áreas como alfabetização e saúde pública que poderiam fazer diferença. Mas elas não ganham corpo. Quase metade da população indiana continua analfabeta. O número de aidéticos é o segundo maior do mundo.

Se o Estado indiano não consegue arquitetar grandes medidas sociais, apesar de toda a retórica sobre ajuda aos pobres, a boa notícia é que no plano econômico um consenso está firmado. Os dois partidos de expressão nacional, o Congresso e o BJP, concordam sobre o que fazer para manter as boas taxas de crescimento. A conjuntura política pode acelerar ou brecar reformas, mas é improvável que mude seus rumos. O atual primeiro-ministro, Manmohan Singh, foi artífice do primeiro grande choque de liberalização da economia indiana, em 1991. Esperava-se que ele fosse ousado ao assumir esse cargo, mas não é isso que vem ocorrendo. Um dos grandes debates do momento na Índia diz respeito ao setor de varejo. Um visitante que percorra o país cedo ou tarde se dá conta da ausência de supermercados. Multinacionais como Wal-Mart e Carrefour estão ávidas por entrar na Índia, e gigantes locais como o grupo Reliance têm planos para o setor. Mas o possível impacto da abertura sobre os milhões de pequenos negócios familiares que abastecem o indiano com os produtos do dia a dia refreia a mudança. "Vamos promover transformações, mas ainda não sabemos qual modelo aplicar", diz o ministro do Comércio e Indústria, Kamal Nath. Sua fala cautelosa reflete as negociações entre o partido do Congresso e agremiações de esquerda que o apoiam. Isso significa demora, mas não que as amarras deixarão de ser abolidas. E o fim das amarras tem provado ser suficiente para levar adiante um povo que demonstra ser obstinado e confiante.

A Índia tem sido descrita como um formidável Tigre Asiático. Pergunte a um indiano, porém, e ele vai preferir a metáfora do elefante. Pode haver um pouco de superstição aí. Ganesh, a adorada divindade hinduísta, tem a cabeça daquele animal. Ele é o deus da prosperidade e do sucesso. Mas outros significados estão em jogo. Primeiro, a ideia de que, tanto quanto a China, simbolizada pelo dragão, a Índia é um ser à parte entre os países emergentes. Em segundo lugar, a percepção de que os desafios ainda são imensos num país tão grande e cheio de diversidade. "O elefante é corpulento", diz Gurcharan Das, ex-presidente da Procter&Gamble na Índia e hoje um influente comentarista de assuntos nacionais. "Ele tem força e resistência, mas não tem agilidade. O mesmo se aplica a nós. Estamos no caminho certo, mas não vamos eliminar nossos problemas num salto." É realmente adequado ver a Índia nesses termos. Por onde quer que se ande no país, a confiança e o impulso para a frente são palpáveis — assim como o peso que se precisa arrastar.

# INTERNACIONAL

# CINCO ENCONTROS COM O MUNDO ISLÂMICO

Os conflitos étnicos e o cotidiano em um país africano onde vigora a lei islâmica, os abusos contra as mulheres no Afeganistão pós-Talibã, a resistência ao avanço do Estado Islâmico no Iraque, as motivações dos jovens europeus que viajam ao Oriente Médio para aderir a grupos jihadistas e os tentáculos de grupos terroristas no Brasil — esses são os assuntos de cinco reportagens de VEJA, aqui selecionadas, que buscam compreender o papel do Islã no mundo contemporâneo. Desde a primeira delas, realizada em 2008, novos fatos somaram-se ao tema, mas o cenário geral pouco mudou. A reportagem sobre os elos do extremismo islâmico em território brasileiro, por exemplo, deu origem a uma preocupação que, em 2015, resultou numa lei que permite o bloqueio dos bens de pessoas e de empresas que financiam o terrorismo e em discussões sobre uma lei antiterror. Até então, as autoridades nacionais negavam-se a reconhecer a ação do jihadismo no país.

24 DE DEZEMBRO, 2008

# DARFUR - À ESPERA DE UM SALVADOR

Darfur, no Sudão, cenário de um genocídio silencioso, é um lugar sem lei e sem espaço para a misericórdia divina. Seria também um lugar sem nenhuma esperança, não fosse o trabalho humanitário de um batalhão de abnegados

**Diogo Schelp**, de El Fasher

**TOMORROW, INSHALLAH:** "Amanhã, se Alá quiser". A frase, parte em inglês, parte em árabe, é repetida em tom monocórdio nas repartições públicas do Sudão, como resposta aos estrangeiros que cobram a autorização do governo para viajar a Darfur, no oeste do país. A guerra civil na região provocou uma crise humanitária de proporções épicas. Quase metade dos 6 milhões de habitantes de Darfur vive em aglomerações humanas improvisadas, os campos de deslocados internos — ou, simplesmente, refugiados. Outros 2 milhões de pessoas ainda não deixaram suas aldeias, mas foram afetados pela destruição de lavouras ou pela morte de familiares. A exigência da permissão a estrangeiros para viajar à zona de conflito é uma tentativa do governo de sonegar ao resto do mundo dados e imagens dos horrores cometidos em Darfur. O ditador sudanês Omar al-Bashir, que chegou ao poder em 1989 por meio de um golpe organizado por fundamentalistas islâmicos, tem mesmo o que esconder. Com a justificativa de combater rebeldes que lutam contra o regime, o governo do Sudão bombardeia aldeias e apoia os *janjaweeds,* milícias autoproclamadas árabes cuja missão é limpar Darfur de outras etnias. Ao todo, já morreram 300 000 pessoas. Hoje, os ataques acontecem com menos intensidade do que no início da guerra, em 2003 e 2004. Mas não são números que definem um genocídio.

Cinco anos atrás, quando a opinião pública do planeta começou a ser informada sobre a matança em Darfur, havia a convicção de que as organizações mundiais provariam sua capacidade de impedir, às portas do século XXI, extermínios como os que assolaram a história dos 100 anos anteriores. Hoje, os fatos atestam que tal desígnio fracassou. Este mês de dezembro marca o aniversário de sessenta anos da assinatura da Convenção para a Prevenção e Punição do Genocídio da Organização das Nações Unidas, que definiu como crime internacional a tentativa de destruir a totalidade ou parte de um grupo nacional, étnico, racial ou religioso. Segundo o texto da ONU, não é preciso haver assassinatos em massa para que um crime seja classificado como genocídio. Impor condições de vida subumanas a um grupo de pessoas semelhantes entre si, com o objetivo de levar à sua destruição física, também se enquadra nos critérios da convenção. É o que ocorre em Darfur. O número de combatentes e civis mortos de maneira violenta caiu de 4 500, em 2006, para 3 000, no ano passado. O genocídio silencioso, no entanto, segue seu curso. Desde o início deste ano, 300 000 pessoas foram obrigadas a deixar suas casas, suas pequenas lavouras e suas terras. Elas fogem dos ataques a suas aldeias, do estupro coletivo e da desertificação do Sahel, a faixa semiárida ao sul do Deserto do Saara que domina a paisagem local.

Vista do alto, Darfur é uma região predominantemente desértica, entrecortada de leitos secos de rios. Sazonais, eles só têm água durante três meses por ano, em média. De perto, a aridez é amenizada pelo colorido dos panos usados pelas mulheres muçulmanas para se cobrir e pela existência de uma vegetação esparsa que exibe improváveis árvores frondosas, como mangueiras. Sob uma delas, na cidade de El Fasher, capital de Darfur do Norte, rebeldes de uma das facções do Exército de Libertação do Sudão (SLA, na sigla em inglês) aproveitam a sombra para conversar sentados em cadeiras de plástico ou apoiados em seus Kalashnikov, com os quais dão sua contribuição às atrocidades da guerra. Cinco vezes ao dia, eles estendem seus tapetes e rezam voltados para Meca, enquanto o fuzil automático repousa ao lado. Entre as casas de alvenaria de El Fasher, construídas sobre a areia fofa, os carros traçam aleatoriamente o percurso das ruas.

Essa Darfur quente, de natureza hostil, é dividida em três estados: o já citado Darfur do Norte, o do Sul e o do Oeste. Juntos, representam quase um sexto do território do Sudão, o maior país da África. A fé da maioria da população é o islamismo — a assertiva vale também para Darfur. Há dezenove etnias no país, que por sua vez se dividem em seis centenas de tribos distintas. O nome Sudão tem origem na palavra "negro", em árabe. "Terra dos negros": era assim que os mercadores e traficantes de escravos vindos do Oriente Médio — introdutores do islamismo a partir do ano 1000, em substituição ao cristianismo — se referiam ao atual território sudanês. Um milênio de miscigenação fez com que em todas as tribos predominasse o mesmo tom de pele muito escuro, inclusive naquelas que se definem como "árabes". A identificação étnica, hoje, tem mais a ver com hábitos culturais, como o nomadismo, do que com a aparência física. Desde a independência do Império Britânico, em 1956, os "árabes" do norte do país detêm o monopólio do poder político e econômico, concentrado na capital, Cartum. Negligenciado pelo centro do poder, o sul, de maioria africana e católica, deflagrou em 1983 uma guerra de secessão que levaria à morte de 2 milhões de pessoas. Um acordo firmado em 2005 acabou com o conflito, dando mais autonomia e mais dinheiro aos estados do sul do país. Foi quando o sul e o norte iniciaram as conversações de paz, que deflagraram uma nova guerra civil em Darfur, onde havia décadas tribos majoritárias se sentiam prejudicadas pelos sucessivos governos corruptos de Cartum. A população da região, quase toda muçulmana, é formada por dezenas de tribos, divididas entre as que também se dizem árabes, em geral nômades e pastoris, e outras de cultura eminentemente africana, de hábitos sedentários e dedicadas à agricultura. A violência étnica, que já era parte do cotidiano local havia séculos, exacerbou-se quando milícias "árabes" começaram a ser armadas por encrenqueiros — inclusive externos, como Muamar Kadafi, ditador da Líbia. Para complicar, grupos armados do Chade, empenhados em derrubar o governo de seu país, usam a região sudanesa como refúgio.

Os rebeldes de Darfur, no começo da década, eram formados exclusivamente por membros de etnias como os *furs*, os *zaghawas* e os *masalits*, que se viram obrigados a se armar para proteger suas terras dos *janjaweeds*. O governo sudanês reagiu aos primeiros ataques dos rebeldes, ampliando assim seu apoio às milícias. Na prática, isso significou armar os *janjaweeds* e preparar o terreno para os seus ataques. Há relatos de aldeias que foram cercadas pelo Exército sudanês, para que ninguém fugisse antes que os *janjaweeds* entrassem, saqueassem, matassem indiscriminadamente e reunissem as mulheres para estupros coletivos. Hoje, os rebeldes provêm de todas as etnias da região — porque a guerra contra elas é total. "Em Darfur, os árabes e os africanos se parecem uns com os outros. Foi a propagação da ideologia da supremacia islâmico-árabe entre os povos nômades do deserto que levou negros a matar negros," explica o historiador Muhammad Jalal, da Universidade de Cartum.

A reportagem de VEJA visitou, em novembro deste ano, cinco campos de refugiados nos três estados de Darfur. As histórias dos moradores desses campos se repetem com variações ínfimas: suas aldeias foram bombardeadas; seus familiares, assassinados pelas milícias; suas mulheres, raptadas e violentadas. Ou: a aldeia vizinha foi atacada e eles acharam que seriam os próximos. Ou: houve combates entre rebeldes e *janjaweeds*, a aldeia foi afetada, suas lavouras foram queimadas e o gado, roubado. "Meus irmãos foram assassinados a tiros e minha casa, incendiada pelos *janjaweeds*", conta Fatima Adam Abdala, de 30 anos. Na fuga, ela caminhou durante dois dias até chegar ao campo de Kalma, em Darfur do Sul, onde vive hoje. Um dos homens responsáveis por proteger a população civil de ataques como esses é o general Henry Anyidoho, de Gana, vice-representante especial da Unamid, a força de paz conjunta da ONU e da União Africana em Darfur. Na tarde de 23 de novembro, um domingo, Anyidoho recebeu VEJA para uma entrevista em seu contêiner com ar condicionado no quartel-general da Unamid, em El Fasher. No mesmo dia, a 100 quilômetros a noroeste dali, uma aldeia foi bombardeada pela Força Aérea sudanesa, informação que só chegou ao comando da Unamid 48 horas depois. O episódio demonstra a impotência dos mecanismos aos quais foi confiada a tarefa de impedir o genocídio que adentra o século XXI.

A missão de paz integrada por Anyidoho não é omissa. Ela simplesmente não conta com o contingente e o equipamento necessários para cumprir seu mandato de impor a paz em Darfur — à força, se necessário. A resolução da ONU que criou a Unamid se dispôs a enviar 26 000 homens e 24 helicópteros militares à região. Hoje, há apenas 9 300 capacetes azuis (a cor das Nações Unidas) para monitorar um território do tamanho do Paraguai (outros 2 400 devem chegar ainda neste mês). E nenhum helicóptero. Repita-se: nenhum. Em julho passado, um comboio da Unamid foi pego numa emboscada por uma milícia com duas centenas de homens armados. No embate, sete soldados da força de paz morreram. Se houvesse helicópteros militares, os 22 feridos poderiam ter sido evacuados em vinte minutos. Como não havia, o resgate levou três horas. Uma missão de paz depende da boa vontade das nações para receber soldados e veículos emprestados. "Quem sabe o governo brasileiro não pode ceder alguns de seus aviões militares da Embraer?", diz Anyidoho. Ele está acostumado a não ser ouvido. No início da década de 90, o general ganense de 120 quilos era o segundo no comando da força da ONU em Ruanda, quando 800 000 tútsis foram massacrados por milícias hutus. Anyidoho e seu chefe, o general canadense Roméo Dal-laire, alertaram a comunidade internacional sobre a limpeza étnica antes que ela acontecesse e pediram ao Conselho de Segurança mais soldados e autorização para impedir a matança. Em vez disso, foram ignorados e impedidos de interceder no que o presidente americano Bill Clinton chamou, na ocasião, de "assunto interno de Ruanda". Anyidoho assistiu impotente ao genocídio.

Em relação a Darfur, para contrabalançar a ineficácia da missão de paz propriamente dita, está em curso uma operação de ajuda humanitária que atenua as vicissitudes dos refugiados. Graças a ela, a taxa de desnutrição caiu pela metade nos últimos anos. Atuam na região dezesseis agências da ONU e 85 ONGs, que prestam serviços como atendimento de saúde e distribuição de comida. Para cada 366 habitantes de Darfur, há um trabalhador humanitário. Entre eles, Mauricio Burtet, de 32 anos, um gaúcho hiperativo que trabalha em El Fasher como chefe de campo do Programa Alimentar Mundial (PAM), agência da ONU especializada em distribuição de comida em situações de emergência. Burtet explica a dificuldade de trabalhar na região: "As cotas de comida que conseguimos distribuir a cada pessoa estão abaixo do ideal, porque nossos carregamentos têm sido roubados e nossos motoristas, sequestrados". Só neste ano, 100 caminhões do PAM desapareceram nas mãos de bandos armados, que ninguém sabe identificar se são *janjaweeds*, rebeldes ou um dos grupos criminosos sem filiação política que proliferam em Darfur, onde um AK-47 pode ser comprado por 100 dólares. Nos morros cariocas, custa 120 vezes mais.

As organizações de ajuda e a Unamid enfrentam uma situação paradoxal em Darfur. Elas estão lá para proteger a população civil, mas, para atuar, dependem da boa vontade do governo sudanês — algoz dos refugiados. A Unamid, por exemplo, precisa importar milhares de toneladas de equipamentos para suas tropas, de material de escritório a veículos blindados. Com frequência, os fiscais do governo sudanês levam meses para liberar os contêineres da Unamid na alfândega. Os trabalhadores humanitários passam por dificuldades semelhantes com a burocracia estatal. A atividade das ONGs ficou ainda mais penosa depois do indiciamento de Omar al-Bashir (em julho de 2008), pelo promotor-chefe do Tribunal Penal Internacional (TPI), o argentino Luis Moreno-Ocampo. O ditador foi indiciado por genocídio, crimes contra a humanidade e crimes de guerra em Darfur. Se os juízes do TPI acatarem a acusação, uma decisão a ser tomada nos próximos meses, Al-Bashir não poderá mais viajar a nenhum país signatário do tribunal internacional, incluindo o Brasil. Ele será preso se o fizer. Com isso, Moreno-Ocampo criou um motivo a mais para os burocratas sudaneses, afundados em seus sofás velhos nos prédios públicos decrépitos de Cartum, repetirem seu mantra: "*Tomorrow, inshallah*". Não surpreende que os funcionários da ONU e das ONGs humanitárias critiquem Moreno-Ocampo, a quem acusam de exibicionismo e de não pensar nas consequências políticas de suas decisões. "Nunca ouvi dizer que a Argentina tivesse bons advogados", ironiza o etíope Abdul Mohammed, diretor do departamento político da Unamid.

Para além do destemor, os oficiais da missão de paz — que se dividem entre militares e policiais — têm em comum o abatimento. "Temos uma missão impossível", diz William Caine, um policial inglês aposentado. De dentro do quartel-general da Unamid em El Fasher, ele aponta para o campo de Abu Shouk, com cerca de 50 000 pessoas, onde os capacetes azuis realizam patrulhas durante o dia. Não há contingente para fazer o mesmo à noite, quando ocorrem tiroteios e raptos de mulheres. Entre suas tarefas está uma paradoxal: treinar a polícia sudanesa dentro de padrões de respeito aos direitos humanos e tentar estabelecer um elo de confiança entre essas forças de segurança e os refugiados. "Como fazer isso se a polícia daqui representa o mesmo governo que os ataca?", pergunta-se Caine.

Que o digam os refugiados de Kalma, em Darfur do Sul. Na manhã do dia 25 de agosto, a polícia sudanesa tentou entrar em Kalma, campo com mais de 80 000 pessoas, para procurar armas e rebeldes. Trinta e três moradores foram mortos e setenta feridos, incluindo mulheres grávidas e crianças. "Ainda tenho medo de que isso possa se repetir", diz Fatima Adam Hamis, de 20 anos, que teve uma irmã e um sobrinho feridos no episódio. O psiquiatra Alberto Hexsel, de 54 anos, gaúcho de Passo Fundo, que passou alguns meses trabalhando para a organização Médicos sem Fronteiras, estava próximo a Kalma quando o ataque aconteceu. Ele participou do socorro aos feridos. "Nós entramos no campo horas depois e, além de muito sangue no local do massacre, vimos chinelos e sapatos espalhados, deixados para trás durante a correria", conta Hexsel. Como na maioria dos campos, os refugiados de Kalma vibraram ao saber que Al-Bashir havia sido indiciado pelo Tribunal Penal Internacional. Mas, também a exemplo do que ocorre nos outros campos, não esperam que o ditador seja preso ou deposto para tentar melhorar sua vida.

O ponto de encontro de trabalhadores de organizações de ajuda humanitária, funcionários da ONU e jornalistas, enquanto lutam contra a burocracia montada para impedi-los de ir a Darfur, é Cartum. A capital do Sudão é uma introdução eloquente ao país. O banheiro do Ministério das Relações Exteriores não tem vaso sanitário, apenas um buraco no chão. Os diplomatas saem dali e têm de limpar a sola dos sapatos no tapete vermelho do corredor. Com exceção de algumas poucas vias principais, as ruas de Cartum são de terra, inclusive no centro da cidade. Como chove muito pouco — 150 milímetros por ano, um décimo da média de Brasília —, isso faz da capital sudanesa um lugar empoeirado e marrom. Nem o fato de a cidade estar situada junto ao encontro dos rios Nilo Azul e Nilo Branco salva a paisagem.

Não há muito que fazer na capital. Os canais de televisão abertos são controlados pelo governo. Os jornais, censurados. "Todas as tardes, um funcionário da segurança nacional vem à redação para vetar os artigos que falem do indiciamento de Al-Bashir, de Darfur ou dos desastres ambientais causados pela exploração de petróleo", diz Omuno Otto, membro do conselho editorial do jornal *Khartoum Monitor*. Apenas um em cada 126 sudaneses tem acesso à internet. No Brasil, a média é de um em cada cinco habitantes. Quando podem, os sudaneses embebedam-se às escondidas, trancados em casa, já que a lei islâmica pune com chicotadas o consumo de álcool. Traficantes etíopes oferecem cerveja e uísque nas calçadas do centro, como se vendessem maconha. Uma garrafa do uísque Johnnie Walker Red Label sai por 100 dólares no mercado negro, três vezes mais do que num supermercado brasileiro. Em maio deste ano, o tédio foi interrompido quando um grupo de rebeldes de Darfur, o Movimento da Justiça e Igualdade, ocupou por um dia um subúrbio de Cartum, depois de atravessar 600 quilômetros de deserto. Pela aparência e falta de infraestrutura, Cartum faz jus à condição de capital de um dos países mais pobres do mundo. O Sudão está logo abaixo do Haiti no ranking do índice de desenvolvimento humano da ONU. A taxa de mortalidade infantil sudanesa é uma das quinze mais altas do planeta. O serviço de saúde gratuito praticamente inexiste. Mesmo o cidadão mais pobre, quando vai a um hospital público, tem de pagar. As clínicas particulares parecem cortiços. A qualidade dos médicos é tão baixa que, com frequência, o paciente sai da consulta com três diagnósticos diferentes e a orientação para fazer tratamento para todos eles, por garantia.

As condições de vida dos sudaneses contrastam com os recursos naturais de seu país. A exportação de petróleo estimula um crescimento econômico que, no ano passado, foi de 12,4%. Isso faz do Sudão a segunda economia que mais cresce na África, atrás apenas de Angola. Sob sanção econômica dos Estados Unidos desde 1997, por apoio ao terrorismo islâmico e pelo conflito em Darfur, o país está à margem do sistema financeiro mundial. Todo viajante no Sudão se torna um cofre ambulante, já que cartões de crédito não são aceitos e é preciso carregar dinheiro em espécie. O isolamento aproximou o Sudão da China, hoje seu maior parceiro comercial e investidor. Os chineses são os maiores acionistas da principal empresa petrolífera do país e dominam os contratos na área de infraestrutura, onde ainda há tudo por fazer: o Sudão tem apenas 3 000 quilômetros de estradas e ruas asfaltadas, das quais quase metade foi construída pelo terrorista Osama bin Laden, que viveu em Cartum na década de 90 a convite do governo. Os interesses econômicos da China no Sudão deram a Al-Bashir um aliado com poder de veto no Conselho de Segurança da ONU. Isso explica em parte por que é tão difícil aprovar resoluções de represália ao seu governo — outra razão é a ajuda que o Sudão recebe de países como o Brasil, que se absteve em 2006 numa votação da ONU que visava a exigir a investigação dos crimes em Darfur. Quando permite a aprovação de sanções, a China não as respeita: o país asiático vende equipamentos militares às forças sudanesas, apesar da resolução das Nações Unidas que proíbe o comércio de armamentos com o país africano.

Há um consenso de que a crise humanitária em Darfur só terá fim com negociações de paz que incorporem os líderes rebeldes à política nacional, como ocorreu no acordo que acabou com a guerra civil entre o norte e o sul do país. Uma tentativa de colocar rebeldes e o ditador Al-Bashir para negociar está sendo feita pelo governo do Catar, no Oriente Médio. O problema é que Al-Bashir já descumpriu outros acordos de cessar-fogo. Por isso, são exigidas do seu governo quatro provas de confiança. A primeira será admitir que os habitantes de Darfur foram vítimas de atos criminosos por parte do Estado, cuja obrigação era protegê-los. A segunda será compensar financeiramente os afetados pela guerra. A terceira será abolir a divisão de Darfur em três estados, uma medida adotada na década de 90 para enfraquecer a oposição. Por fim, mas não nessa ordem, o governo deverá cessar por completo os bombardeios e iniciar o desarmamento das milícias. Esse será o maior desafio porque, como diz o ditado sudanês, dar comida ao leão é fácil. Difícil é tirar. O indiciamento de Al-Bashir irritou o regime militar do Sudão e atrapalhou o trabalho das organizações internacionais no país. Mas criou uma oportunidade: Darfur voltou ao centro das preocupações dos políticos do país e há uma convicção generalizada de que é preciso encontrar uma saída para a região. Esse pode ser o primeiro passo para a paz. *Inshallah.*

19 DE MAIO, 2010

# AFEGANISTÃO – UM INFERNO PARA MULHERES

**Thaís Oyama,** de Cabul

**NASCER NO AFEGANISTÃO** não é um bom começo de vida para ninguém. No país que é um dos cinco mais pobres do mundo e o segundo mais corrupto, 70% da população sofre de desnutrição e a expectativa de vida é a mesma de um adulto na Inglaterra da Idade Média: 43 anos. As arcaicidades de origem tribal, acrescidas de três décadas de guerra, deixaram o Afeganistão num tal estado de atraso que Cabul, a capital, só recentemente recebeu seu primeiro semáforo — que poucos viram funcionando, já que ele está quebrado dia sim e o outro também. Na tentativa de controlar o trânsito, policiais gesticulam inutilmente em meio às vias sem faixas, por onde carros velhos trazidos do Japão ziguezagueiam entre mendigos, mutilados e crianças, que vendem de frutas a galinhas.

No caminho do aeroporto para o centro da cidade, as barreiras de soldados armados com anacrônicos fuzis Kalashnikov e os muros de concreto erguidos diante das embaixadas lembram a todo instante que a desgraça está à espreita. Só nos dois primeiros meses do ano, a capital do Afeganistão foi alvo de duas séries de atentados cometidos por homens-bomba, nas quais 21 pessoas morreram. O país foi apontado, no último relatório do Fundo das Nações Unidas para a Infância (Unicef), como o lugar mais perigoso do mundo para gerar uma criança. Mas pior do que vir à luz é nascer mulher no Afeganistão.

Nove anos depois da queda do regime do Talibã, as afegãs continuam pagando a parte mais pesada da conta do fundamentalismo religioso. Nas ruas, a maioria ainda usa a burca, a roupa que cobre o corpo feminino dos pés à cabeça e que era uniforme compulsório no tempo da milícia talibã. Embora as escolas para mulheres não sejam mais proibidas, as estudantes representam uma porcentagem ínfima da população feminina e mais da metade das afegãs ainda se casa antes dos 16 anos — salvo raríssimas exceções, com um homem escolhido por sua família. Sob o totalitarismo medieval do Talibã, as que saíam às ruas desacompanhadas do marido ou de um parente do sexo masculino eram castigadas a chibatadas. Hoje, a proibição não existe mais, mas as afegãs continuam ausentes da paisagem. Para elas, qualquer lugar onde haja aglomeração masculina é considerado impróprio, o que inclui mercados, feiras, cinemas e parques. A segregação sexista faz com que até nos saguões dos aeroportos e nas festas de casamento exista um "setor feminino" — só no primeiro caso não formalmente delimitado. Nas bodas em que as mulheres comparecem maquiadas e com um belo vestido, quase sempre há dois salões — um para eles e o outro para elas. Poucas se arriscam a desafiar as proibições sociais. A aplicação de castigos físicos a mulheres de "mau comportamento" continua a ser vista como um dever e um direito da família. Uma pesquisa feita em 2008 com 4700 afegãs mostrou que 87% já tinham sido vítimas de espancamento ou abuso sexual e psicológico — em 82% dos casos, infligido por parentes. O Afeganistão livrou-se do jugo do Talibã, mas não conseguiu varrer o obscurantismo religioso que ele ajudou a disseminar. A interpretação radical e misógina dos princípios do Islã é a principal causa da tragédia das mulheres afegãs.

A prática da autoimolação é um dos sinais mais cruéis de sua magnitude. Entre 2008 e 2009, ao menos oitenta afegãs tentaram o suicídio ateando fogo ao corpo. Na província de Herat, a oeste de Cabul, a incidência desse tipo de episódio é tão alta que o principal hospital da região montou uma unidade para atender exclusivamente a casos assim. Quando a reportagem de VEJA visitou o lugar, havia três mulheres internadas por queimaduras autoinfligidas. Todas tinham menos de 26 anos e eram analfabetas. No Afeganistão, apenas 15% das mulheres com mais de 15 anos sabem ler e escrever. Rahime, de 25 anos, deu entrada no hospital com 35% do corpo queimado. Ela disse que tentou se imolar porque "estava cansada de viver". Contou que se casou aos 10 anos e, desde então, engravidou seis vezes (sofreu três abortos espontâneos). A mãe estava com ela no hospital. Indagada sobre as razões que a fizeram permitir que a filha se casasse tão cedo, explicou que, na verdade, não a deu em casamento, mas foi obrigada a vendê-la. O marido era lavrador em uma plantação de ópio e não conseguia sustentar a família, de oito filhos. "Ficávamos três ou quatro noites sem ter o que comer", afirmou ela. Rahime foi entregue a um comerciante da região em troca de

200 000 afeganes, o equivalente a 4 300 dólares, divididos em dez pagamentos. O comerciante, hoje seu marido, é "bem mais velho" do que ela, mas nem a jovem nem a mãe souberam precisar quanto.

Para atear fogo em si próprias, as mulheres costumam recorrer a óleo de cozinha ou ao querosene usado para acender lampiões. Apenas 6% das casas na zona rural do país têm eletricidade. O óleo provoca queimaduras mais graves do que o querosene, porque gruda na pele, o que faz com que o calor permaneça por mais tempo em contato com o corpo. Tanto o óleo quanto o querosene superam a água fervente, já que a fumaça que produzem pode causar, além de intoxicação, queimaduras internas. A maior parte das mulheres que tentam imolar-se não morre na hora, mas depois de alguns dias, vítima de falência de múltiplos órgãos resultante da perda de água. Rahime tinha o rosto e o corpo enfaixados. Ela verteu querosene sobre a cabeça, e não sobre o peito, como ocorre com mais frequência. Enquanto falava, uma policial se aproximou da sua cama para interrogá-la sobre os motivos da tentativa de suicídio. A investigadora Zulaikha Qambari trabalha há três anos no Departamento para Solução de Conflitos Familiares da Delegacia de Herat. Rahime disse a ela que decidiu atear fogo ao corpo porque a sogra passou a maltratá-la desde que o seu marido foi trabalhar no Irã. As duas mulheres deitadas ao lado da jovem também culparam alguém da família pelo ato extremo: uma diz que decidiu se matar depois de apanhar do padrasto do marido e a outra afirmou que tomou a decisão por causa de uma briga com a cunhada em torno de um cosmético que havia ganhado de presente. A policial Zulaikha afirmou estar habituada a ouvir justificativas como essas. "Algumas mulheres demoram para contar a história inteira, que muitas vezes inclui estupros e espancamentos sistemáticos. Outras nem são capazes de explicar por que fizeram aquilo. Apenas dizem que não querem mais viver." Quando a reportagem se preparava para deixar o hospital, deparou com a chegada de uma quarta vítima. Ruquia, de 15 anos, proveniente da província vizinha de Badghis. Ela apresentava 45% do corpo queimado. A mãe disse aos médicos que a filha havia se acidentado fazendo chá. "Mentira", sussurrou o enfermeiro. "Sinta o cheiro de querosene que exala do corpo dela." A menina estava casada havia um ano.

A quantidade de mulheres que tentam imolar-se no Afeganistão atingiu o auge em 2004, quando só o hospital de Herat recebeu 350. Desde então, o número de vítimas tem-se mantido estável — e surpreendentemente mais alto do que o registrado no tempo em que o Talibã mandava no país. "Naquele período, quase não recebíamos casos como esses", afirma o diretor da unidade de queimados, Hamayoon Azizi, que há doze anos trabalha no hospital. Isso não quer dizer que as mulheres tinham menos motivos para sofrer no passado. Durante os cinco anos em que esteve no poder, o Talibã proibiu-as de trabalhar e de estudar. Instituiu a pena de apedrejamento para adúlteras e baniu qualquer tipo de entretenimento, incluindo cinema, televisão e até a brincadeira de empinar pipas, tradicional no país. A música também foi vetada, e quem fosse achado com uma fita cassete no carro era preso. Para o médico Azizi, o aumento no número de casos de autoimolação em relação àquele período é fruto do contato que muitas afegãs tiveram com o Irã, onde a prática está disseminada há mais tempo. O Irã faz fronteira com a província de Herat e, com o Paquistão, foi escolhido como refúgio por milhões de afegãos que deixaram o seu país no fim dos anos 90. Com a queda do Talibã, esses refugiados começaram a retornar ao Afeganistão — trazendo, na hipótese do médico, o "know-how" da autoimolação.

A engenheira civil Sabzina Hasanzada foi uma das muitas mulheres que abandonaram o Afeganistão para fugir do Talibã. Ela ficou viúva aos 31 anos e perdeu o único irmão na guerra civil que antecedeu a vitória da milícia. Sem um homem para acompanhá-la na rua, como exigiam os radicais, ela tinha dificuldades até mesmo para abastecer a despensa da casa em que morava com as duas filhas. Resolveu mudar-se para o Paquistão, e só retornou quando o regime caiu, em 2001. Hoje, está de volta ao seu trabalho no Ministério da Energia, onde ganha o equivalente a 400 dólares por mês. Mora na área antiga de Cabul, próxima ao mercado principal, aonde só vai de burca, embora deteste a roupa. "Evita que os vizinhos façam fofocas e que os homens cheguem perto", disse a VEJA. No mercado, a frequência é predominantemente masculina. É costume no país os homens fazerem as compras domésticas, orientados pelas mulheres, cujo lugar, supõem, é dentro de casa. Além disso, fica nesse mercado a maior feira de pássaros da capital, e criá-los para rinhas é um dos passatempos masculinos. Na verdade, qualquer briga é um passatempo para os afegãos. Há lutas organizadas de faisões, cães e camelos. Até as pipas brigam pela supremacia no céu, o que é compreensível num país que se vangloria da valentia de seus guerreiros e se orgulha de exibir na sua história a expulsão de duas potências invasoras, a britânica e a russa.

Sabzina, que se formou na Universidade de Cabul, faz questão de que as filhas, Frieshta, de 15 anos, e Silsila, de 12, frequentem a escola. Embora, no ano passado, 102 colégios para meninas do país tenham sido alvo de ataques atribuídos a membros do Talibã contrários à educação para mulheres, as escolas da capital eram consideradas seguras. Isso mudou no último dia 27, quando 22 meninas e três professoras foram hospitalizadas depois de ter sido expostas a um gás não identificado e caído inconscientes na sala de aula. Segundo a polícia, o ataque seguiu o padrão de três outros atribuídos ao Talibã, ocorridos pouco antes na província de Kunduz, no extremo norte do país. Os episódios reforçaram a sensação de que nuvens escuras continuam a pairar sobre o Afeganistão — mais precisamente, sobre a cabeça das mulheres do Afeganistão. Outros indícios recentes foram a aprovação de uma lei que obriga a esposa xiita a fazer sexo com seu marido sempre que ele exigir, sob pena de ser privada de sustento por ele, e a série de ataques a mulheres parlamentares. A ex-deputada Malalai Joya teve o mandato cassado ao defender a secularização do estado afegão e Fawzia Koofi sofreu um atentado a tiros, em março, depois de ter recebido seguidas ameaças de morte por criticar a aprovação do chamado "estupro marital" para a minoria xiita.

Analistas da situação política afegã acreditam que a "talibanização" do país é fruto principalmente da aliança firmada pelo presidente Hamid Karzai com lideranças de partidos religiosos fundamentalistas nas eleições do ano passado — um apoio que ele agora precisa retribuir. O governo Karzai é fraco e corrupto. No ranking da Transparência Internacional dos países mais honestos do mundo, o Afeganistão era, até 2005, o 117º entre 180. Na última classificação, em 2009, caiu para o 179º posto. A corrupção lá chega a ser palpável. No bairro mais rico de Cabul, Sherpur, o conjunto de casas originalmente pertencentes aos "barões do ópio" (o Afeganistão produz 92% da substância usada no mundo para a fabricação de heroína) foi rebatizado de "Char-pur" — algo como "lugar de saqueadores". Isso porque, desde o início do governo Karzai, ele passou a abrigar também funcionários públicos cujo salário, estima-se, não seria suficiente para comprar nem um dos muitos lustres de cristal que pendem das varandas das casas — repletas de vidros verdes espelhados e outros itens de decoração compatíveis com a fineza atribuída aos seus moradores. Um dos poucos sinais de que os rumos do Afeganistão podem mudar um dia é um ainda incipiente, porém crescente, interesse dos jovens pela política, motivado em parte por uma campanha lançada por organizações não governamentais em 2009. A corredora Robina Jalali está entre esses jovens. Aos 25 anos, ela foi a primeira atleta afegã a participar de uma Olimpíada. De família rica (o pai, informou seu irmão, trabalha com exportação), ela ouve Shakira e Jennifer Lopez, veste roupas compradas em Dubai e conhece mais de vinte países. Cursa ciências políticas na Universidade de Karwan e já está em campanha para concorrer a uma vaga no Parlamento. "Quero que o Afeganistão se orgulhe de mim, mas também quero me orgulhar dele", diz.

O presidente Hamid Karzai, segundo relatório do Pentágono divulgado no mês passado, conta com o apoio de apenas 29 das 121 áreas do país consideradas estratégicas para o seu governo — muitas delas sob o comando de líderes tribais. As demais, conforme o relatório, ou não têm posição firmada ou apoiam os insurgentes do Talibã. Esse é um dos motivos pelos quais, em visita aos Estados Unidos na última semana, Karzai reafirmou que, por ele, a "reconciliação nacional" do Afeganistão tem de passar por uma negociação com os chefões do Talibã. Os mesmos que foram apeados do poder em setembro de 2001 por sua cumplicidade com os terroristas da Al Qaeda. Trata-se de um pacto com o demônio. Caso ele vingue, mulheres como Robina, Rahime, Sabzina e suas filhas continuarão a arcar com uma conta não só pesada demais, como a perder de vista.

27 DE AGOSTO, 2014

# A 5 QUILÔMETROS DO TERROR

O avanço dos jihadistas do Estado Islâmico sobre o território curdo foi contido, mas o grupo continua lançando mão do seu repertório de maldades

**Duda Teixeira,** de Erbil

**ENTRE O POSTO MAIS AVANÇADO** do Exército do Curdistão, conhecido como peshmerga, e os terroristas do Estado Islâmico (anteriormente conhecido pela sigla Isis) há um território vazio de apenas 5 quilômetros de largura. Nada se move, a não ser um blindado de reconhecimento que busca vestígios dos extremistas. Há duas semanas, eles foram expulsos do distrito de Makhmour, no sudoeste da cidade iraquiana de Erbil, pelos peshmergas e por caças americanos. No muro de um sobrado ainda se pode ler a pichação em árabe cuja tradução é "o Estado Islâmico permanece". Uma lanchonete tem uma parede crivada de balas e janelas quebradas. Dentro do prédio do centro juvenil de esportes, que por alguns dias foi o quartel do Isis, os soldados peshmergas encontraram roupas e objetos de mulher, que eles acreditam ser de uma entre os milhares de meninas da minoria religiosa yazidi que foram escravizadas pelos islamistas. Cartuchos usados de balas se acumulam na calçada em meio a garrafas plásticas de água vazias. A uma quadra dali, um pequeno monte de areia indica o lugar onde foi sepultado um dos jihadistas. Os moradores, que haviam fugido em massa, estão voltando para casa.

A cidade de Erbil, cujo centro fica a 30 quilômetros de Makhmour, foi o último bastião do relativamente tranquilo e próspero Curdistão iraquiano a resistir à incursão do Isis. Mais ao sul, Bagdá também se mantinha, por ora, livre do Estado Islâmico. Boa parte do Exército iraquiano foi mobilizada para defender a capital. O Estado Islâmico ainda detém o domínio de um terço dos territórios da Síria, onde está baseado, e do Iraque, e segue com seu plano de instalar entre os rios Tigre e Eufrates o princípio de um califado de índole brutal e expansionista.

No Iraque, os jihadistas têm sido atrozes com yazidis, cristãos, xiitas e até sunitas como eles. "Eles colocam bombas em todo lugar, até nos cadáveres de seus próprios combatentes", diz Mustafa Qadir Aziz, ministro da Defesa iraquiano. Mas Erbil, onde quase toda a população é da etnia curda, resistiu. Enriquecida pelo petróleo e com uma sociedade de contornos democráticos raros para os padrões do Oriente Médio, que inclui participação de mulheres na política e tolerância religiosa, a capital do Curdistão iraquiano foi considerada um tesouro precioso demais para ser rifado. Para defenderem a população de 1,5 milhão de habitantes, entre os quais funcionários do consulado americano, e as filiais de inúmeras empresas estrangeiras de petróleo, os Estados Unidos passaram a bombardear alvos do Estado Islâmico no dia 8 de agosto. Os moradores, que antes se preparavam para fugir de casa, voltaram ao trabalho, aos shoppings e aos parques de diversões. Agora, fazem coro em louvor aos soldados. Nas rádios, as músicas românticas foram substituídas por hinos nacionalistas. "Somos todos peshmergas", diz um deles.

No front em Makhmour e nos checkpoints da estrada, alguns soldados ostentam a expressão "US Army" ("Exército dos EUA", em inglês) na camiseta. Não, não são americanos. São voluntários curdos que, para ser aceitos nas fileiras peshmergas, compraram do próprio bolso uma roupa camuflada e um par de botas por 70 dólares. Metade das forças de defesa da cidade é formada por esses abnegados. O presidente americano Barack Obama garante que não enviará suas tropas para combater no Iraque, de onde saíram há dois anos e meio. Existem, sim, alguns analistas militares dos Estados Unidos em Erbil, sempre muito vorazes nos bufês dos restaurantes dos hotéis da cidade. Eles trabalham em uma sala de operação com oficiais peshmergas. Após conseguirem a localização dos seus alvos, enviam os dados aos Estados Unidos e os caças descarregam suas bombas na hora marcada. As batalhas por terra contra o Estado Islâmico são encabeçadas pelas forças peshmergas, mas também há soldados do Exército iraquiano, e por guerrilheiros do Partido dos Trabalhadores do Curdistão (PKK), uma organização criada na Turquia que, por ironia, está na lista americana de entidades terroristas. Os peshmergas estão recebendo armas dos Estados Unidos e da França. O objetivo é continuar avançando contra as fileiras terroristas, para obrigá-las a recuar até a Síria. O secretário de Defesa americano Chuck Hagel, porém, admite que isso não será o bastante para livrar o mundo dessa ameaça. Na semana passada, o

Estado Islâmico divulgou na internet um vídeo em que o jornalista americano James Foley, sequestrado em 2012, é decapitado com uma faca por um carrasco de rosto coberto e sotaque inglês. Ele é um dos 4 000 estrangeiros, que não são sírios nem iraquianos, recrutados pelo Estado Islâmico. Mesmo que o grupo perca território no Iraque, usará a Síria como plataforma de recrutamento, treinamento e planejamento para realizar atentados mundo afora.

Por ora, Erbil, a cidade mais vibrante do norte do Iraque, está livre da ameaça jihadista. Na concessionária Jaguar, Land Rover e Toyota, os clientes continuam comprando carros de mais de 80 000 dólares em dinheiro vivo, já que não existe o costume de depositar valores no banco ou de usar cartões de crédito. "Tenho apenas dois seguranças, que nem sequer receberam treinamento com armas pesadas", diz o inglês Chris Ward, gerente da loja, de propriedade de uma família curda. Os curdos prezam a recente riqueza material de sua região, mas orgulham-se ainda mais de outro bem: os valores democráticos. "Daqui a cinco ou dez anos, teremos uma democracia como a dos países da Europa ou Israel", diz o historiador Saadi Uthman Haruti, da Universidade de Salahddin. Apenas 5 quilômetros separam a linha de defesa desse enclave de civilização da barbárie do Estado Islâmico.

10 DE SETEMBRO, 2014

# COMO SE PERDE UM FILHO PARA O TERROR

Mais de 2 000 jovens europeus se uniram a grupos jihadistas do Oriente Médio. Bons alunos e com boa família, eles agora pegam em armas e cometem atentados

**Nathalia Watkins**, de Toulouse

**"AO PAI E À MÃE DO NICOLAS,** seu filho fez uma operação explosiva com um caminhão no vilarejo inimigo de Homs. Que Deus o aceite como mártir." Essa mensagem, escrita em francês, foi enviada para Dominique Bons, de 60 anos, em dezembro de 2013. Apenas cinco meses antes, ela fora pega de surpresa ao ver o filho Nicolas, de 30 anos, em um vídeo na internet em que afirmava ser membro do grupo terrorista Estado Islâmico. Conhecido como um garoto calmo que jogava bola como atacante, gostava de andar de bicicleta e cuidava bem da avó de 88 anos, Nicolas começou a estudar o *Corão* por conta própria. Converteu-se em 2010. A mãe, que vive em Toulouse, no sul da França, é ateia e conversava esporadicamente com o filho sobre religião. "Ele me dizia que queria uma virgem. Eu respondia que isso estava difícil de encontrar hoje em dia", diz Dominique, militar aposentada. Com o tempo, o rapaz parou de fumar maconha. Em março de 2013, ele e o meio-irmão Jean Daniel, de 22 anos, disseram aos pais que viajariam de férias para a Tailândia. Nunca mais voltaram. Jean Daniel morreu durante uma batalha perto da cidade síria de Aleppo, quatro meses antes de Nicolas explodir-se em um atentado em Homs. "Não vi nenhuma prova de que meu filho morreu. Espero que tudo isso seja mentira", diz a mãe. Em três anos de guerra civil, mais de 2 000 europeus se juntaram a grupos terroristas na Síria, incluindo a Frente Al Nusra e o Estado Islâmico, que quer criar um califado sem fronteiras regido pela lei islâmica. Nesse intento, eles escravizam milhares de meninas, exterminam minorias religiosas, extorquem a população das cidades e degolam os que consideram infiéis ou apóstatas. Na semana passada, um jihadista encapuzado e com sotaque britânico usou uma faca para decapitar Steven Sotloff, o segundo jornalista americano morto assim em duas semanas. Ambas as cenas foram colocadas na internet. Só da França, cerca de 700 jovens se uniram aos perpetradores dessas barbaridades.

O que leva adolescentes com 15 anos ou mais a tomar um trem ou um avião escondidos da família e ter uma vida radical nos confins do Oriente Médio é um enigma que começa a ser desvendado. A eles, a versão preguiçosa de que seriam filhos de imigrantes muçulmanos com dificuldade de assimilação no mundo ocidental não se aplica. Muitos são de boa família, que há muitas gerações vive na Europa e se beneficia das vantagens do Primeiro Mundo, como escolas e hospitais gratuitos. "Entre 500 perfis que estudamos, vimos que eles são todos bons alunos. Não é o mesmo perfil de gente inculta que ia para a Al Qaeda há cinco anos", diz Mathieu Guidère, especialista em geopolítica e Islã da Universidade de Toulouse. Como outros jovens, eles têm o desejo de mudar o mundo. Os meninos costumam ser mais religiosos e nutrem com mais intensidade esse desejo de mudança. As meninas são mais novas e querem apoiar os homens, formando famílias. Em algum momento, todos acabam sendo usados pelos extremistas que os ajudam a se radicalizar e depois os atraem para uma armadilha no exterior.

Há alguns anos, o meio pelo qual os extremistas entravam em contato com os candidatos europeus eram as mesquitas. Atualmente, esse serviço é feito pela internet em escala muito maior. Os terroristas organizam concursos com prêmios pelo Facebook. As meninas precisam divulgar mensagens religiosas e acumular o maior número de "curtidas". O prêmio para a campeã costuma ser um *jilbab,* vestido longo com manga comprida. Os organizadores então parabenizam as finalistas e ganham a confiança delas. Em seguida começam a dar-lhes conselhos sobre sua vida pessoal e semeiam a cizânia nas famílias. Dizem que seus pais não cuidam bem delas e que são infiéis, porque não praticam o Islã como deveriam. "Nesse momento, elas começam a pensar em casar com um militante até que decidem mesmo fazê-lo", diz um funcionário do Centro de Prevenção contra o Sectarismo relacionado ao Islã, na França, que pediu anonimato.

Um dia, a francesa Sarah Ali Mehenni, de 17 anos, recebeu um *jilbab* pelo correio em sua casa, em Lézignan-Corbières, 200 quilômetros ao sul de Avignon. A jovem é filha de um francês descendente de argelinos, muçulmano não praticante, e de Severine, que nunca aderiu ao islamismo. Há dois anos, a menina decidiu se converter. A radicalização culminou com a partida dela em março para a Síria, onde se casou com um tunisiano de 35 anos. O irmão mais velho, Jonathan, de 22 anos, explicou a Sarah que o Islã proíbe o casamento sem o consentimento dos pais, mas ela ficou contrariada. "Ela mudou completamente a interpretação do texto e não escuta nada que dizemos", conta Jonathan. A família se comunica com Sarah por meio de uma conta de Facebook anônima criada por ela e, de vez em quando, por telefone via satélite. "Ela manda fotos com a picape do marido e diz que ele compra perfume Chanel para ela. Fala que está feliz, mas não acredito", diz Jonathan. A mãe, Severine, que ficou em depressão desde a partida da filha, lembra que Sarah dizia querer trabalhar com ajuda humanitária na Síria. "Ela não está auxiliando ninguém", diz Severine.

A maioria desses jovens tem a chamada "síndrome humanitária". Eles se interessaram pelo Oriente Médio depois de ver notícias sobre a morte de mulheres e crianças na Síria. Ao pesquisarem sobre o assunto, entram em contato com extremistas e perdem a capacidade de fazer uma interpretação lógica do tema. Em vez de se afastarem dos terroristas, juntam-se a eles. Como a internet não tem fronteiras, os terroristas conseguem adeptos em todos os países. Um em cada quatro é estrangeiro. Para aumentar o poder de atração, o grupo tornou-se mais flexível. O Estado Islâmico não exige que o novo integrante saiba o *Corão* de cor, mas propõe-se a ensiná-lo junto com as técnicas militares. A lei islâmica, charia, é aplicada gradativamente com os novatos.

"Foi o lugar mais internacional a que já fui na minha vida. Vi americanos, chineses e coreanos. Escutei gente falando português, mas não consegui distinguir se eram brasileiros", diz Foad el Bathy, de 37 anos, que fez duas viagens neste ano para tentar resgatar a irmã Nora, de 16 anos, que se uniu à Frente Al Nusra, ligada à Al Qaeda. Na meia hora que teve ao lado de Nora na Síria, ele a viu magra e pálida. Os dois choraram copiosamente. Foad perguntou se ela queria voltar. Nora bateu com a cabeça na parede, repetindo "não posso, não posso". O irmão acredita que ameaçaram matá-lo caso ela aceitasse ir embora. Nora fugiu de casa, em Avignon, no sul da França, em janeiro. Ela gostava de assistir ao Disney Channel e a seriados americanos, e saía com as amigas para o shopping. Hoje fala com a família por telefone em ligações esparsas. Nora não pode voltar, mas outros 200 que se arrependeram já conseguiram fazer esse caminho. O mais perigoso, contudo, é aqueles que retornaram e não se arrependeram e podem cometer atentados na Europa. Neste ano, políticos da França e da Inglaterra começaram a falar em reter o passaporte dos jihadistas para impedi-los de ir até o epicentro do terror. "É muito complicado fazer algo assim. Em uma democracia, ninguém pode ser preso por ter ideias radicais. Reter um passaporte sem provas concretas ou limitar o acesso à informação é difícil", diz o cientista político italiano Lorenzo Vidino, da Universidade de Zurique.

6 DE ABRIL, 2011

# A REDE – O TERROR FINCA BASES NO BRASIL

A Polícia Federal tem provas de que a Al Qaeda e outras quatro organizações extremistas usam o país para divulgar propaganda, planejar atentados, financiar operações e aliciar militantes

**Leonardo Coutinho**

**KHALED HUSSEIN ALI** nasceu em 1970, no leste do Líbano. Sua cidade, Kamed El Laouz, fica no Vale do Bekaa. Nessa região, Ali, seguidor da corrente sunita do islamismo, prestou serviço militar. Depois, sumiu. No início dos anos 90, reapareceu em São Paulo. Casou-se e teve uma filha. Graças a ela, obteve, em 1998, o direito de viver no Brasil. Mora em Itaquera, na Zona Leste paulistana, e sustenta sua família com os lucros de uma lan house localizada no bairro de Vila Matilde. Bonachão, passa o dia na porta da loja distribuindo cumprimentos. Ali leva uma vida dupla. É um dos chefes do braço propagandístico da Al Qaeda, a organização terrorista comandada pelo saudita Osama bin Laden. De São Paulo, o libanês coordena extremistas do Jihad Media Battalion em dezessete países. Os textos ou vídeos dos discípulos de Bin Laden só são divulgados mediante sua aprovação. A regra também vale para as traduções dos discursos do terrorista saudita e para os vídeos veiculados pelos extremistas na internet. Mais: cabe ao libanês dar suporte logístico às operações da Al Qaeda. Ele faz parte de uma rede de terroristas que estende seus tentáculos no Brasil.

Tratado como "Príncipe" por seus comparsas, Ali foi seguido por quatro meses pela Polícia Federal, até ser preso, em março de 2009. Os agentes sabiam como ele operava, mas não conseguiam acessar os dados de seu computador, protegido pelo programa de criptografia da Al Qaeda, o Mojahideen Secrets 2.0. Para terem acesso a suas informações, os policiais deveriam apreender seu computador aberto. Adotaram um estratagema simples: monitoraram Ali até que ele entrasse na internet e lhe telefonaram. Deram o bote enquanto ele atendia a ligação. O equipamento estava repleto de arquivos que comprovam sua posição de liderança no terror islâmico. Por meio de seus e-mails, é possível reconstituir as ligações do libanês com guerrilheiros afegãos, provavelmente do Talibã. Em janeiro de 2009, Ali encomendou, recebeu e remeteu para endereços no Afeganistão mapas e cartas topográficas daquele país. Depois, ordenou a seus subordinados que arranjassem manuais para ajudar seus "irmãos combatentes" a compreender esse material. Duas horas mais tarde, recebeu um curso produzido pelas brigadas al-Qassam, o braço armado do Hamas, partido dos radicais palestinos que governam a Faixa de Gaza.

Em fevereiro de 2009, o Jihad Media Battalion foi encurralado e Ali foi acionado para defendê-lo. Às 20 horas do dia 18 daquele mês, o libanês recebeu um e-mail informando que um de seus homens havia sido preso em Gaza. Estaria em mãos do Mossad, o serviço secreto israelense. Com a notícia, veio um pedido para que Ali bloqueasse os acessos do comparsa detido aos arquivos do Jihad Media Battalion. Essa medida preservaria o sigilo da organização e o anonimato dos seus militantes. De São Paulo, ele "desligou" o terrorista capturado. No mesmo dia, Ali recebeu uma mensagem na qual se relatava a invasão do computador de outro ciberjihadista por um vírus espião. Dessa vez, ordenou a seus liderados que espalhassem o vírus por meio de spams, a fim de confundir os serviços de inteligência ocidentais. Sua eficiência nessas operações foi elogiada por um terrorista que se identifica como "Vice-Príncipe" da Al Qaeda no Iraque: "Vocês estão provando para os cruzados *(ocidentais)* que estamos em seus países, que não podem nos proibir de operar dentro de seu território nem de falar com seus filhos".

Além das provas de terrorismo na internet, a Polícia Federal encontrou no computador de Ali spams enviados aos Estados Unidos para incitar o ódio a judeus e negros. Outros arquivos, que injuriam o presidente Barack Obama, foram remetidos a foros conservadores americanos com o objetivo de tumultuar a discussão política. Abordado por VEJA, Ali negou sua identidade. Esse material, no entanto, permitiu que a Polícia Federal o indiciasse por racismo, incitação ao crime e formação de quadrilha. Salvou-se da acusação de terrorismo porque o Código Penal Brasileiro não prevê esse delito. O libanês permaneceu 21 dias preso. Foi liberado porque o Ministério Público Federal não o denunciou à Justiça. Casos como o de Ali alimentam as divergências do governo americano com o Brasil.

Há vinte anos as autoridades nacionais conhecem — e negligenciam — os relatórios da Interpol, da CIA, do FBI e do Departamento do Tesouro americano a respeito das atividades de extremistas no Brasil. Os atentados contra alvos judeus em Buenos Aires, que mataram 114 pessoas em 1992 e 1994, deram uma guinada no tratamento da questão. A Polícia Federal reagiu constituindo um serviço antiterrorismo. Graças a ele, descobriu que, em 1995, Bin Laden e Khalid Shaikh Mohammed, que o ajudou a planejar a destruição do World Trade Center em 11 de setembro de 2011, estiveram em Foz do Iguaçu. A passagem de Bin Laden foi revelada por VEJA oito anos depois. Apesar de os tentáculos do terror terem se aprofundado no país, o governo federal desmobilizou o serviço em 2009. Todos os delegados do setor foram removidos, o que prejudicou as investigações. Há dois meses, VEJA teve acesso aos relatórios dessa equipe. Além de Ali, vinte militantes da Al Qaeda, do Hezbollah, do Hamas, do Grupo Islâmico Combatente Marroquino e do egípcio al-Gama'a al-Islamiyya usam ou usaram o Brasil como esconderijo, centro de logística, fonte de captação de dinheiro e planejamento de atentados. A reportagem da revista também obteve os relatórios enviados ao Brasil pelo governo dos Estados Unidos.

Esses documentos permitiram que VEJA localizasse Ali e outros quatro extremistas. Eles vivem no Brasil como se fossem cidadãos comuns. Um deles chegou a ser condenado em seu país de origem. Hesham Ahmed Mahmoud Eltrabily é apontado pelo Egito como participante da chacina de 62 turistas que visitavam as ruínas de Luxor, em 1997. Com uma ordem de prisão emitida pela Interpol, foi capturado em São Paulo, cinco anos depois. O Supremo Tribunal Federal negou sua extradição, alegando que as provas apresentadas pelo governo egípcio não eram peremptórias. Agora, o egípcio comercializa eletrônicos na Galeria Pagé, um dos centros de venda de contrabando da capital paulista. VEJA relatou o conteúdo desta reportagem aos funcionários de sua loja, mas Eltrabily não retornou os telefonemas. O caso de Eltrabily é semelhante ao de Mohamed Ali Abou Elezz Ibrahim Soliman, que não foi localizado por VEJA. Soliman também foi sentenciado no Egito por participar do atentado de Luxor. Preso em 1999, Soliman teve sua extradição negada pelo Supremo, que encontrou erros formais de instrução do processo, como falhas na tradução de documentos. Como Eltrabily, ele vende muamba, mas em Foz do Iguaçu. Com o antigo comparsa, ele forma a célula brasileira do al-Gama'a al-Islamiyya, subordinado à Al Qaeda.

Acusado de arquitetar atentados contra instituições judaicas que vitimaram 114 pessoas em Buenos Aires, nos anos de 1992 e 1994, o iraniano Mohsen Rabbani é procurado pela Interpol, mas entra e sai do Brasil com frequência — sem ser incomodado. Funcionário do governo iraniano, ele usa passaportes emitidos com nomes falsos para visitar um irmão que mora em Curitiba. A última vez que isso ocorreu foi em setembro do ano passado. Quando a Interpol alertou a Polícia Federal para sua presença no Brasil, ele já tinha fugido. Mas não são apenas os laços familiares que trazem esse terrorista ao país. A Agência Brasileira de Inteligência (Abin) descobriu que Rabbani já recrutou, pelo menos, duas dezenas de jovens do interior de São Paulo, Pernambuco e Paraná para cursos de "formação religiosa" em Teerã. "Sem que ninguém perceba, está surgindo uma geração de extremistas islâmicos no Brasil", diz o procurador da República Alexandre Camanho de Assis, que coordena o Ministério Público em treze estados e no Distrito Federal.

Em São Bernardo do Campo, no ABC Paulista, vivem dois brasileiros aliciados. Suas histórias foram descobertas pela CIA durante o interrogatório de um dos líderes da Al Qaeda, o saudita Abu Zubaydah, o mesmo que convenceu o inglês Richard Reid a instalar uma bomba no salto do sapato e tentar explodi-la em um voo que ia de Paris para Miami, em 2001. Preso em Guantánamo, Zubaydah foi severamente torturado com simulações de afogamento. Em seu livro, *Pontos de Decisão*, o ex-presidente George W. Bush alega que a tortura de Zubaydah ajudou a impedir outros atentados. Em Guantánamo, o jihadista saudita contou que acolhera os paulistas Alan Cheidde e Anuar Pechliye no campo de treinamento de combatentes de Khaldan, no Afeganistão. Cheidde pertence a uma família famosa no ABC paulista. Seu pai, Felipe Cheidde, amealhou uma das maiores fortunas da região com uma empresa de factoring, bingos e loterias. Chegou a ser deputado federal constituinte pelo PMDB. Como mantém um time da quarta divisão paulista, o Esporte Clube São Bernardo, ele é popular em sua cidade. Sua casa de 1400 metros quadrados é uma das mais suntuosas de São Bernardo do Campo.

Ainda assim, as conexões de seu filho, Alan, com o terror passaram despercebidas das autoridades brasileiras até 2004, quando a CIA as comunicou à Polícia Federal. Os agentes americanos relataram que Cheidde e seu amigo Pechliye haviam sido incumbidos de arranjar passaportes brasileiros para integrantes da Al Qaeda. Intimados pela Polícia Federal, ambos contaram que haviam perdido o passaporte duas vezes, em 2000 e 2001, e que não se lembravam das circunstâncias em que isso teria ocorrido. Apesar de considerarem a desculpa esfarrapada, as autoridades brasileiras decidiram liberá-los. A VEJA, Cheidde disse que sua viagem é assunto privado. Pechliye não retornou as ligações da reportagem. Uma das raras ocasiões em que os terroristas se viram incomodados foi em junho de 2005. Naquele mês, a Polícia Federal aproveitou a Operação Panorama, contra a imigração ilegal, para prender 21 extremistas. Eles foram acusados de falsidade ideológica e adulteração de documentos para obter vistos de permanência no país. Faziam isso forjando casamentos com brasileiras. Os radicais escolhiam mães solteiras, pagavam-lhes 1000 reais para participar da fraude e reconheciam os filhos delas como seus. Tornavam-se formalmente pais de filhos brasileiros e, por isso, não podiam mais ser extraditados.

O bando era chefiado pelo libanês Jihad Chaim Baalbaki e pelo jordaniano Sael Basheer Yahya Najib Atari, um proeminente líder muçulmano de Foz do Iguaçu. Com a quadrilha, a Polícia Federal apreendeu 1206 passaportes emitidos por Portugal, Espanha e México. Na maioria roubados, esses documentos eram vendidos a 11000 dólares cada um para extremistas procurados pela polícia de diversos países ou para radicais que querem se deslocar sem deixar rastros. O esquema de Baalbaki e Atari não se restringia ao Brasil. O Kuwait acusa o jordaniano de se associar a falsificadores locais para facilitar a fuga de jihadistas. A maioria da comunidade islâmica de Foz do Iguaçu rechaça o terrorismo. Fugitiva da guerra e dos atentados em seus países de origem, ela é a principal fonte de informação da Polícia Federal. Na Tríplice Fronteira de Brasil, Argentina e Paraguai, os radicais formam um contingente marginal entre os 12000 muçulmanos que lá vivem. Mas isso não impediu Atari de presidir a Associação Árabe Palestina nem de apresentar-se como um porta-voz da comunidade. Abordado por VEJA, Atari, que, assim como Baalbaki, responde em liberdade ao processo por falsidade ideológica, formação de quadrilha e facilitação de imigração ilegal, afirmou que não gostaria de falar sobre as acusações que lhe são feitas.

A ousadia de Atari reflete o conforto que as leis lhe garantem. Ele e Baalbaki, além de estarem soltos, só serão extraditados se forem condenados. "Os terroristas se aproveitam da fragilidade da legislação brasileira", admitiu, em audiência na Câmara dos Deputados, Daniel Lorenz, ex-chefe do Departamento de Inteligência da Polícia Federal e atual secretário de Segurança do Distrito Federal. A dupla continua fazendo negócios no Paraná, uma espécie de Wall Street da jihad. "A Tríplice Fronteira é, hoje, uma artéria financeira do Hezbollah", escreveu o diretor do Escritório de Controle de Ativos Estrangeiros do Tesouro americano, Adam Szubin, em relatório enviado ao Departamento de Estado de seu país, fazendo referência ao grupo libanês. Chegou-se a essa situação por causa da recusa do governo brasileiro a encarar o terrorismo. Em 2007, um grupo de deputados tentou regulamentar o artigo constitucional que prevê o crime de terrorismo. Acabou vencido pelo então secretário nacional de Justiça, Pedro Abramovay. "Ele alegava que uma lei antiterror atrairia terroristas", conta o ex-deputado Raul Jungmann (PPS-PE). Por esse raciocínio, ou falta de, o Brasil deveria abolir as leis contra homicídio, roubo e tráfico de drogas. Afinal de contas, elas também incitariam as pessoas a delinquir.

A leniência com o extremismo islâmico é característica também da diplomacia brasileira, que não reconhece o Hezbollah, o Hamas nem as Forças Armadas Revolucionárias da Colômbia (Farc) como terroristas. Em parte, ela está relacionada à tentativa de vender a imagem do Brasil como a de um paraíso tropical blindado contra atentados. Mas apresenta-se recheada também da simpatia da esquerda pelos jihadistas, inimigos viscerais dos Estados Unidos. Uma lei antiterror alcançaria, ainda, "movimentos sociais", como o Movimento dos Atingidos por Barragens, que, em 2007, ameaçou abrir as comportas da hidrelétrica de Tucuruí, e o Movimento dos Sem Terra, que invade e depreda fazendas. "A Polícia Federal e o governo americano apontam a atuação dos movimentos sociais como um dos principais impeditivos para um combate mais efetivo ao terror", diz Jungmann.

Embora seja autora das investigações descritas nesta reportagem, a Polícia Federal assume um comportamento ambíguo ao comentar as descobertas de seu pessoal. A instituição esquiva-se, afirmando que "não rotula pessoas ou grupos que, de alguma forma, possam agir com inspiração terrorista". Esse discurso dúbio e incoerente não apenas facilita o enraizamento das organizações extremistas no Brasil como cria grandes riscos para o futuro imediato. As cartilhas terroristas recomendam aos militantes que desfiram atentados em ocasiões em que suas ações ganhem visibilidade. O temor de policiais federais e procuradores ouvidos por VEJA é que eles vejam essas oportunidades na Copa de 2014 e na Olimpíada de 2016.

# EDUCAÇÃO

# LIÇÃO DE EFICIÊNCIA

Entre os incontáveis, cruéis e teimosos sinais de atraso do Brasil, um chega a ser desesperador — em pleno século XXI, o país ainda não implantou um currículo nacional. Assim, a "pátria educadora" — lema adotado pelo governo Dilma Rousseff no segundo mandato da presidente — continua com suas péssimas notas nas principais avaliações de ensino do mundo. Enquanto isso, a Finlândia, reconhecidamente uma referência internacional nessa área, entrou em estado de alerta ao começar a perder posições no ranking de educação da OCDE (no ano passado, ficou em sexto lugar entre 76 nações; o Brasil amargou a sexagésima posição). Tratou, então, de agilizar uma autêntica revolução, que começa a definir os rumos do ensino global para as próximas décadas. Em uma reportagem especial realizada no país escandinavo, VEJA apresentou à pátria reprovada a lição dos finlandeses.

24 DE JUNHO, 2015

# VOANDO PARA O FUTURO

Sem alarde, como é de seu estilo, a Finlândia, símbolo da excelência no ensino, lidera o movimento global para revolucionar a sala de aula e criar as bases da escola para o nosso tempo

**Monica Weinberg,** de Helsinque

***TODO MUNDO ADMIRA** a lendária neutralidade da Suíça, que se permitiu passar ilesa pelas duas guerras mundiais que devastaram a Europa no século XX. Injustamente, porém, quase ninguém conhece a histórica altivez da Finlândia, que rechaçou pelas armas dois poderosos invasores, os soviéticos e os nazistas — conseguindo também atravessar a Guerra Fria sem aderir ideologicamente a nenhum dos lados que, entre 1947 e 1991, polarizaram o mundo entre comunismo e capitalismo. Na canção* Let's Do It, *de Cole Porter, os finlandeses aparecem só depois dos pássaros, das pulgas, dos lituanos, espanhóis e holandeses em sua hipnótica lista de seres que se apaixonam na primavera. Mesmo tendo dado ao mundo o escorredor de pratos e os celulares Nokia, o destino da Finlândia não é ser famosa. Assim, a revolução educacional gestada nas escolas de lá está silenciosamente lançando as bases da educação que vai ajudar a moldar o ensino em todo o mundo no decorrer do século XXI.* VEJA *foi a Helsinque testemunhar essa saga.*

Crianças ora hipnotizadas pela tela do computador, bem à vontade, só de meias, ora ao ar livre e gelado, dissecando a geologia de uma paisagem que tem como marco uma sólida rocha encravada entre os pinheiros, como se fosse um parque temático sobre a era glacial. Bem-vindo à Finlândia, o país que se notabilizou como um dos melhores do mundo na educação, mas que, mesmo assim, já finca os pilares do ensino do futuro. Fale com qualquer professor de lá, da 1ª série à universidade, e ouvirá, como uma bem orquestrada sinfonia de Sibelius, o grande compositor finlandês, orgulho nacional: precisamos de uma escola que leve os alunos ao limite de suas potencialidades, que os prepare para um mundo cada vez mais globalizado e os ensine a se adaptar ao novo, a se virar diante do inesperado, a criar e a inovar. Que a lição se faça ouvir por aqui, onde agora se debate justamente o primeiro currículo escolar brasileiro.

Nenhum país que tem a educação como prioridade está alheio à discussão que inflama as rodas especializadas e afeta a vida de pais e estudantes: o que ensinar a crianças que não necessitam mais do saber enciclopédico, já que têm acesso a informação de qualidade ao toque do mouse, mas devem ser talhadas para enfrentar problemas e ofícios que nem sequer se imagina quais serão? "Mais do que acumular dados, o aluno precisa aprender a aprender, porque a toda hora surge um conhecimento novo e relevante no planeta", resumiu a VEJA o físico alemão Andreas Schleicher, diretor da área de educação na OCDE (organização que reúne as nações mais desenvolvidas). No fim do ano passado, líderes de toda parte encontraram-se em Genebra para falar do currículo do século XXI. Houve consenso de que é preciso preservar os conteúdos essenciais, ter coragem para eliminar o resto e dar lugar na escola ao desenvolvimento de habilidades requeridas no mercado de trabalho, como resiliência, capacidade de produzir em equipe, comunicação, abertura ao risco, criatividade. A Finlândia forçou ainda mais a barra e decidiu tornar menos estanques as divisões entre as matérias, ensinando-as muitas vezes ao mesmo tempo. A ousadia, vinda do país que lidera rankings mundiais de ensino, ocupou as manchetes. Seria o começo do fim das disciplinas?

"Os conceitos básicos de cada matéria continuarão a ser ensinados com metas claras e elevadas, ainda que as fronteiras entre elas fiquem mais flexíveis", garante Leena Maija Niemi, 42 anos, vice-diretora da escola Kasavuori, a meia hora da capital, Helsinque, espécie de laboratório dos novos tempos plantado em meio à floresta. Ali, vê-se uma mescla de economia, geografia, história, demografia, estudos sociais e finlandês num projeto chamado Minhas Raízes, um dos vários em curso, em que cada adolescente produz vasto material sobre a cidade de seus pais, avós ou tios. Nessa abordagem de "aprendizado baseado em projetos", professores de várias áreas planejam as aulas em conjunto. Fomentam independência para pesquisar e colaboração. Não se põem à frente da classe a ministrar intermináveis aulas expositivas, mas vão de mesa em mesa, resolvendo dúvidas e renovando desafios. Especialistas de Singapura, Estados Unidos, México, Espanha e Tailândia já agendaram visitas à escola Kasavuori para conhecer o modelo que, a partir do próximo ano, fará parte do currículo mínimo obrigatório da Finlândia.

De certa maneira, as inovações finlandesas são um reencontro com um passado glorioso. Na Atenas clássica, o ensino era baseado em desafios que demandavam várias áreas do saber para ser solucionados. O mentor respondia a uma pergunta com outra mais difícil, um problema levava ao seguinte, em um voo pela razão balizado pelo rigor da geometria e pela lógica, mas impulsionado pelas asas da poesia. A realidade é multidisciplinar e requer diversos domínios para ser abarcada em toda a sua complexidade. Os gregos sabiam disso. Os finlandeses estão provando que essa e outras abordagens do passado, embora esquecidas no tempo, nunca perderam seu valor. Há um século, o filósofo e matemático inglês Alfred North Whitehead escreveu *The Aims of Education* (Os Objetivos da Educação), um libelo contra o academicismo e a compartimentação dos campos do saber. “Nas nossas escolas, a contradição é vista como uma derrota, quando deveria ser o primeiro passo rumo ao conhecimento real.” Whitehead preconizava também o trabalho cooperativo. Encontra-se muito das ideias dele na adaptação das escolas da Finlândia à dinâmica do mundo atual e às exigências da economia globalizada e conectada.

Na década de 70, a Finlândia decidiu promover uma virada crucial no ensino. Era um tempo em que metade da população ainda vivia na zona rural e a economia dependia das flutuações do preço da madeira — passado que soa remoto diante do atual desempenho do país na corrida global: a chamada “terra dos 1 000 lagos” (exatamente 187 000) e dos 2 milhões de saunas (uma para cada 2,7 habitantes) desponta entre os cinco primeiros nos rankings mundiais de competitividade, inovação e transparência. Sua capital lidera o mais recente teste de honestidade da revista *Reader’s Digest*, baseado em quantas de doze carteiras com 50 dólares deixadas em lugares-chave pela revista foram entregues de volta a seus donos ou à polícia. Em Helsinque, onze das doze carteiras foram devolvidas — no Rio de Janeiro, quatro, o mesmo número de Zurique.

Não espere encontrar na Finlândia a rigidez típica de outros campeões do ensino, como Coreia do Sul ou China. Enquanto a palavra de ordem na Ásia é estudar noite e dia, nessas bandas da Escandinávia a rotina escolar é mais suave, com jornadas de cinco horas e lição na medida certa para sobrar tempo para “relaxar” — esse é o verbo de que os finlandeses gostam. Que não se confunda isso com indisciplina ou pouca ambição. Foi só a Finlândia perder posições no ranking da OCDE (ficou em sexto lugar no último) e o exame nacional mostrar certa queda para soar o alerta e o rumo ser corrigido. Os novos tempos são de construção do conhecimento em rede, uns colaborando com os outros, como nas rodas acadêmicas. Também é visível a mudança na condução da aula pelo professor, que às vezes nem mesa tem; a ideia é que ele palestre menos e guie mais o voo dos estudantes. Os mestres não são coadjuvantes, como em muitas experiências que se autointitulam inovadoras, mas o centro de uma reviravolta sustentada em delicado equilíbrio. "O segredo está em não achar que flexibilidade é o mesmo que anarquia", pondera a doutora em educação Kristiina Kumpulainen, da Universidade de Helsinque.

A tarefa de saber qual conteúdo deve sobreviver à afiada peneira deste século não é simples, mas vem sendo testada com sinais de sucesso, e não só na Finlândia. Também na vanguarda do ensino, o distrito de Colúmbia Britânica, no Canadá, encontra-se em pleno processo de separar o descartável do essencial. "Com uma grade de matérias tão pesada, as crianças não estavam aprendendo a pensar", reconhece Rod Allen, envolvido na missão de reescrever o currículo. Os canadenses continuarão a estudar os fundamentos da democracia grega e por que todos os caminhos levavam a Roma, mas não precisarão mais "sobrevoar", como diz Allen, todas as civilizações da Antiguidade. "No lugar de cinquenta tópicos mal absorvidos, vamos agrupá-los em dez ou doze grandes áreas, enfatizando os conceitos realmente valiosos", explica ele, que ainda esclarece: datas, pessoas e eventos importantes seguem firmes na cartilha. O Japão percorre trilha semelhante. Enxugou em 30% seu currículo para ceder espaço às habilidades tão em voga. Não há nada de modismo aí. Os japoneses perceberam que os postos de trabalho que envolvem atividades rotineiras e baseadas em um único tipo de conhecimento estão sendo varridos por aqueles movidos a desafios mais imprevisíveis e complexos, que exigem flexibilidade de pensamento e de postura. Mas em um ponto ninguém mexe: ler um livro por semana foi, é e sempre será sagrado.

Há décadas se fala da importância de ensinar habilidades comportamentais, ou socioemocionais, como se diz no meio, como persistência e autodisciplina. Há décadas também elas vêm sendo subestimadas nas escolas, ainda que, nos anos 80, o americano James Heckman, prêmio Nobel de Economia, tenha demonstrado em pesquisas que são tão ou mais determinantes para o sucesso futuro do que as tradicionais matérias — e, sim, podem ser incentivadas. Mas, à medida que a cadeia produtiva muda sua lógica, exigindo cada vez mais capacidade de resolução de problemas e de adaptação em todos os níveis, o alerta de Heckman se faz reverberar na educação. Um estudo do Instituto Ayrton Senna reforça as palavras do Nobel trazendo os números à realidade brasileira: alunos mais perseverantes e organizados aprendem em um ano letivo cerca de um terço mais em matemática do que os outros; a abertura ao novo e a coragem de empreender e errar produzem o mesmo efeito positivo em língua portuguesa. "Existe o princípio geral de que só o que dá para medir tem valor. Pois já conhecemos bem o peso dessas habilidades que soam tão abstratas", observa Oliver John, professor da Universidade da Califórnia, em Berkeley, e consultor da OCDE no projeto de criar um termômetro universal para aferi-las.

E o Brasil nisso? Bem, enquanto países como Finlândia e Austrália, outro caso de sucesso, revisam seu currículo a cada dez anos e a Coreia do Sul já cravou a sétima edição do seu, o Brasil não tem nenhum. Isso mesmo: aterrissamos no século XXI sem um consenso nacional sobre o que o aluno deve aprender a cada ano em cada disciplina. A principal razão para tão profundo atraso é de cunho ideológico. Uma turma de educadores ainda acha que um script com objetivos e metas de aprendizado em comum engessaria a liberdade de lecionar e daria as costas às diferenças. "Confundem até hoje estrutura com camisa de força", diz Denis Mizne, diretor executivo da Fundação Lemann e integrante de um grupo de especialistas que debatem o teor do currículo brasileiro por vir. Previsão: 2016.

Envolvido na confecção desse currículo, o ministro da Secretaria de Assuntos Estratégicos, Mangabeira Unger, fez uma ala de pensadores tremular com suas afirmações a propósito do tema. Disse o ministro, acertadamente: "A tradição no Brasil é de enciclopedismo raso". A proposta conduzida por ele, portanto, mira diminuir quantidade em prol de profundidade, mas não só isso: "Desenvolver competências deve ser a principal missão da escola". Ele se refere, por exemplo, a saber ler e interpretar e afiar o raciocínio lógico. O que tirou o sono de especialistas foi a aparente contraposição que Unger fez entre conteúdos e competências (justamente relacionadas à utilização do conhecimento acumulado), como se fossem excludentes. "Não há conteúdos consagrados nem obrigatórios, sobretudo nos anos escolares mais avançados", defendeu ele a VEJA. "Também não podemos produzir um currículo engessado, que cale o experimentalismo vigoroso", foi além. Mas garantiu: a ideia é ter metas e orientações para docentes. A ver. Como professores que tropeçam no básico darão conta da transição para algo que só agora países bem mais evoluídos no ensino estão fazendo?

Muitas ressalvas cabem na comparação entre Brasil e Finlândia — a começar pela população: os finlandeses são 5,5 milhões com cultura homogênea e pouca disparidade de renda; já nós, 200 milhões com todo tipo de diversidade. Também eles não têm o mau hábito de mudar o curso da educação a cada troca de governo. A Finlândia adota um sistema parlamentarista com presidente da República que favorece coalizões entre quase todos os partidos. Tal estabilidade política contribuiu para a implantação de um sistema em que 99% das escolas são públicas e igualmente boas, segundo notou a OCDE. Tamanho é o valor que se dá à sala de aula que, mesmo na universidade, ninguém desembolsa um tostão. Ao contrário:

os alunos ganham até bolsas para arcar com moradia. "Não precisamos mudar de cidade atrás de um bom ensino porque ele está por toda parte", conta a enfermeira Kirsi Ojala-Kinnunen, 42 anos, mãe de três filhos e uma entre os 35 000 habitantes da bucólica Tuusula, onde vive em uma casa de madeira típica do pós-II Guerra, com o conforto que todas essas residências têm — sauna para enfrentar o frio e as noites sem fim. Olhar para eles pode ajudar o Brasil a deixar a própria zona glacial: a dos últimos do mundo na educação.

# SAÚDE

# A REDENÇÃO DO OVO E UMA PROVA DA MEDICINA DE PONTA

Novos protocolos na área da nutrição e avanços nos conhecimentos da tecnologia médica levaram a mudanças de paradigmas que marcaram os últimos anos no âmbito da saúde. Dois exemplos desse quadro aparecem nas páginas seguintes. Considerado o grande vilão da dieta por muito tempo, o ovo recebeu em 2015 o sinal verde do Departamento de Agricultura dos Estados Unidos, órgão governamental responsável pelas diretrizes alimentares americanas. VEJA dedicou, então, um especial sobre o assunto, pontuando as idas e vindas nas avaliações do alimento — até sua total liberação para consumo. Na área médica, uma reportagem de 2012 mostrou com exclusividade o primeiro transplante de cinco órgãos realizado no Brasil. A cirurgia, ocorrida em São Paulo, configurou-se como um dos procedimentos mais extraordinários e complexos da medicina — foram dezesseis horas de duração. Desde 1989, somente 250 transplantes multiviscerais haviam sido feitos no mundo. Hoje, são cerca de 400.

27 DE MAIO, 2015

# AMOR ETERNO PELO COLESTEROL

Durante décadas, alimentos como o ovo foram tratados ora como vilões, ora como mocinhos. Pesquisas recentes põem fim a essa gangorra – a mais conhecida (e condenada) das gorduras não faz mal quando é levada ao organismo por meio da alimentação

**Adriana Dias Lopes**

**JÁ NÃO É O CASO,** tomando emprestado o mais conhecido verso do *Soneto da Fidelidade,* de Vinicius de Moraes, de um amor que seja infinito enquanto dure, posto que é chama. Em relação ao ovo, o amor agora é eterno, incondicional, irrecorrível. O consumo do mais eclético dos alimentos de origem animal, abundante em colesterol, a mais conhecida e condenada das gorduras, acaba de ser definitivamente liberado pela ciência da nutrição. O aval veio de uma instituição reputada no assunto, o Departamento de Agricultura dos Estados Unidos, órgão governamental responsável pelas diretrizes alimentares americanas — e, portanto, com impacto em todo o mundo.

A absolvição se estende a outros alimentos ricos em colesterol, como camarão, coxa de frango (com pele, fique bem claro), coração de galinha, lula e bacalhau. A novíssima norma pode representar uma extraordinária reviravolta nos hábitos à mesa. Ela põe por terra a orientação de cautela no consumo de ovos, para permanecer didaticamente com o mais claro sinônimo de colesterol ingerido, em vigor desde a década de 60. A quantidade de colesterol levado à boca não podia, até agora, ultrapassar 300 miligramas diários, o equivalente a um ovo e meio (ou a uma coxinha de frango). Diz

Raul Dias dos Santos, professor da Faculdade de Medicina da Universidade de São Paulo e diretor da Sociedade Internacional de Aterosclerose: "É a mudança de padrão alimentar mais drástica já ocorrida desde os primórdios das discussões sobre o papel das gorduras no organismo".

O documento americano é um cartapácio de 571 páginas. A alforria do colesterol aparece na 17ª e, em pouco mais de discretas cinco linhas, abre o sinal verde, com uma recomendação que desde já começa a fazer barulho pela força de sua assertividade. "Não há evidência disponível que mostre alguma relação significativa entre uma dieta com colesterol e os níveis de colesterol sanguíneo. O consumo excessivo de colesterol não é motivo de preocupação." Ponto. E termina aqui o incômodo vaivém que ora fazia do ovo e seus congêneres os vilões da dieta, ora os tratava como mocinhos. À pergunta inescapável — o colesterol dos alimentos faz mal ao coração? — cabe agora uma única resposta: não. Um não eterno. O colesterol danoso é tratado sobretudo com medicamentos (estatinas) e atividade física.

Cerca de 80% do colesterol circulante no organismo é produzido pelo fígado — o restante vem da alimentação. Em doses normais, o colesterol (seja o alimentar, seja o hepático) tem um papel importantíssimo no funcionamento do corpo humano, participando da síntese de hormônios e mantendo a integridade das membranas das células. Em excesso, porém, danifica as paredes das artérias, o que o faz ser também a causa principal dos problemas cardiovasculares, como o infarto e o derrame. O embate, este que agora se encerra, tentava esclarecer qual era a responsabilidade do colesterol ingerido e qual era a parcela do colesterol naturalmente fabricado pelo ser humano. Duas recentes conclusões dos cientistas desempataram o jogo renhido.

A primeira: apenas uma pequena parte do colesterol alimentar é absorvida pelo organismo — cerca de 30%. Graças a um fascinante mecanismo de defesa, três proteínas (NPC1L1, ABCG5 e ABCG8), responsáveis pela metabolização do composto, tornam-se ineficientes ante quantidades muito elevadas de colesterol alimentar, o que o faz circular muito modestamente. O segundo achado, fruto de acúmulo de conhecimento científico, foi o que selou de vez a certeza comprada pelos pesquisadores do Departamento de Agricultura dos Estados Unidos. Um trabalho publicado na revista científica da American Society for Nutrition, a maior referência em estudos de nutrição, quantificou, em números precisos, o impacto do colesterol que vem dos alimentos sobre o colesterol fabricado pelo fígado. Uma análise detalhada comprovou que a relação entre os dois é salutar. O colesterol alimentar influencia pouquíssimo os níveis de LDL (o colesterol ruim) no sangue. A conta é exata: 100 miligramas (o equivalente a meio ovo) aumentam 1,9 miligrama do colesterol LDL do sangue. É pouco. A gordura saturada, presente na picanha, na manteiga e no toucinho, por exemplo, provoca o dobro de expansão.

Se não causa danos preocupantes, o colesterol alimentar tem uma característica que, ao contrário, entrega benefícios — ele protege o coração. A substância eleva significativamente a taxa de HDL (o colesterol bom), aquele que limpa a gordura das artérias. O cálculo: meio ovo aumenta 0,4 miligrama do HDL no sangue. Ele faz isso estimulando a produção da principal proteína (Apo A1) multiplicadora de HDL tanto nos intestinos quanto no fígado. O impacto é brutal. "A atividade física intensa, como correr três vezes por semana ao longo de um mês, causa efeito semelhante", diz o cardiologista Marcus Bolívar Malachias, presidente da Sociedade Brasileira de Cardiologia.

É um magnífico marco a absolvição do ovo, sempre cercado de drama, de defensores e detratores, de mãos dadas com o café, seu inglório parceiro. Juntos, ao menos nos *papers* científicos, já fizeram muitos corações parar, para depois representarem vida, e vice-versa. A estreia do ovo no universo acadêmico causou estardalhaço. Em 1913, um experimento conduzido no Instituto de Medicina Militar de São Petersburgo, na Rússia czarista, pouco antes da revolução bolchevique, assinalou o primeiro grande marco na cardiologia. Com o objetivo de comprovar a ideia, ainda incipiente, de que o colesterol estaria associado ao entupimento dos vasos, o patologista Nikolai Anichkov (1885-1964) alimentou uma dezena de coelhos com uma mistura de gemas batidas com óleo. Os animais logo ficaram doentes, com as artérias entupidas. A tese estaria comprovada. O colesterol de fato fazia mal aos vasos. E a culpa, ora, só podia ser do ovo. Em 1958, o método de Anichkov chegou a ganhar um editorial na *Annals of Internal Medicine,* do Colégio Americano de Médicos. No texto, a revelação do patologista foi comparada à descoberta do bacilo da tuberculose pelo médico alemão Robert Koch (1843-1910). Anichkov, porém, cometeu dois erros metodológicos. Usou óleo, uma gordura saturada, substância sem nenhuma relação com o colesterol. E mais: escolheu a cobaia errada. O coelho é um animal extremamente sensível ao colesterol. Diferentemente do homem, o bichinho absorve todo o composto de forma veloz.

Entre as apostas de Anichkov e as cinco linhas liberadoras divulgadas neste ano nos Estados Unidos, entre momentos de celebração e outros de condenação, o colesterol dos alimentos sempre foi o elemento decisivo para construir dietas saudáveis — tê-lo no prato, para alguns pesquisadores, era boa ideia; para outros era um anátema. Imaginem-se os alimentos como as pétalas de um crisântemo numa brincadeira de namorados indecisos. O chocolate? Bem me quer. O glúten? Mal me quer. A manteiga? Mal me quer. O leite? Bem me quer. O açúcar? Mal me quer, mal me quer, e cada vez mais nessa condição. Em todos os casos, agora as certezas são muito mais volumosas do que as dúvidas. E por que antes não era assim? Não se trata de falta de conhecimento nem de escassez de recursos durante o período em que os estudos foram realizados. Um dos grandes debates no universo acadêmico, sobretudo no campo da saúde, é a respeito das características dos chamados estudos observacionais. São trabalhos organizados, como o próprio nome revela, apenas com a observação médica. Tome-se como exemplo um estudo observacional sobre os efeitos de uma determinada dieta nas taxas de glicose. O resultado do impacto é analisado por meio de exames médicos ou questionários, sem nenhuma interferência médica mais profunda. "Os estudos observacionais apresentam sugestões, mas não são capazes de comprovar a causa e o efeito do componente avaliado", disse a VEJA Henry Miller, cientista biomédico da FDA, a agência americana reguladora de medicamentos.

No fim de 2011, dois pesquisadores do Instituto Nacional de Ciências Estatísticas dos Estados Unidos revelaram um fato preocupante sobre os estudos observacionais. A dupla, especialista em saúde pública, analisou doze trabalhos, alguns feitos pela sacrossanta Universidade Harvard. A constatação ruim: nenhuma descoberta dos estudos observacionais foi confirmada, depois, por pesquisas atreladas a exames médicos de laboratório. Pior: cinco delas chegaram a conclusões contrárias aos dados relatados pela mera observação. Um deles, por exemplo, afirmava que o uso de vitamina C e de betacaroteno, composto presente na couve, na cenoura e no pimentão, poderia prevenir o câncer de pulmão entre os fumantes. Um estudo detalhado, com quase 30 000 pessoas, comprovou que nenhuma das duas substâncias utilizadas — associadas ou isoladas — tinha efeito contra o câncer. Há estudos observacionais notáveis, porém. O principal deles é uma das mais excepcionais pesquisas já construídas no campo da saúde em todos os tempos: a Framingham. Em andamento desde 1948, o trabalho tem como objetivo acompanhar moradores da pequena cidade americana de Framingham, perto de Boston, nos Estados Unidos. Framingham é de extrema relevância porque se propõe a medir algo imensurável em curto prazo, como a influência do estilo de vida e da genética na saúde.

Na tentativa de frear resultados científicos superficiais, as revistas científicas têm se tornado cada vez mais exigentes. A prestigiosa *Nature*, por exemplo, criou em 2013 um questionário especificamente com esse objetivo. Antes de submeterem um estudo para publicação, os pesquisadores têm de responder a dezessete perguntas minuciosas sobre o método que utilizaram para realizá-lo. O periódico pergunta, por exemplo, quais são os critérios de inclusão dos voluntários ou dos animais, quais são as referências utilizadas para os cálculos estatísticos etc. "A decisão de criar um questionário para garantir que as conclusões dos estudos estejam corretas vem de um longo debate na comunidade científica", disse a VEJA Véronique Kiermer, diretora dos serviços de autores e pesquisas da *Nature*.

O vaivém dos estudos clínicos pertence à própria gênese da história da medicina. No fim do século XIX, a aspirina, nome comercial do ácido acetilsalicílico, foi preterida em favor da... heroína. A aspirina e a heroína foram marcas registradas do laboratório Bayer no mesmo período. Os dois compostos tiveram o mesmo criador, o químico alemão Felix Hoffmann (1868-1946). Hoffmann desenvolveu os produtos na tentativa de encontrar algo que aliviasse as dores crônicas de seu pai. A comercialização da heroína, contudo, foi privilegiada por seus "efeitos extraordinários na saúde". A Bayer batizou a substância com o nome de heroína devido a suas "qualidades heroicas". Em 1898, o composto passou a ser vendido sem receita médica nas farmácias. O fabricante o comercializava também em forma de xarope como uma cura segura de resfriados e outras doenças respiratórias para as crianças. Os supostos efeitos benéficos da heroína duraram pouco. No início do século XX, descobriu-se que ela causava uma dependência química ainda mais forte que a da morfina. A Bayer parou de produzi-la em 1913, um ano antes de a sua venda começar a ser oficialmente controlada. A partir de então, a aspirina recebeu todas as atenções do laboratório. Ensaios clínicos feitos com a medicação mostraram múltiplos benefícios: alívio da dor, poder anti-inflamatório, redução da febre e prevenção de problemas cardíacos. Levou tempo para a aspirina sobrepujar a heroína. Levou tempo para o colesterol dos alimentos ser reabilitado. Mas, agora, sem recuo no horizonte.

11 DE ABRIL, 2012

# CIRURGIA ÉPICA AO SOM DE ROCK

VEJA acompanhou as dezesseis horas do primeiro transplante multivisceral – de cinco órgãos – realizado no Brasil, uma operação só tornada possível pelos avanços da medicina invasiva

**Adriana Dias Lopes**

**ERA TERÇA-FEIRA,** 3 de abril, noite da última apresentação em São Paulo do baixista e compositor Roger Waters, ex-líder da banda de rock Pink Floyd. No fim do espetáculo, cerca de 70 000 pessoas lotavam as ruas estreitas em volta do Estádio do Morumbi. O trânsito não andava. O som das buzinas parecia abafar o que se ouvira antes. Naquele momento, a apenas 800 metros dali, no Hospital Albert Einstein, um grupo formado por três cirurgiões, quatro assistentes, uma enfermeira e dois instrumentadores se preparava para ir a um hospital distante, na Zona Sul da cidade, em um dos bairros mais pobres da capital. Às 23h46, chegaram dois dos três táxis pedidos pelo telefone. Todos se apertaram nos carros e partiram. Vinte minutos depois, e nada, eles continuavam nas cercanias do Morumbi. "Este show deve ter sido incrível", disse o cirurgião Ben-Hur Ferraz Neto, chefe da equipe de transplantes do Hospital Albert Einstein, ao observar a iluminação do estádio vista de longe.

A calma dos especialistas impressionava ante o desafio que eles estavam prestes a enfrentar. O grupo ia a um hospital público da periferia da cidade para fazer a captação dos órgãos do primeiro transplante multivisceral do Brasil. Considerado a cirurgia mais complexa da medicina, o procedimento consiste na substituição de vários órgãos ao mesmo tempo — naquele caso específico, estômago, duodeno, pâncreas, fígado e intestino delgado. É uma operação de proporções épicas, à qual VEJA teve acesso com exclusividade. Foram treze horas de operação. Vítima de cirrose, a receptora é uma mulher de 59 anos, 1,58 metro e 60 quilos — 10 deles referentes ao líquido acumulado na região abdominal. Conforme a doença avança, o fígado é tomado de fibroses, cicatrizes que dificultam a passagem de sangue pelo órgão. Com isso, os vasos a seu redor ficam sobrecarregados e não conseguem dar vazão ao sangue. O problema culmina com a obstrução dessas veias. O risco de hemorragia faz com que a mortalidade durante a complexa cirurgia chegue a 20%. Em um transplante hepático, também considerado de alto risco, o índice não passa de 0,03%.

Desde 1989, somente 250 transplantes multiviscerais foram feitos no mundo. A equipe do Hospital Albert Einstein (Ben-Hur Ferraz Neto, o cirurgião Sergio Meira e o anestesista Raffael Zamper) foi treinada em uma das melhores instituições de saúde, a da Universidade de Indiana, nos Estados Unidos. O transplante multivisceral foi descrito pela primeira vez em 1960, ao ser realizado em cães pelo médico Thomas Starzl, da Universidade de Pittsburgh, também americana. Lançada no fim da década de 70, a ciclosporina, medicamento usado contra a rejeição em transplantados, motivou as primeiras experiências em humanos. Em 1983, Starzl submeteu uma menina de 6 anos à técnica. Mas a paciente morreu imediatamente depois da operação, em decorrência de intensa hemorragia. No ano seguinte, foi descoberto o tacrolimus, um imunossupressor mais eficaz nos transplantes que envolvem os intestinos, órgãos naturalmente propensos a rejeição. Cerca de 90% dos transplantes multiviscerais são motivados por afecções intestinais.

Nos centros americanos de referência, a sobrevida dos pacientes submetidos ao transplante multivisceral é de 80% no primeiro ano. Na década de 90, ela não passava de 50% no mesmo período. Como o volume do enxerto de órgãos em monobloco é muito grande, o peso do doador não pode ser maior que o do receptor nem 50% inferior. A título de comparação, nos transplantes de fígado o doador pode ser até 40% mais pesado ou 60% mais magro. Somente nos anos 2000, o transplante multivisceral deixou de ser experimental e tornou-se uma opção clínica de tratamento. No Brasil, 400 pessoas devem se beneficiar da técnica.

À meia-noite e 28 minutos, a equipe do Albert Einstein chegou ao hospital público onde estava o corpo do doador, uma mulher de 1,50 metro e 58 quilos. Aos 39 anos, ela morrera em decorrência de um derrame. Ao desembarcarem dos táxis, os especialistas carregavam duas caixas térmicas vermelhas, de 60 centímetros de largura por 40 centímetros de altura, repletas de gelo picado. À 1h15, começou a cirurgia. Os médicos lavaram o corpo da doadora com uma solução à base de iodo. À 1h25 da manhã, Ferraz Neto fez o primeiro corte no abdômen da doadora. Dois minutos depois, um cheiro nauseante invadiu a sala. O odor, resultado da mistura do sangue à gordura queimada pelo bisturi, permaneceu até o fim do procedimento, às 2h49.

Os órgãos foram retirados todos juntos. No jargão médico, o procedimento é conhecido como "enxerto de órgãos em monobloco". O conjunto de 4 quilos foi acondicionado em um saco plástico. Em seguida, levado a uma bacia funda de metal com gelo. O objetivo era manter os órgãos a uma temperatura média de até 4 graus — baixa o suficiente para garantir a integridade dos órgãos, mas não tão baixa que pudesse queimá-los. Às 3h30, a equipe iniciava uma corrida contra o tempo, agora nos táxis de volta ao hospital onde havia começado a épica aventura. O tempo máximo para manter os órgãos fora do organismo humano, sem que eles se deteriorem, é de doze horas. De madrugada, com o trânsito livre, dez minutos depois, todos estavam de volta ao Albert Einstein para a mais vibrante e extraordinária cirurgia já feita no país desde 1985, ano de realização do primeiro implante de fígado no Brasil. "Que Deus abençoe a todos", disse, emocionado, Ferraz Neto, exatos dois segundos antes de deflagrar o procedimento, às 5h32 da manhã, na sala 12 do centro cirúrgico, no 5º andar do hospital israelita.

Além dos catorze profissionais diretamente envolvidos, entre cirurgiões, anestesista, instrumentadores, enfermeiros, assistentes e um técnico de informática, para o caso de alguma máquina entrar em pane, estavam ali outros quatro especialistas e dois estudantes de medicina. Paralelamente à cirurgia para a preparação da receptora, à direita da maca, dois outros médicos, sob o comando do cirurgião Sergio Meira, começavam o processo de limpeza do monobloco de órgãos. Durante quatro horas, Meira preparou o enxerto, extraindo 600 gramas de gordura e músculo que haviam restado do corpo da doadora. O silêncio sepulcral que se instalou nos primeiros seis minutos de toda a operação foi quebrado pelo alto volume da música *She Loves You*, dos Beatles, vindo das caixinhas de som plugadas no iPod do anestesista Raffael Zamper.

No momento em que o corpo da receptora começou a ser operado, o cheiro ruim de sangue com gordura queimada invadiu a sala. Foram feitos dois cortes no abdômen da paciente. Um no sentido vertical, de 30 centímetros de comprimento, e o outro na horizontal, de 25 centímetros, a partir do umbigo para a direita. O corpo estava ligado a quatro grandes máquinas além do respirador artificial. Uma delas mantinha os lençóis sobre o peito e as pernas a uma temperatura média de 37 graus. A segunda monitorava as funções vitais, exibindo-as em dois monitores. A terceira comprimia intermitentemente as pernas da paciente para ativar a circulação do organismo e evitar trombose. O último equipamento era um transfusor de sangue automático, apto a reduzir drasticamente a necessidade de transfusão em cirurgias de grande porte.

Passavam quinze minutos das 6 horas da manhã quando a luz de um sol forte atravessou as duas janelas da sala. Imperava um silêncio respeitoso no centro cirúrgico. Ferraz Neto sussurrava. Bastava um olhar ou um aceno de mão do cirurgião para que os assistentes entendessem qual instrumento deveria ser entregue ou que vaso sanguíneo seria suturado. O barulho vinha apenas do tocador de MP3 do anestesista, que depois dos Beatles seguira para Dire Straits, Rush, Queen e AC/DC. Por volta das 7 da manhã, teve início a extração dos órgãos da receptora. Primeiro foi o intestino delgado. Em seguida o fígado, o duodeno e o pâncreas, às 8h58. O mau cheiro ficou ainda mais forte, agora proveniente do órgão deteriorado da paciente. Às 9h27, foi extirpado o último órgão, o estômago. Nos transplantes multiviscerais, o processo de extração dos órgãos é uma das etapas mais delicadas e tensas. Em geral, os órgãos estão tão fragilizados e já comprometeram tanto as estruturas ao seu redor que o cirurgião tem dificuldade para diferenciar, por exemplo, veias de artérias. Vasos que deveriam ter 1 milímetro de espessura estão dez, quinze vezes mais espessos, aumentando muito o risco de hemorragia. Ferraz Neto pediu uma cadeira para operar sentado. Passado um minuto, ele já estava de pé novamente. "Agora, vamos pôr a música mais alto", pediu. Vivia-se um instante decisivo. Na maca havia um corpo com a cavidade abdominal escancarada e praticamente vazia, apenas com rins e bexiga funcionando normalmente. Em tais condições, a paciente só sobreviveria por três horas. E então Elvis Presley começou a cantar *Rock around the Clock*.

Deu-se início, então, ao processo de implantação do monobloco. O evento mais extraordinário do transplante multivisceral aconteceu às 11h40, quando os cinco órgãos foram infundidos no sangue da receptora. Eles reviveram, portanto, no novo organismo. Apenas cinco segundos depois da sutura da aorta, o monobloco teve sua aparência transformada. De cor pálida e aspecto murcho, ele enrubesceu e ganhou forma robusta. "Se pudesse escolher um único momento como o mais decisivo de um transplante, diria que é este", define Ferraz Neto. "Lindo!", exclamou. "Não poderia ter música mais perfeita para este momento." Tocava Guns N' Roses, *Sweet Child O' Mine*. Em português, Minha Doce Criança, uma das prediletas do cirurgião.

Às 12h58, a equipe interrompeu os trabalhos para descansar. Pela primeira vez em treze horas, seus integrantes pararam para comer. Na sala dos médicos, devoraram sanduíches de queijo, presunto e salada de alface e tomate. Beberam água, refrigerante e café. Durante o repouso de quase uma hora, muito pouco se falou do que havia acontecido até ali. Em torno de 2 horas da tarde, eles estavam de volta à sala cirúrgica para finalizar o implante do enxerto. O último ponto foi dado às 15h15, na sutura do intestino delgado da doadora com o intestino grosso da receptora, na porção inferior do monobloco. Os órgãos foram então cobertos por compressas e a pele, enfim, costurada. As compressas absorvem o sangue em casos de pequenos sangramentos. O material deveria ser retirado na sexta 6, em uma pequena intervenção. Por seis meses, a paciente deve viver com uma ileostomia (quando um pedacinho do intestino delgado fica para fora do organismo). É um recurso usado para que os médicos possam examinar diariamente o estado do implante, em busca de infecções ou rejeição. Até o fim de maio, ela permanecerá com uma sonda no estômago para poupar o trabalho do órgão durante a alimentação.

Às 15h50, o primeiro transplante multivisceral do Brasil chegou ao fim. Foram utilizadas 790 compressas, doze tesouras e 120 pinças, e aplicados 3 000 pontos. Ferraz Neto cumprimentou cada um dos especialistas presentes na sala com um aperto de mãos seguido de um cansado "parabéns, obrigado". Os médicos saíram da sala, lavaram as mãos, tiraram o avental, a máscara e a touca. Exaustos, Ferraz Neto e Sergio Meira sentaram-se no chão do corredor. Logo, colegas dos mais variados setores do hospital apareceram para parabenizá-los com abraços e tapas nas costas. Sorriam. Até o fim de quinta-feira passada, a condição clínica da paciente era considerada satisfatória.

# CIÊNCIA

# DA PARTÍCULA DE DEUS AO UNIVERSO DOS HOMENS

O fato de que certos campos científicos se dedicam a temas extremamente complexos não significa que eles estejam distantes do interesse do público. Assim, a física de partículas é a estrela da reportagem de abertura da presente seção, sobre os estudos que levaram à descoberta do bóson de Higgs, em julho de 2012, e garantiram o Nobel do ano seguinte à dupla Peter Higgs e François Englert — os primeiros a prever a existência da "partícula de Deus", ainda na década de 60. O outro texto se dedica aos retomados esforços no contexto da exploração espacial, que culminaram em conquistas históricas como o pouso da sonda Philae no cometa Chury, um corpo celeste cujo tamanho equivale a um terço da Ponte Rio-Niterói, viajando no espaço a uma velocidade 100 vezes maior que a de uma bala de fuzil. O feito ganhou ainda maior notoriedade porque pode ajudar a desvendar o enigma da existência de água na Terra.

11 DE JULHO, 2012

# ENCAIXOU-SE PERFEITAMENTE

Anunciada a descoberta experimental da partícula Higgs, a peça que faltava no quebra-cabeça da teoria atômica que vem sendo montado há pouco mais de 100 anos

**Filipe Vilicic**

**A MAIS LONGA E CARA BUSCA** da história da ciência finalmente chegou a um final feliz no dia 4 de julho de 2012, com o anúncio da descoberta de uma partícula subatômica que se supõe ser, com 99,9999% de certeza, um bóson de Higgs. Essa era a única das 61 partículas elementares que faltava ser encontrada experimentalmente para completar a arquitetura teórica do Modelo Padrão, a representação mais acabada do mundo subatômico. De forma ampla, o que se achou foi um elemento-chave para o entendimento da diversidade e da vida no universo, de cuja existência se suspeitava desde 1927, quando o astrofísico belga Georges Lemaître propôs que o cosmo estava se expandindo e assim fundou a teoria do Big Bang. A grande explosão que criou o universo há 13,7 bilhões de anos se originou de um misterioso desequilíbrio em um ponto de energia e massa infinitas, que os cientistas chamam de singularidade. Bilionésimos de segundo depois do Big Bang, o universo inteiro tinha o tamanho de uma laranja e era formado por um plasma aquecido a uma temperatura várias vezes superior às encontradas hoje no Sol.

O mistério é como esse caldeirão primitivo em que nadava um plasma indiferenciado de partículas energéticas deu origem à matéria como nós a conhecemos. Como e por que aquela massa se resfriou e, nesse processo, deu origem às estrelas, planetas e, no fim das contas, a todos nós? A melhor resposta foi a formulação da ideia de que o Big Bang produziu também um campo de força, uma misteriosa e onipresente teia viscosa de energia que interagiu com partículas elementares, retardando sua propagação e, assim, transformando frações de sua energia em matéria. Essa teia viscosa e onipresente é formada por partículas de Higgs. Sinais de uma delas foram encontrados na semana passada. Por isso o final feliz.

Quase cinquenta anos atrás, o físico inglês Peter Higgs teorizou a existência de uma partícula muito específica, um bóson, que estaria associada ao campo de força que pôs ordem na casa no começo do universo. Dessa propriedade única do bóson de Higgs derivou a expressão "partícula de Deus", título do livro do físico Leon Lederman. A expressão caiu no gosto popular e, na mesma proporção e intensidade, é odiada pelos cientistas. "Esse é um painel onde as metáforas são banidas", avisou logo Rolf Heuer, diretor-geral da Organização Europeia para Pesquisa Nuclear (Cern), ao começar a responder a perguntas sobre a nova partícula. A descoberta foi feita por duas equipes do LHC (sigla para Large Hadron Collider), o maior acelerador de partículas do mundo, que pertence ao laboratório Cern. Construído na fronteira da França com a Suíça, ele custou 10 bilhões de dólares. A experiência consistiu em acelerar em direções opostas dentro de um túnel magnético feixes de prótons, um dos componentes do átomo, a uma velocidade próxima à da luz e fazê-los colidir no raio de ação dos quatro detectores de partículas espalhados pelos túneis de 27 quilômetros de extensão do LHC. Foram produzidos 4 quatrilhões de colisões. Estilhaçar prótons para encontrar partículas ainda menores não é brinquedo. Um dos componentes do LHC, o Atlas tem a metade da altura da Catedral de Notre Dame, em Paris. O CMS, outro detector, tem 21 metros de comprimento, 15 de diâmetro e pesa o equivalente a trinta Boeings 747 juntos. Esses equipamentos gigantescos exigem o trabalho diuturno de mais de 3 000 cientistas.

O bóson de Higgs não pode ser observado diretamente. O que se vê é o rastro deixado por ele na forma de partículas — algumas familiares, caso dos elétrons e fótons, e outra tão misteriosa quanto seu nome, múon. Sentado na primeira fila do auditório onde a descoberta foi anunciada, Higgs, de 83 anos, emocionou-se: "Nunca pensei que viveria o bastante para ver a comprovação da minha teoria". O físico americano Brian Greene, autor do best-seller *O Universo Elegante*, diz que o próximo passo é integrar ao Modelo Padrão a única força da natureza cujo mecanismo de ação no mundo das subpartículas é desconhecido, a gravidade. "O desafio agora é achar uma teoria única que una todas as leis da natureza."

Os físicos teóricos tendem a menosprezar os físicos experimentais, mas precisam deles. Sem a confirmação pela experiência, a teoria está propensa a ser um conjunto de formulações, ora elegantes, ora filosóficas e, frequentemente, nos últimos tempos, metafísicas. É a experiência em laboratório que obriga os teóricos a submeter-se a uma disciplina quase fanática se quiserem mesmo estar no negócio de descrever fenômenos que se manifestam no mundo real. Uma crise na física se instala quando há muitas teorias e poucos dados experimentais para confirmá-las. Os teóricos geniais, mesmo quando totalmente convencidos do acerto de suas formulações, ficam mais seguros quando elas são provadas por experiências práticas. Em um artigo publicado em 1911, Albert Einstein lançou mais uma de suas grandes heresias ao dizer que a luz teria sua trajetória modificada pela força da gravidade. Quando veio a comprovação disso por medições feitas por uma equipe inglesa em Sobral, no Ceará, durante um eclipse total do Sol, Einstein não se conteve. "Professor, se as medições tivessem mostrado que a luz não faz curva, o que o senhor diria?", perguntou-lhe um jornalista. Einstein respondeu: "Eu diria que Deus estava errado".

"Não existem interações instantâneas na natureza." Essa afirmação de Einstein tem a simplicidade e a força de um mandamento bíblico. Sobre ela repousa toda a física do século XX e destes primeiros anos do século XXI. Sem ela, o LHC provavelmente não teria sido construído, Higgs não teria tido uma partícula batizada com seu nome e esta reportagem falando da sua descoberta não teria sido escrita. Não existirem interações instantâneas na natureza significa que qualquer processo exige um tempo para ser concluído — seja a lenta demolição da rocha pelas ondas do mar, seja um piscar de olhos; seja a viagem da eletricidade por um fio metálico, seja a luz cruzando o espaço. Com o devassamento da intimidade do átomo, suas subpartículas e as leis que descrevem as forças que controlam suas interações, veio a indagação: no mundo subatômico também não existem interações instantâneas? Não. Quer desacreditar Einstein? Simples. Encontre algo que se mova mais rápido que a luz.

Desacreditar a descoberta do Cern é uma possibilidade. Os cientistas disseram acreditar ter encontrado a assinatura deixada pela desintegração de um Higgs. Podem estar errados? É impossível eles estarem errados sobre o fato de que descobriram algo espetacularmente novo. A única partícula prevista teoricamente que ainda não havia sido encontrada é justamente o Higgs. Se apareceu uma nova, então é ele, certo? Quase certo. Os choques produzidos no LHC são tão descomunais que os cientistas não descartam a possibilidade ainda mais extraordinária. O brasileiro Denis Oliveira Damazio, integrante da equipe do Atlas, explica: "Precisamos de mais alguns anos para conhecer todas as características dessa nova partícula para podermos afirmar sem nenhum risco de errar que se trata do Higgs". E se não for? Nesse caso, a descoberta do Cern, em vez de fechar um ciclo da física com a comprovação da existência da última peça que faltava no quebra-cabeça do Modelo Padrão, estará escancarando o portal para um novo campo de estudos científicos. O mais provável, porém, é que o bóson de Higgs, por seu imenso significado, suscite dúvidas da mesma natureza das que dão conta de que não foi William Shakespeare o autor de *Hamlet*, *Macbeth*, *Romeu e Julieta* e outras 35 peças que fizeram dele o maior escritor de língua inglesa. O melhor a fazer para encurtar a conversa com os defensores dessa tese é concordar com eles: "Está bem. Não foi Shakespeare que escreveu as peças. Foi outra pessoa que viveu no mesmo tempo e lugar e que se chamava Shakespeare". Adaptando às circunstâncias: "A partícula de Higgs não foi descoberta. O que se descobriu foi uma nova partícula, com as mesmas características dela, a que chamaremos Higgs".

---

**Com reportagem de Carolina Melo e Gustavo Simon**

19 DE NOVEMBRO, 2014

# UM GRANDE PASSO PARA A HUMANIDADE

O extraordinário pouso de uma sonda da missão Rosetta em um cometa pode ajudar a explicar o mistério da existência de água na Terra – privilégio do único ponto do universo sabidamente capaz de abrigar vida humana e inteligência

**Filipe Vilicic** e **Raquel Beer**

"QUEM SOMOS NÓS? DESCOBRIMOS QUE VIVEMOS EM UM PLANETA INSIGNIFICANTE DE UMA ESTRELA BANAL PERDIDA EM UMA GALÁXIA ANINHADA EM ALGUM CANTO ESQUECIDO DO UNIVERSO ONDE EXISTEM MUITO MAIS GALÁXIAS DO QUE PESSOAS."

**CARL SAGAN,** astrofísico americano, escritor e um dos maiores propagandistas da ciência (1934-1996)

**O MACACO SEM PELO** aprendeu a andar ereto, desenvolveu um cérebro que consome 20% da energia corporal e, impulsionado por ele, evoluiu a ponto de, em novembro de 2014, instalar um robô espacial na superfície de um cometa do tamanho de um terço da Ponte Rio-Niterói, viajando no espaço 100 vezes mais rápido do que uma bala de fuzil. É um feito extraordinário para uma espécie que, se a idade da

Terra fosse de 24 horas, estaria perambulando pelo planeta há apenas um segundo. Nada nos fascina mais do que a água, a base da vida. Estamos sempre em sua busca. Nunca foi encontrada em forma líquida (e estável) fora do nosso oásis azulado que orbita o Sol. Nosso corpo é 60% água. Nosso cérebro, 75%. Sem ela, morremos em três dias. Sem ela, não seríamos. Por isso, olhamos para o céu noturno e enxergamos estrelas, mas buscamos água.

"Foi um grande passo para a civilização", celebrou Jean-Jacques Dordain, diretor-geral da ESA, a agência espacial europeia, depois de o primeiro sinal emitido pelo Philae chegar ao controle da missão na cidade alemã de Darmstadt, às 17h01 de quarta-feira passada (14h01 no horário de Brasília). Viajando à velocidade da luz, a mensagem levou 28 minutos para alcançar a Terra — 28 minutos de tensão até terem certeza do sucesso da aterrissagem no 67P Churyumov-Gerasimenko, o Chury, chamado assim em homenagem aos astrônomos ucranianos que o identificaram pela primeira vez como um cometa, em 1969. A identificação alfanumérica 67P é anterior a 1969, quando o agora cometa aparecia nos documentos da União Astronômica Internacional (IAU) apenas como mais um das centenas de milhares de pequenos corpos celestes genéricos que orbitam o Sol — que podem ser planetas-anões ou asteroides. Quando era apenas o 67P, o hoje Chury despertava pouco ou nenhum interesse na comunidade científica. Asteroides e planetas-anões são corpos estéreis, compostos apenas de rochas e poeira cósmica. Já os cometas são misteriosas formações de gelo sobre rochas que irradiam luz quando sua órbita os leva muito perto do Sol. Cometas contêm água e, quem sabe, formas microscópicas de vida.

A Rosetta, que carregou o módulo de pouso Philae, foi lançada há dez anos pela ESA. É magnífico pensar que uma tecnologia de uma década atrás — espaço de tempo considerável se se levar em conta a toada cada vez mais rápida dos avanços científicos — concretizou um dos maiores marcos da história da exploração espacial. Foi necessário recorrer a quatro séculos de estudo da mecânica celeste descrita com precisão pelo alemão Johannes Kepler para calibrar a trajetória da missão ao encontro do cometa, com o uso da força gravitacional de Marte e da Terra.

A aproximação final da Rosetta foi como uma apresentação de balé que misturasse os movimentos clássicos de um Nijinski com a coreografia inovadora de Pina Bausch. A sonda fez manobras em formato triangular para evitar a face escura de Chury e desse modo garantir energia solar para operar. "Tudo em ordem, vou me separar da Rosetta", anunciou a ESA na manhã de 12 de novembro de 2014 na página do Twitter criada para repassar avisos que o Philae envia.

As mensagens seguintes foram preocupantes. Nem tudo corria bem a 510 milhões de quilômetros da Terra. Os jatos de hidrogênio líquido que deveriam guiar o pouso não funcionaram, e o Philae contou apenas com o impulso gerado ao se desprender da sonda-mãe e com a débil força de atração exercida pelo cometa. Na Terra, o Philae tem o peso de uma geladeira. No cometa, cuja massa é 600 trilhões de vezes menor que a da Terra, é leve como uma pena. Ao tocar o solo, o impacto fez com que quicasse como uma bola de basquete, afastando-se 1 quilômetro. Mais uma vez atuou a força gravitacional do cometa, que trouxe de volta o Philae ao chão em uma agoniante queda em câmera lenta que durou duas horas. Mais um quique e mais alguns minutos de indefinição até pousar em definitivo. Os arpões que deveriam fixá-lo na superfície do cometa falharam. Só duas das três pernas mecânicas tocaram o solo. A terceira paira sobre uma depressão do terreno. O pouso de emergência deixou o Philae em uma região menos exposta ao Sol do que o planejado. Suas baterias tinham 64 horas de carga e podiam acabar na última sexta-feira. Depois disso, sem luz suficiente sobre as células solares, o Philae morre. Os cientistas da ESA estudavam mais uma ousadia: fazer a sonda usar as brocas que tem na sola das patas para, a exemplo de um alpinista com seus ganchos, se arrastar centímetro por centímetro para uma área mais ensolarada. Para quem já realizou uma façanha semelhante à de um atirador que, do Rio de Janeiro, acertasse a cabeça de um alfinete em Moscou, não parece impossível transformar remotamente uma sonda em um alpinista robótico.

Mesmo que dê tudo errado, ainda assim são grandes, portanto, as chances de que a sonda leve a bom termo suas três missões primordiais. Primeira: descobrir se a água do gelo do cometa é compatível com a da Terra (com a mesma variação de isótopos em sua composição), o que comprovaria teorias de que nosso planeta foi abastecido com $H_2O$ de origem extraterrestre. Segunda: buscar moléculas orgânicas que podem indicar a possibilidade de esses corpos rochosos terem depositado na Terra elementos essenciais ao surgimento de seres vivos. Em resumo, podem elucidar a origem da vida. O terceiro objetivo, nas palavras do alemão Gerhard Schwehm, físico da missão Rosetta, em entrevista a VEJA: "Os cometas, relíquias do início do sistema solar, verdadeiras cápsulas do tempo, servem de laboratório para compreender como surgiram o Sol e a Terra".

Das três questões, a primeira, a da semelhança da água de lá com a água de cá, é a que pode ser respondida com mais rapidez. Se comprovado o parentesco da água do cometa Chury com a composição dos mananciais da Terra, concluiremos que os asteroides e os cometas, em colisão constante com a rocha seca que era nosso planeta bilhões de anos atrás, foram os responsáveis por termos rios, lagos e oceanos. Apesar de haver indícios de que o mesmo ocorreu com Marte e com planetas universo afora, não se tem certeza se há no cosmo outro lugar como a Terra, que, além de ter $H_2O$ em abundância, possui características únicas (até onde se sabe) para abrigar vida, como uma atmosfera no ponto ideal para segurar a água líquida na superfície. Água que é um recurso finito e sem o qual estaríamos fadados à extinção. Mas que tratamos com desdém: desperdiçamos, poluímos e devastamos ecossistemas que mantêm reservas limpas. "A diversidade da natureza é tão grande, e os tesouros que esconde tão ricos, que jamais faltará combustível para a mente humana", proclamou Kepler. Cada indagação respondida pela ousadia de cientistas como os europeus que guiaram a Rosetta por milhões de quilômetros no espaço abre campo para investigações ainda mais profundas sobre os mistérios do universo. A isso erguemos um brinde com um copo de água pura e fresca.

# VIDA DIGITAL

# REVOLUÇÕES EM CURSO

Não seria exagero afirmar que, de 2005 para cá, a internet se consolidou como algo planetário. Se, naquele ano, o número de indivíduos on-line estava na casa do 1 bilhão, hoje eles somam 3,3 bilhões. Mais do que isso, a web avançou sobre si mesma, como mostra a primeira reportagem desta seção, que aborda uma novidade de nome irresistível: "internet das coisas", expressão usada para designar um mundo totalmente conectado. Por falar em conexão, o incontornável universo das redes sociais está presente aqui no perfil do brasileiro Eduardo Saverin, cofundador de um dos mais impactantes representantes dessa avassaladora forma de interação pessoal nos dias atuais: o Facebook.

31 DE DEZEMBRO, 2014

# O TEMPO DA INTERNET DAS COISAS

A rede que interligou nossos computadores e celulares entra em uma nova fase, ainda mais ambiciosa, na qual pretende conectar tudo o que existe na Terra

**Filipe Vilicic** e **Jennifer Ann Thomas**

**O NOME É SABOROSAMENTE** didático: internet das coisas. Coisas são carros e semáforos. Coisas são relógios, geladeiras e televisores. Coisas são até informações sobre nosso metabolismo pessoal, medidas à flor da pele. Esqueça o tempo em que apenas computadores de mesa, notebooks, tablets e smartphones estavam interligados. Bem-vindo a uma nova era, e 2014 poderá ficar conhecido, na história da tecnologia, como o ano zero de uma revolução que começa a ocupar as 24 horas do dia de qualquer indivíduo, em casa, no trabalho, na rua. É um movimento extraordinariamente silencioso, cujo sucesso depende justamente de não percebermos que as informações estão sendo colhidas, distribuídas, comparadas e analisadas sem que notemos, por meio de objetos. O mundo todo, nesse aspecto, é um colossal Big Data, nada escapa. É uma transformação capaz de fazer tábula rasa da noção da internet como uma mera rede de computadores. Essa ideia é página virada. Adeus, enfim, à internet. Longa vida — até que logo mais surja outra curva fechada — à internet das coisas.

A internet, aquela do passado, nasceu nos anos 60, resultado de estudos conjuntos feitos por universidades americanas, empresas do Vale do Silício e laboratórios militares dos Estados Unidos, com o nome de Arpanet. Em plena Guerra Fria, foi criada para ser uma rede de comunicações capaz de sobreviver a qualquer ataque, mesmo uma ofensiva nuclear. A rede deixou o ambiente acadêmico e militar e logo se tornou comercial. Mas era intrincada demais para ser compreendida por leigos. Só foi ganhar a cara com a qual estamos familiarizados em 1989, quando o cientista da computação inglês Tim Berners-Lee desenhou os protocolos que deram origem à World Wide Web, o www. Assim, a internet começou a operar em uma linguagem fácil de ser compreendida. Em benefício do progresso da humanidade, Berners-Lee decidiu não patentear a invenção, para que ela se espalhasse democraticamente. Visionário, vislumbrou como sua criação permitiria conectar o planeta. Disse ele, em entrevista recente a VEJA: "Incluí a palavra world por ambicionar que a rede abraçaria a Terra e todo tipo de coisa que existe".

Foram visionários como Berners-Lee que constituíram as bases para a internet das coisas. Nos anos 80, antes mesmo da criação dos navegadores que popularizaram a web, a Apple começava a construir um futuro em que qualquer dispositivo estaria on-line. Inicialmente, com a criação e a popularização do primeiro computador pessoal de sucesso, o Apple II, feito pela dupla Steve Jobs e Steve Wozniak. Depois, por meio de estudos de quais seriam os próximos passos da computação. Em 1986, Alan Kay, icônico professor de computação do Instituto de Tecnologia de Massachusetts (MIT), então consultor da Apple, abordou o presidente da companhia, John Sculley (que havia forçado o afastamento do fundador Jobs), com uma provocação: toda inovação, não importa quão simples seja, demora uns vinte anos para ser desenvolvida. Se quisessem lançar um produto disruptor em 2010, seria preciso começar a pensar nele imediatamente.

Kay circulou por universidades para detectar o que havia de tecnologia de ponta. Seu trabalho rendeu uma série de vídeos, conhecidos como Knowledge Navigator (Navegador de Conhecimento), que mostravam como poderia ser a vida de um professor universitário nos anos 2000, utilizando dispositivos móveis, muito parecidos com os iPads e iPhones de hoje, que se atualizavam sozinhos, funcionavam como assistentes pessoais inteligentes e permitiam a comunicação a distância, além da troca de arquivos. Nos anos 80, portanto, mentes brilhantes do Vale do Silício já anteviam o surgimento de aparelhos móveis on-line e, portanto, o atalho e o meio de propagação da internet das coisas. Soava como ficção científica e, sabemos hoje, não é.

Em paralelo, a internet regular, essa que banalmente liga computadores, popularizava-se com velocidade. Em 1995, eram 50 milhões de pessoas on-line. Bastaram duas décadas, um piscar de olhos em comparação com os 200 000 anos de história do homem moderno, para que 3 bilhões de seres humanos passassem a se conectar a computadores, tablets e celulares. A rede cresceu, assim como a ideia primária de usá-la para ligar tudo o que existe. Quando Berners-Lee, enfim, alinhavou essa ambição, nos anos 80, era impossível que ela fosse realizada, por evidentes fronteiras técnicas. Entre as décadas de 2000 e 2010, os limites foram transpostos.

Eram dois os maiores empecilhos. O primeiro: o número de servidores instalados no mundo. Nos anos 80, só um punhado de computadores podia entrar on-line ao mesmo tempo antes de a internet cair. Agora, com fazendas de servidores do tamanho de estádios, é possível conectar trilhões. O segundo obstáculo limitador tem duas meras letras: IP. A sigla, que significa protocolo da internet, refere-se à sequência de números que compõem o endereço virtual de aparelhos conectados. A versão usada até 2012 utilizava 32 dígitos para formular o número, único para cada máquina, o que permitia a conexão de 4,3 bilhões de dispositivos. Parece muito, mas não dava para fabricar um smartphone para cada pessoa. A solução veio no mesmo ano: a sexta versão do IP usa 128 dígitos, o que possibilita 340 trilhões de aparelhos on-line — o suficiente para dar início à era da internet das coisas.

Prevê o economista Jeremy Rifkin, autor do livro *The Zero Marginal Cost Society* (em português, A Sociedade a Custo Marginal Zero), que analisa como a internet das coisas transformará radicalmente a economia mundial: "Nos anos de 2020, os prédios modernos terão de ser equipados com aparelhos conectados, como termostatos, eletrodomésticos ou mesmo fechaduras". A progressão dessa nova etapa deve ser tão rápida quanto foi a popularização da web entre os anos de 1990 e de 2000. Em 2007, eram apenas 10 milhões os dispositivos sobre os quais se podia dizer que viviam no mundo da internet das coisas. Em 2014, eram 3 bilhões e estima-se que serão 100 trilhões em 2030. Computadores de mesa, smartphones e tablets representarão uma pequeníssima parcela, menos de 1% do total. "Interligar todas as coisas ajudará a quantificar informações com precisão inédita e tornará todos os processos da vida menos burocráticos, mais velozes e, com isso, econômicos", completa Rifkin.

Imagine trafegar pelas ruas de uma cidade conectada dentro de um carro on-line e que se comunica com todos os veículos e objetos ao redor, também atrelados à rede. Já há protótipos de automóveis desse tipo, como um do Google. O carro não precisa ser guiado por um motorista, pois detecta os arredores e se comunica com semáforos, postes, órgãos de trânsito. Ele anda em velocidade constante, respeitando as leis de trânsito, assim como fazem os outros veículos. Logo, não haveria congestionamentos, nem colisões, nem atropelamentos. Os passageiros não se ocupariam com o volante e poderiam aproveitar o tempo para descansar ou trabalhar. É clara a economia de tempo e de gastos, como os da administração pública, que poderia contar com uma rede de sensores conectados para fiscalizar as ruas. Um estudo publicado em 2014 pela americana Cisco, outra pioneira dessa área, calculou que interconectar a infraestrutura de todas as metrópoles renderia uma economia anual de 4,6 trilhões de dólares.

A internet das coisas parece futurista, dá a falsa impressão de ser algo que nunca virá. Mas veio, faz parte de nosso cotidiano e não para de avançar. Há cidades, apelidadas de inteligentes, que começam a funcionar como completos laboratórios para experiências de total conexão. É o que ocorre em Copenhague, capital da Dinamarca, palco de inovações que depois se espalham pelo mundo. A prefeitura iniciou em 2013 a instalação de sensores conectados a semáforos, câmeras de segurança ou equipamentos que medem a poluição do ar. "Ao deixarmos on-line as coisas que formam nossa infraestrutura, começamos a monitorar tudo. Coletamos até dados que à primeira vista parecem desnecessários", diz Marianna Lubanski, chefe do projeto de Copenhague. "Mas, no fim, todas as informações se mostram úteis para guiar com precisão políticas públicas." A internet das coisas começa a aparecer em todos os lugares e, em breve, estará mesmo em todos os lugares. Como nos produtos que utilizamos. De um termostato da Nest (startup americana que em 2014 foi comprada pelo Google, numa manobra reveladora do interesse das grandes empresas nesta novíssima fase) a relógios *smart*, inteligentes, a exemplo do Apple Watch, que chegará às lojas com estardalhaço em 2015.

Há quase vinte anos, Neil Gershenfeld, diretor do Center for Bits and Atoms do MIT, referência em pesquisas de computação, apostou: "A World Wide Web foi o gatilho para a explosão que ocorrerá quando as coisas começarem a usar a internet". É esse espetacular avanço que presenciamos, capaz de mudar não só a forma como utilizamos essas "coisas", como também a maneira pela qual a sociedade produz, inventa, funciona. Os pares de Gershenfeld acreditam que só haverá benefícios; com máquinas operando em prol de nossa vida, sobrará tempo para nos dedicarmos às tarefas que essas máquinas não conseguem fazer, como pensar, e a partir do pensamento desenvolver novas tecnologias. Mas há, naturalmente, um exército mais cauteloso, para quem a existência de uma inteligência artificial sofisticada, apta a assumir tarefas de nosso cotidiano, fará do ser humano o campeão da preguiça, avesso à produtividade, tranquilamente à sombra. Escreveu o autor americano Nicholas Carr, ao defender essa abordagem: "A internet está tirando a minha capacidade de concentração e contemplação. A minha mente espera receber informações da forma como a internet as distribui, em uma suave transição de partículas. Houve um tempo em que eu era um mergulhador no oceano de palavras. Agora eu passo pela superfície como um cara em um jet ski". Fato: a internet das coisas é incontornável, e mesmo que nos faça trocar o cilindro de oxigênio pelo jet ski, impedindo maiores profundidades, é o que temos, e o que cada vez mais teremos.

**Com reportagem de Gabriela Neri**

30 DE MAIO, 2012

# ELE ESTEVE NO OLHO DO FURACÃO

O brasileiro Eduardo Saverin, cofundador do Facebook, revela os detalhes dos primórdios da rede social, diz por que o filme baseado na origem da empresa é um amontoado de ficções e anuncia seu desejo de investir no Brasil

**Fábio Altman,** de Singapura

**EM 11 DE MAIO,** uma semana antes da abertura de capital do Facebook na bolsa de valores das empresas de tecnologia, a Nasdaq, o blog Bits, do *New York Times*, cometeu um erro antológico. Ao fim do texto — "Um fundador do Facebook renuncia à cidadania americana", informava a chamada —, vinha a constrangedora e necessária confissão do risível equívoco: "Uma versão anterior deste texto incluía uma foto publicada erroneamente; ela mostrava Andrew Garfield, o ator que interpretou Eduardo Saverin no filme *A Rede Social*, e não o próprio Saverin". Quem recorda a derrapada do jornalão nova-iorquino, lembrança atrelada a um sorriso de Gioconda, incapaz de fazer aparecer os dentes, quase envergonhado, é o próprio Eduardo Saverin. Ele vive uma curiosa condição — a de precisar comprovar, em seu discreto cotidiano de Singapura, onde mora desde 2009, que não é como o personagem do filme e que Garfield, o próximo Homem-Aranha das telas, pode até interpretar muito bem, mas o Saverin de Hollywood nada tem a ver com o Saverin real. "Aquilo é Hollywood, não é documentário", diz, com o sotaque que mistura a típica toada paulistana de quem viveu no Brasil até os 10 anos com o inglês de quem cresceu em Miami, formou-se em Harvard e ficou bilionário por estar no centro de uma das mais espetaculares criações de nosso tempo: o Facebook, de quase 1 bilhão de curtidores e valor de mercado próximo aos 100 bilhões de dólares. Saverin é o sócio número 2 desse clube (cujo primeiro endereço foi registrado na casa dos pais do brasileiro em Miami, ainda como Thefacebook, em 2004), atrás apenas de Mark Zuckerberg. O resto é história.

Ressalte-se que o próprio Saverin contribuiu para o embaralhamento público de seu ego com o alter ego do cinema. Avesso a qualquer contato pessoal que exclua amigos de confiança — "No Facebook não gosto de exibir minha privacidade", diz —, ele tem sido um grande mudo, incapaz de meter seu nariz adunco e as calças Diesel de modelo rasgado onde não é chamado, desde que foi passado para trás por Zuckerberg, recorreu à Justiça, reconquistou o direito de ter quase 5% de ações da empresa (o equivalente a 5,8 bilhões de dólares, talvez um pouco menos, com a oscilação para baixo dos papéis na Nasdaq) e seu nome devolvido ao rol de fundadores. Não falou por imposição de contrato e simplesmente porque não queria falar, protegido pela timidez. É uma fase que termina agora. Saverin recebeu VEJA com exclusividade. Ao contar parte de sua trajetória, a verdade vista por quem a viveu, demole alguns dos mitos que o cercam.

É verdade que a família Saverin deixou o Brasil, em 1992, porque tinha sido incluída numa lista de possíveis vítimas de sequestradores? Não. Aqui quem recorda é o pai, Roberto Saverin, dono de uma companhia exportadora de remédios em Miami. "Sempre quis morar nos Estados Unidos, era um sonho que decidi alimentar porque o Brasil estava em crise, o Collor tinha congelado a poupança, não estava nada fácil", diz. Roberto migrou para fazer a América com a mulher, psicóloga, e três filhos — Eduardo, uma irmã dois anos mais velha que ele e um irmão, o primogênito. Foi somente alguns anos depois, já nos Estados Unidos, que Roberto soube que Eugênio Saverin, seu pai, judeu romeno que montou no Brasil uma das mais conhecidas lojas de roupas infantis de São Paulo, a Tip Top, aparecera numa lista de supostos sequestráveis.

É verdade que Saverin arremessou um notebook em cima de Zuckerberg, como aparece numa das melhores cenas de *A Rede Social*? Não. "Jamais faria isso, muito menos com o Mark", assegura, e cinco minutos de convivência com sua calma etérea indicam ser muitíssimo improvável, para não dizer impossível, que ele reagisse daquela maneira. É verdade que Saverin leva vida de príncipe árabe em Singapura, rodeado de mulheres e festas nababescas regadas a Moët & Chandon? Não, nada além do que seus 30 anos e o dinheiro autorizem. Quanto às mulheres, sabe-se de uma única, a namorada nascida na Indonésia que lhe ensinou a arte de tirar os sapatos antes de entrar em casa e cuja personalidade retraída emparelha com a do brasileiro. É verdade que ele vive no prédio mais alto de Singapura, debruçado para o Oceano Pacífico emoldurado por uma cordilheira de arranha-céus modernosos? Não. Saverin muito recentemente deixou o apartamento que dividia com um amigo americano para morar sozinho em um bairro um pouco mais afastado do burburinho. É um condomínio de luxo, sim — uma penthouse foi vendida ali no início de maio pelo equivalente a desavergonhados e quase inacreditáveis 27 milhões de reais —, mas perfeitamente compatível com sua fortuna, construída a partir do sucesso do Facebook (ainda que a derrapagem das ações tenha lhe subtraído 230 milhões de dólares em uma semana), e com o padrão altíssimo de Singapura.

Um dos quartos do apartamento serve de escritório. Saverin não tem secretária. São três monitores Mac de 27 polegadas que dividem a atenção com um iPhone e um iPad, permanentemente acessados. A partir desse conjunto eletrônico ele dispara pedidos de compra de ações e investimentos com conselheiros e advogados na Ásia, na Europa e nos Estados Unidos — um deles é seu irmão. A diferença de fuso horário de Singapura para o resto do mundo o faz trabalhar até dezesseis horas por dia. Viaja muito, às vezes quatro vezes por mês, a ponto de saber de cor horários de voos e quando o vento sopra a favor ou contra as aeronaves. Uma das telas de computador está sempre ligada em sites e programas de estudo e simulação de furacões, tsunamis e derivados. É interesse que vem da infância, quando olhava para as nuvens. Em algum momento ele chegou a ganhar dinheiro em mercados futuros de commodities afetadas pelas intempéries da natureza. Não mais, agora é apenas o prazer científico, só comparado a sua paixão pelo xadrez, também trazida lá de trás. Os pais lembram-se do dia em que Saverin, então com 13 anos, ganhou uma partida de um mestre internacional em Orlando. Foi um feito tão fora da curva que virou notícia de uma revista da Associação Internacional de Xadrez. Quando estava prestes a dar o xeque-mate, ele se virou para a mãe, Sandra, e pediu licença: "Acho que vou ganhar, será que vai pegar mal?". Ante a aquiescência materna, encurralou humildemente o adversário.

Saverin age como quem joga xadrez — tenta antever o que virá depois, em lances ora agressivos, ora cautelosos. Dos pais e de Harvard aprendeu que errar muito é o caminho mais curto para acertar, mesmo pouco. Negociador, é nato. Antes de ir para os Estados Unidos, pré-adolescente, vendeu um videogame para um amigo, com quem também dividia o fascínio por Michael Jackson, mas disse ao pai que só embarcaria se ganhasse outro. Levou o que pediu e, de quebra, foi presenteado com um micro Packard Bell, seu primeiro. "Hoje tenho investido como louco", diz. Pôs dólares em dezenas de empresas dos Estados Unidos, Europa e Ásia como investidor-anjo, figura nascida no Vale do Silício. Algumas já andam bem. Quer entrar no Brasil, "porque está em meu coração, sou brasileiro, é o lugar onde nasci", mas ainda não descobriu uma boa janela. Recentemente, em trocas de e-mails, esbarrou em mensagens copiadas para Eike Batista — mas essa ainda não é sua porta de entrada brasileira. Não quer minérios, a não ser que tenha alguma relação com silício, com tecnologia. Insistente, tenta achar um novo Facebook. Mas onde ele está? "Na área de tratamento de saúde, acho", afirma. Ao amigo com quem dividia o apartamento, com quem compartilhou o quarto em Harvard no tempo da gênese do Facebook e com quem deu a volta ao mundo em 2009 até parar em Singapura (o.k., não eram mochileiros), entregou 500 000 dólares para os primeiros passos de uma empresa, a Anideo, que já faz games de sucesso e um agregador de vídeos. "Naquele tempo do começo do Facebook, eu jogava beisebol e tinha namorada, estava perto fisicamente mas longe no negócio, aí não fiquei rico", brinca Andrew Solimine, o segundo Andrew mais importante da vida de Saverin. O primeiro é o furacão Andrew, que em agosto de 1992 passou por Miami, devastador. "Fiquei fascinado, e, tendo já alguma informação científica, consegui ir até o olho do furacão, literalmente", conta Saverin.

Olho do furacão que não se compara, em força, ao vivido nas duas últimas semanas, depois que a imprensa divulgou sua renúncia à cidadania americana, supostamente para evitar os 15% de impostos sobre ganhos de capital — taxa que inexiste em Singapura e lhe poupou pelo menos 67 milhões de dólares. Acusaram-no até de ingrato e traidor, por não devolver aos Estados Unidos o que os Estados Unidos lhe deram. Saverin nega que tenha fugido do leão do imposto. "A decisão foi apenas baseada no meu interesse em trabalhar e viver em Singapura", diz. "Sou obrigado e pagarei centenas de milhões de dólares em impostos ao governo americano. Paguei e continuarei a pagar as taxas devidas sobre tudo o que ganhei enquanto fui cidadão dos Estados Unidos." O pai, Roberto, a quem Eduardo tem como ídolo e mentor, revela novos detalhes dessa escolha: "Foi duro também para mim, que construí nova vida nos Estados Unidos, quando o Eduardo disse que teria de renunciar à cidadania. Fez isso não exatamente porque quisesse, mas porque não tinha alternativa, vivendo em Singapura. Toda movimentação financeira lá é mais restrita e burocratizada quando se tem o passaporte americano. Não havia outro caminho". E nos Estados Unidos, admite o pai, sobretudo depois do IPO do Facebook, "seria muita pressão para ele".

Saverin tende sempre a contemporizar, porque é de sua índole, mas também porque não é bobo, e uma palavra fora de lugar pode retornar como um bumerangue. Instado a comentar um dos e-mails enviados por Mark Zuckerberg a outro cofundador do Facebook, Dustin Moskovitz, revelado há poucos dias, Saverin não pisca nem mexe as grossas sobrancelhas, o que demonstra algum incômodo. Escreveu Mark, em 2005: "Ele deveria criar a empresa, obter financiamento e fazer um modelo de negócios. Falhou em todos os três. Agora que eu não vou voltar para Harvard, não preciso me preocupar em ser espancado por bandidos brasileiros". A resposta de Saverin, agora: "Só posso falar bem do

Mark, não tenho ressentimento algum; é admirável o foco dele desde o primeiro dia até hoje — foi um visionário, sempre soube que o Facebook só cresceria se mantivesse a ideia central, a de as pessoas se apresentarem verdadeiramente, sem pseudônimos. É a grande força do Facebook, o que permitiu transformá-lo em um instrumento de protesto, como no Egito, mas também de negócios, além do contato natural com amigos".

Personagem decisivo da ainda jovem trajetória das redes sociais, Saverin ensaia outro pulo, o dos meios de pagamento eletrônicos — cerne de alguns de seus investimentos mais pesados, entre eles uma extraordinária ideia de doação para entidades beneficentes do México por meio de cartão de crédito, sem burocracia. "O Eduardo não apenas é cofundador, mas também investidor e membro do board do negócio", diz Aldo Alvarez, o CEO do Aporta — eis o nome da inovação. "Ele não apenas entrou com o dinheiro crucial para iniciarmos a operação como contribuiu com um conhecimento tecnológico extraordinário."

Sempre modesto, Saverin parece não admitir a grandeza do que ajudou a erguer — o Facebook, ou Fakebook, depois das confusões acionárias da semana passada — e daquilo em que se transformou, globalmente. Acha que tem o gene do empreendedorismo porque o herdou dos avós. "Todos, sempre, acabamos fazendo alguma coisa", resume. Os pais conhecem essa admiração de Saverin pelo passado da família. Na última semana, enviaram um e-mail para o filho. Ele resume, a um só tempo, esse olhar em busca das brechas de oportunidades — típico de Eugênio Saverin, o tecelão da Tip Top, o avô do Facebook — e o jeitão típico de uma família brasileira que foi para os Estados Unidos e viu o filho encaminhar fenomenais mudanças planetárias. Diz a mensagem, atrelada a uma foto: "Dudu. Seu avô Eugênio recebeu do então presidente da República, Fernando Henrique Cardoso, em 29 de maio de 2002, o título de Oficial da Ordem de Rio Branco, um título muito prestigioso que só é dado a pessoas que contribuíram para o desenvolvimento e o progresso do Brasil. Beijos, papai e mamãe". Dudu já tem uma vida cheia de história — e, no entanto, nasceu apenas em 1982, na franja da grande virada iniciada por Steve Jobs e Bill Gates e que culminaria na rede social de Mark Zuckerberg e Eduardo Saverin, rede que do início ao fim da leitura desta reportagem terá recebido 29 milhões de "curtir".

## NINGUÉM CURTIU O FAKEBOOK

A abertura de capital do Facebook começou na fanfarra e, poucos dias depois, com a queda das ações em 20%, dava indícios de fanfarronice. Os advogados dos acionistas minoritários, sentindo-se prejudicados, abriram processo contra as instituições financeiras que organizaram o processo de IPO (sigla em inglês para oferta pública de ações) alegando que elas haviam infringido as regras que regem o mercado financeiro dos EUA. No banco dos réus está o Morgan Stanley, que liderou as operações. O suposto crime? Seus executivos informaram a apenas alguns privilegiados a freada no crescimento de receita do Facebook, estimulando-os a ir com calma na compra de ações. Os mortais comuns — que não receberam o alerta — foram com sede ao pote porque viam tudo muito bonito. Não estava, e deu-se um escândalo já conhecido como Fakebook — *fake*, em inglês, significa falso.

O que virá pela frente? Desde a bolha da internet, no fim dos anos 90, poucas vezes se viu um preço de ação tão elevado em relação ao lucro real de uma empresa como no caso do Facebook. O índice PL é um sinal de eventual excesso de otimismo. O Facebook abriu o capital com o índice a 89 — ou seja, a ação valia 89 vezes o lucro da companhia dividido pelo número de ações. Mas existem casos de empresas de sucesso que estrearam com índices ainda maiores. Quando o Google foi à bolsa, em 2004, o PL era de 118. O da Apple, em 1980, era de 102.

Quem comprou as ações agora tem de torcer para que o lucro cresça exponencialmente, pois, se ele permanecer estável, vai demorar 88 anos para que o investidor recupere seu investimento na forma de dividendos. E afinal qual será a taxa de crescimento do Facebook? Nos últimos cinco anos, chegou a quase 90% a cada doze meses. Em 2012, no entanto, ficou abaixo de 45%. Especialistas acreditam que não passará disso, ante a dificuldade em ganhar dinheiro com anúncios no mercado de smartphones, para onde crescem as redes sociais. Um dos gurus da bolsa americana, Aswath Damodaran, estima o aumento em 40% — é taxa que poria a ação do Facebook a 29 dólares (e não aos 38 dólares do primeiro dia), levando-a a um valor de mercado de 70 bilhões de dólares (e não de 104 bilhões de dólares).

# ESPORTE

# CAMPOS MINADOS E A EXPECTATIVA OLÍMPICA

Em uma reportagem de capa publicada em 2005, VEJA revelou que uma entidade considerada apenas folclórica no futebol — o juiz ladrão — era, de fato, a face mais visível de uma operação criminosa. A investigação da revista expôs em detalhes o esquema de manipulação de resultados em partidas do Campeonato Brasileiro orquestrado por apostadores de loterias virtuais e pelo árbitro Edilson Pereira de Carvalho, então um dos mais prestigiados do país. A reviravolta no âmbito desportivo foi expressiva, com a anulação dos onze jogos apitados por Edilson naquela competição. Na esfera jurídica, contudo, nem tanto: a ação penal contra os envolvidos ainda aguarda julgamento de recurso pelo Superior Tribunal de Justiça. O gol contra do futebol brasileiro no campo criminal não obscureceu algumas vitórias consideráveis no cenário esportivo internacional. A mais emblemática foi a conquista, em 2009, do direito de sediar os Jogos de 2016. De lá para cá, o Brasil tem sido destino de nomes de peso do universo olímpico. O corredor jamaicano Usain Bolt, que tentará o tricampeonato nas pistas cariocas — repetindo o ouro nos 100 e nos 200 metros rasos e no revezamento 4 x 100 metros —, foi um deles. Em 2012, Bolt concedeu a VEJA uma entrevista que diz muito sobre sua personalidade.

28 DE SETEMBRO, 2005

# JOGO SUJO

VEJA revela o maior escândalo já visto no futebol brasileiro: em conluio com empresários, dois juízes – um deles árbitro da Fifa – fraudavam o resultado de partidas para lucrar com apostas

**André Rizek** e **Thaís Oyama**

**O GAECO** (Grupo de Atuação Especial e Repressão ao Crime Organizado, do Ministério Público de São Paulo) e a Polícia Federal estão a ponto de desmantelar uma quadrilha montada com o objetivo de manipular o resultado de partidas de futebol do Campeonato Brasileiro e do Paulista. Ela envolve um grupo de empresários, donos de bingos em São Paulo e Piracicaba (no interior paulista) e o árbitro Edilson Pereira de Carvalho, um dos dez juízes brasileiros pertencentes aos quadros da Federação Internacional de Futebol (Fifa), que reúne a elite da arbitragem mundial. Com os resultados acertados com o juiz, a quadrilha lucrava em apostas milionárias em sites de jogatina na internet. É o maior golpe na paixão dos brasileiros pelo futebol e um escândalo de repercussão internacional.

Gravações telefônicas mostram que Edilson, em conluio com os empresários, "vendeu" e, em outras oportunidades, tentou "vender" o resultado de muitas das 25 partidas que apitou desde janeiro de 2005 nos que são alguns dos mais importantes torneios do futebol mundial, entre eles as copas Libertadores e Sul-Americana. Com base nos resultados combinados com o juiz, os empresários faziam apostas milionárias em dois sites de futebol na internet que oferecem loterias eletrônicas. A existência e o funcionamento desses sites no Brasil são proibidos, e as apostas ocorrem de forma clandestina. O Gaeco já sabe que pelo menos mais um árbitro — Paulo José Danelon, ligado à Federação Paulista de Futebol e que apitou no Campeonato Paulista — fazia parte da quadrilha. Dois bandeiras, da mesma federação, também estão sendo investigados sob suspeita de participação no esquema. A quadrilha, segundo o Gaeco, teria lucrado com as fraudes mais de 1 milhão de reais de março a setembro de 2005.

As investigações sobre a máfia do apito tiveram origem em uma apuração jornalística iniciada por VEJA em abril daquele ano. Informado sobre o trabalho, o Gaeco obteve autorização judicial para monitorar as ligações telefônicas da quadrilha com a ajuda da Polícia Federal. Os diálogos, gravados desde agosto, revelaram a existência de uma trama destinada a encher os bolsos de um grupo de apostadores à custa da boa-fé de milhares de torcedores que, ao adquirir ingressos para um espetáculo esportivo, se tornaram figurantes involuntários de uma fraude. Nela, a principal autoridade no campo, em vez de garantir a justeza do resultado e fazer com que o melhor time vença, dedicava-se a ajeitar o placar da partida de acordo com seus interesses financeiros e os da quadrilha. Um juiz pode interferir decisivamente no resultado de um jogo. Ele pode forjar pênaltis, expulsar jogadores injustamente, validar gols ilegais e anular gols legítimos. Edilson Pereira de Carvalho e seus asseclas faziam essas tramoias, maculando a alegria de milhões de brasileiros, em troca de propinas que variavam de 10 000 a 15 000 reais por partida.

Os juízes do esquema agiam da seguinte maneira: assim que eram escalados para um jogo (a escolha se dá por sorteio), comunicavam o fato ao empresário Nagib Fayad, de Piracicaba. Conhecido piloto de kart na cidade, ele é apontado pela investigação como um dos cabeças da máfia do apito. Avisado sobre a escalação do juiz comprado, Fayad ligava para os seus sócios — três donos de casas de bingo de São Paulo cujos nomes permanecem sob sigilo —, a fim de combinar o placar e o valor da aposta. Em seguida, Fayad registrava o palpite em dois sites de apostas: o Aebet e o Futbet. Ambos são clandestinos. Como se sabe, a lei brasileira proíbe jogos de azar.

Segundo as investigações, o Aebet, embora registre sede em Montreal, no Canadá, funciona, na realidade, no Rio de Janeiro. É aberto a qualquer internauta e recebe apostas para jogos de futebol ao redor do mundo, com versões em português, inglês e espanhol. Para apostar nele, basta preencher um cadastro e escolher a forma de pagamento das apostas: depósito bancário ou cartão de crédito. Quando o apostador ganha, seu dinheiro é depositado na conta bancária que ele usou para se registrar. O site aceita palpites também para corridas de Fórmula 1, lutas de boxe e jogos de basquete no Brasil e em outros países. O Futbet é um site fechado. Seu domínio está registrado em nome da empresa BR Ltda., de São Paulo, mas o Gaeco já sabe que seu verdadeiro proprietário mora em Piracicaba — a mesma cidade de Fayad. Os sites, pelo que se apurou até agora, não teriam participação no esquema.

O lucro da máfia do apito variava de acordo com o jogo em questão. Tanto o site Aebet quanto o Futbet estabelecem o valor do prêmio a ser pago aos apostadores (via depósito bancário) segundo a lógica das bolsas de apostas convencionais: se um time é considerado favorito em determinada partida, mais pessoas apostarão nele. E o prêmio, portanto, será menor — no caso dos sites usados pelo esquema, em torno de uma vez e meia o valor bancado pelo apostador. Já por um palpite numa equipe com menos chances de vitória, o Aebet e o Futbet pagavam até mais de seis vezes o valor apostado. A tática da quadrilha era apostar quantias vultosas — entre 150 000 e 200 000 reais —, na maioria das vezes em times tidos como favoritos. "Dessa forma, caberia aos árbitros do esquema apenas garantir que não haveria as chamadas 'zebras'", explica o promotor José Reinaldo Guimarães Carneiro, do Gaeco. A desfaçatez da quadrilha era tamanha que, em um dos diálogos gravados pela polícia, Edilson assegura a Fayad que ele pode "jogar até os carros" que tem na vitória do Vasco, que enfrentou o Figueirense na 18ª rodada do Campeonato Brasileiro de 2005. "Vê o limite que você pode jogar e mete ferro, que eu meto ferro dentro de campo", diz Edilson. O árbitro promete fazer o resultado combinado "nem que tenha de sair do estádio sob escolta".

As escutas telefônicas mostram que, em algumas partidas, como aquela em que o Figueirense venceu o Juventude por 4 a 1, em julho daquele ano, o juiz Edilson não conseguiu produzir o resultado combinado com seus cúmplices. Em uma das conversas captadas pela PF, o árbitro Edilson lembra ao empresário Fayad que tentou favorecer o Juventude com um pênalti, mas "eles erraram". Na partida, o árbitro marcou um pênalti a favor do Juventude. A bola chutada pelo atacante Zé Carlos foi defendida pelo goleiro do Figueirense.

As gravações da polícia indicam ainda que a ação da quadrilha despertou a atenção de pessoas fora do âmbito da investigação. Pelo menos um dos dois sites usados pela quadrilha, o Aebet, vinha recusando apostas em jogos apitados pelo juiz Edilson. Duas das partidas que ele arbitrou na 21ª e na 24ª rodadas do Campeonato Brasileiro de 2005 (Internacional x Coritiba e São Paulo x Corinthians) permaneceram fechadas para apostas no site. Foram os únicos jogos não liberados para palpite entre as 22 partidas das duas rodadas.

A interdição não passou despercebida pela quadrilha. Em um dos diálogos captados pela investigação, Fayad diz a Edilson que eles terão de "dar um jeito", já que, como o grupo apostou "pesado nos últimos três jogos" apitados pelo juiz, "eles (os proprietários do site) estão desconfiados". O Gaeco e a PF já sabem que Edilson foi apresentado à máfia do apito por outro árbitro, Paulo José Danelon, que já atuava no esquema antes dele. Esse segundo árbitro apitava na segunda divisão do Campeonato Brasileiro. Morava em Piracicaba e era secretário da Faculdade de Odontologia da Unicamp, até ser demitido no início de setembro de 2005 por justa causa. Como Edilson e Fayad, ele poderá ter a prisão decretada ainda nesta semana.

O artigo 275 do Código Brasileiro de Justiça Desportiva determina que as partidas cujo resultado sofra alteração em consequência de má-fé do árbitro deverão ser anuladas. Nesse caso, o Campeonato Brasileiro de 2005 — que vinha registrando aumento de público e uma das maiores médias de gols de toda a sua história — sofreria uma mudança na sua tabela de classificação. Se os jogos apitados por Edilson forem anulados, conforme estabelece o Código, o Internacional perderia a liderança isolada, e Vasco e Cruzeiro ficariam mais perto da zona de rebaixamento para a segunda divisão. O resultado do Campeonato Paulista daquele ano, encerrado em abril, também teria de ser alterado no que diz respeito à relação dos times rebaixados à segunda divisão: União Barbarense, União São João, Atlético Sorocaba e Inter de Limeira. As revelações sobre as fraudes cometidas pelos árbitros Edilson e Danelon nesse torneio, no entanto, não tirariam o título do São Paulo. O time venceu o campeonato com uma vantagem de oito pontos sobre o segundo colocado, o Corinthians. Mesmo a anulação das partidas apitadas pelos árbitros flagrados vendendo sua honra e seus apitos não reverteria essa situação.

Edilson sempre gozou de boa reputação como árbitro. Ultimamente porém, vinha chamando atenção mais por suas atitudes controversas. No início de setembro de 2005, durante uma partida entre Corinthians e São Paulo, ele foi acusado de ter xingado o zagueiro Sebá e o atacante Tevez, ambos argentinos, de "gringos de m...". O Corinthians entrou com uma ação contra ele no Superior Tribunal de Justiça Desportiva. O julgamento será realizado na semana que vem. Em 2003, o árbitro havia sido acusado de apresentar à Federação Paulista um falso diploma de conclusão do 2º grau — a instrução mínima exigida para os juízes brasileiros. O caso morreu. Não chegou sequer a ser investigado pela Federação.

Quarenta e três anos, casado, pai de uma filha e morador de um condomínio fechado de padrão classe média em Jacareí (no interior de São Paulo), Edilson é um lateral-esquerdo frustrado. Na juventude, tentou ser jogador de futebol. Fez testes no São José, mas nunca conseguiu ser contratado. Tornou-se árbitro em 1991. Em 1994, apitou seu primeiro jogo profissional, no Campeonato Paulista. Em 1999, indicado pela Confederação Brasileira de Futebol (CBF), entrou para os quadros da Fifa, conquistando a graduação máxima para um juiz. Os árbitros da Fifa — que, no Brasil, ganhavam 2 500 reais por jogo apitado em 2005 — são os únicos aptos a trabalhar em competições internacionais, como a Copa do Mundo. Edilson nunca participou de nenhuma, mas arbitrou partidas importantes da Copa Libertadores (o mais relevante torneio sul-americano de clubes). Ele foi o juiz dos dois jogos da semifinal de 2000, entre Palmeiras e Corinthians, considerados embates históricos na trajetória desses tradicionais clubes. Fora do campo, Edilson (também) é comerciante — tem uma frota de carros de aluguel e uma pequena fábrica de brinquedos.

Religioso, Edilson costuma cumprir um ritual antes do início de cada jogo que apita: levanta seus cartões amarelos e vermelhos — personalizados com a inscrição "Deus é Fiel" — e reza no centro do gramado. Agora, não adianta rezar: ele deverá ser indiciado pelos crimes contra a economia popular, de estelionato e formação de quadrilha. Afirma Roberto Porto, promotor do Gaeco: "As vítimas dele e do seu bando são, além dos próprios sites de aposta, os torcedores que pagaram ingresso no estádio para assistir a uma enganação".

Em janeiro de 2005, um escândalo semelhante ao da máfia do apito brasileira explodiu na Alemanha. O árbitro Robert Hoyzer foi preso sob acusação de manipular o resultado de cinco jogos da segunda e terceira divisões e da Copa da Alemanha, todos em 2004. Investigações do Ministério Público daquele país concluíram que o juiz foi aliciado por uma gangue de apostadores — supostamente originária da Croácia e, a exemplo da máfia brasileira, ligada a loterias eletrônicas clandestinas da Europa. Hoyzer admitiu o crime, foi afastado definitivamente do futebol e agora responde a um processo que pode lhe render até dez anos de cadeia. Por determinação da Justiça, o Hamburgo, um dos times eliminados da Copa da Alemanha por causa da arbitragem fraudulenta de Hoyzer, foi indenizado pela federação alemã. Outros países, como Finlândia, Singapura e Vietnã, também tiveram seu futebol recentemente conturbado por denúncias de compra de resultados. O aumento da manipulação das partidas por apostadores de loterias eletrônicas — assim como o da lavagem de dinheiro de clubes por parte de investidores do Leste Europeu — está hoje entre as principais preocupações da Fifa. Em um congresso realizado no início de setembro de 2005, em Zurique, na Suíça, a entidade criou um grupo de trabalho para estudar meios de combater os dois problemas. O grupo é liderado pelo brasileiro Ricardo Teixeira, presidente da CBF.

As loterias esportivas eletrônicas existem há pelo menos dez anos na internet — substituíram bolsas de apostas clandestinas como a italiana Totonero, que, nos anos 80, foi pivô do maior escândalo de corrupção do futebol mundial. Por meio desse novo sistema, internautas vietnamitas hoje podem apostar em jogos do Campeonato Brasileiro, italianos podem dar palpites em partidas de torneios israelenses, e assim por diante. Atualmente, o principal domicílio das loterias eletrônicas é a Inglaterra. Lá, a prática é permitida por lei e virou mania entre a população. VEJA apurou que a quadrilha do apito se preparava para lucrar em euros apostando no LiveScore, um dos mais famosos sites ingleses.

Pode-se dizer a favor da profissão de árbitro de futebol que o fato de apenas Edilson Pereira de Carvalho e Paulo José Danelon terem sido pegos diretamente pela investigação é uma prova de que os demais são corretos. Sim. Mas a descoberta da ação da máfia do apito é um duro golpe contra a credibilidade de toda a arbitragem brasileira. Ela lança uma sombra de desconfiança sobre os gramados dos estádios nacionais. Em quase todas as rodadas dos campeonatos, erros graves cometidos por juízes costumam virar tema de intermináveis discussões nas mesas-redondas de domingo. Até o momento, no entanto, acreditava-se que isso ocorria apenas por deficiência técnica dos árbitros. Mas, a partir das revelações contidas nesta reportagem, os torcedores têm o direito de achar que os erros podem estar a serviço de uma quadrilha de espertalhões. Um gol legítimo anulado ou um pênalti escandaloso não marcado podem decidir uma partida ou um campeonato. Como saber se o espetáculo não foi manipulado pelo árbitro em troca de dinheiro? Como saber se a alegria de uns torcedores e a frustração de outros foram determinadas pela qualidade e pelo empenho dos jogadores em uma disputa leal dentro do campo — ou foram apenas fruto da ganância de meia dúzia de apostadores? Como saber?

Os sites Aebet e Futbet, usados pela máfia do apito, existem desde 2002. Há quase uma década é também possível fazer apostas de jogos dos campeonatos brasileiros em sites internacionais, como o LiveScore. O fato de o Aebet já ter recusado apostas em partidas apitadas por Edilson não indica apenas que seus proprietários já vinham desconfiando da atuação do juiz: sugere também que eles têm alguma experiência com esse tipo de fraude. Nada garante, portanto, que não haja outros Fayads e Edilsons operando há anos no futebol nacional — e fazendo de bobos os torcedores brasileiros.

O único escândalo já registrado no futebol do país que pode se assemelhar ao agora revelado por VEJA foi o que ficou conhecido como o da "máfia da loteria esportiva". Em 1982, a revista *Placar* denunciou a existência de um esquema — envolvendo, além de juízes, jogadores, dirigentes e jornalistas — destinado a manipular os resultados da loteria esportiva. Vinte pessoas foram indiciadas em inquérito policial — comandado, na ocasião, pelo atual diretor da Polícia Federal, delegado Paulo Lacerda. No processo que se seguiu ao inquérito, porém, ninguém foi condenado. No caso da máfia do apito, dada a veemência das provas colhidas até agora, é provável que o resultado seja diferente. A revelação de mais um escândalo de corrupção é salutar no seu efeito depurador. Mas a decepção que ela representa para os milhões de brasileiros apaixonados pelo esporte — bem como o prejuízo que deverá causar à imagem do futebol brasileiro no exterior — é imensurável. O Brasil — do mensalão, do valerioduto e dos dólares na cueca — não merecia mais essa.

24 DE OUTUBRO, 2012

# FALA A LENDA VIVA DO ESPORTE

Usain Bolt, o homem mais rápido do mundo, anuncia sua participação na Olimpíada do Rio, em 2016, em busca do tricampeonato, e rechaça qualquer proximidade com os casos de doping

**Alexandre Salvador**

**HÁ ALGUMA COISA MAIS RÁPIDA** do que as pernas de Usain Bolt? Sim, o raciocínio de Usain Bolt. A voz grave, em um inglês carregado de sotaque jamaicano, intercala frases curtas com risadas longuíssimas. A autoconfiança pode ser confundida — indevidamente — com arrogância. Em agosto de 2012, depois de responder à última pergunta na entrevista coletiva realizada após sua vitória nos 200 metros da Olimpíada de Londres, Bolt pediu a palavra aos presentes para disparar, finalmente, a frase tantas vezes ensaiada: "Agora sou uma lenda. Sou também o maior atleta vivo". Não houve contestação à justa celebração no estilo confrontador de Muhammad Ali. Bolt acabara de se tornar o primeiro atleta a conquistar o bicampeonato olímpico dos 100 e dos 200 metros, as provas mais nobres do atletismo. Depois de curtir um período de férias, Bolt, de 26 anos, está iniciando a preparação para o próximo ciclo de competições, que deve atingir seu ápice em 2016, durante a disputa da Olimpíada no Rio de Janeiro. Nos dias 23 e 24 de outubro, ele estará no Rio a convite de seu patrocinador, a fornecedora de material esportivo alemã Puma. Antes de embarcar, falou com exclusividade a VEJA com o bom humor e a iconoclastia de sempre. Sobre sua principal curiosidade em relação ao Brasil, Bolt foi direto ao ponto: "Ouvi dizer que as mulheres do Rio são muito bonitas, estou empolgado para conhecer as garotas brasileiras".

**Antes de suas vitórias nos Jogos de Londres, alguns ex-atletas disseram desconfiar da superioridade jamaicana nas provas de velocidade *(na final masculina dos 200 metros em Londres, as medalhas de ouro, prata e bronze ficaram com a Jamaica)*. Eles insinuaram até que poderia haver uso de doping. Como você responde a esses incrédulos?** Há várias formas de ver essa desconfiança. Ao longo dos anos, o esporte já teve de lidar com várias situações embaraçosas, e isso faz com que as pessoas fiquem pensando se existe algo por trás dos bons resultados. No meu caso não existe. Os maus exemplos infelizmente fizeram esse desserviço ao esporte, e agora nosso trabalho é sair desse buraco. Também há muita inveja no nosso meio, o que dá espaço para comentários maldosos. Mas pessoalmente não me abalo nem um pouco com as insinuações. Meu foco sempre estará no trabalho duro e na dedicação total aos meus objetivos.

**As mais recentes revelações sobre Lance Armstrong *(ciclista americano dono de sete títulos da Volta da França, acusado de montar um complexo esquema de produção e uso de doping)* fizeram a desconfiança aumentar. Qual a sua opinião sobre esse caso?** É triste ver um grande herói do esporte como o Armstrong envolvido em um caso de doping. Tenho esperança de que a modalidade dele consiga se reerguer, mas para isso é preciso que os ciclistas passem a competir de maneira limpa.

**Você já correu contra algum atleta que dava a nítida impressão de ter usado alguma substância proibida?** É possível perceber isso? Nunca vi algo do gênero e, honestamente, não reparo em nada desse tipo. Como um atleta de ponta, tenho de estar focado no meu desempenho, na minha prova, em minha própria velocidade. Não posso ficar tentando ver o que se passa com o atleta ao lado. Não dá para ficar criando suposições na cabeça. Tenho de entrar na pista e aproveitar o momento. É simples assim.

**E essa história de que a batata-doce é o segredo por trás da velocidade dos atletas jamaicanos *(alguns pesquisadores defendem a ideia de que o consumo do alimento desde a adolescência pode melhorar o desempenho de um atleta de ponta por aumentar a produção de testosterona)*. Isso realmente é verdade?** Olha, já comi muita batata-doce, principalmente quando era criança. Mas não posso dizer que comi porque conhecia alguma evidência científica de que a batata-doce ajuda. Era o que tinha na mesa para comer, não tinha escolha. Pode ter melhorado alguma coisa, é possível, mas a verdade é que comi bastante batata-doce, sim.

**Você sempre disse que queria se tornar uma lenda em Londres. Depois de conquistar o bicampeonato olímpico nos 100 e nos 200 metros, você se autoproclamou uma lenda. O que é, enfim, ser uma lenda?** Acho que esse conceito tem a ver com o ineditismo da conquista de Londres. Muita gente não acreditava ser possível defender tantos títulos olímpicos — não só nos 100 e nos 200, mas também no revezamento 4 x 100 com meus companheiros —, e o Usain foi lá e conseguiu esse feito. Isso é que me distingue dos outros atletas e que me permite dizer que sou uma lenda do esporte.

**Quem está no mesmo patamar que você, como lenda do esporte?** Ser o melhor atleta da minha modalidade e sentir todo esse reconhecimento me fez lembrar de quando era criança e via as pessoas falando dos grandes nomes do esporte. No futebol, falavam muito do Pelé e do Maradona. Lá na Jamaica, também contavam histórias fantásticas dos melhores jogadores de críquete *(esporte bastante popular nas ex-colônias inglesas)*, como Courtney Walsh *(capitão da seleção das Índias Ocidentais, de que a Jamaica faz parte, entre 1993 e 1998)*. Eu assistia a esses caras na televisão e ficava maravilhado ao ver como eles eram insuperáveis em sua modalidade. Aí comecei a sonhar em ser como eles. Fiz e faço o máximo que posso dentro do meu esporte. É o que me põe em uma posição de destaque, junto a outros caras fantásticos.

**Pelé e Maradona, suas referências esportivas na infância, são tema de muita discussão no Brasil e na Argentina. Afinal, quem foi o melhor dos dois jogadores?** Não vou entrar nessa bola dividida, não. Tenho poucas referências para decretar esse resultado.

**Hoje, no Brasil, há uma grande nova estrela, Neymar, medalhista de prata em Londres. Você o conhece?** Claro que conheço. O Neymar é um jogador incrível. Pensava que neste ano ele já estaria jogando na Inglaterra.

**Mas, pelo que se fala por aqui, Neymar não deve ir para a Inglaterra. É bem provável que ele vá para a Espanha. Para o Barcelona ou o Real Madrid.** É mesmo? Não acho que ele deva ir para o Barcelona.

**Por que diz isso?** Ele é muito talentoso individualmente, e o Barcelona tem um estilo de jogo de muitos passes. Ele se encaixaria melhor em outro time.

**Neymar vem sendo moldado para o futebol desde os 7 anos de idade. Você teve o mesmo tipo de apoio desde a infância?** Comecei a levar a sério o esporte bem mais tarde. Acho que com 16 anos eu fechei contrato com a Puma, quando me tornei um profissional. Antes éramos meu técnico e eu. Hoje tenho uma equipe enorme, que me ajuda muito. Esse staff é fundamental, principalmente na hora das lesões. Já me contundi seriamente, e sem o apoio deles durante minha recuperação acredito que não estaria competindo em alto nível.

**Recentemente você encerrou o suspense e confirmou que disputará os Jogos do Rio, em 2016. Por que competir em mais uma Olimpíada, sabendo que já terá 30 anos?** Quero ser o maior de todos. Acho que ir ao Rio e ganhar a terceira medalha de ouro olímpica nos 100 e nos 200 me colocaria, sem dúvida alguma, acima de todos os outros grandes campeões do atletismo. Eu viraria uma lenda ainda maior. Nas próximas semanas, antes de começarem os treinos, vou sentar com meu treinador e decidir qual será a estratégia dos próximos quatro anos.

**Como será essa conversa?** Eu confio muito no meu treinador *(o jamaicano Glen Mills está com Bolt desde 2004, e foi o grande responsável por convencê-lo a disputar provas de 100 metros),* e vamos conversar sobre o que será necessário para conseguir algo tão extraordinário quanto um tricampeonato olímpico. É algo que fazemos antes do início de cada temporada de competições.

**Você não acha mais seguro parar enquanto está no topo?** E ficar pensando o resto da minha vida que poderia ter ganhado mais uma? Sem chance. Esse não é o comportamento de um verdadeiro campeão. Quem entra em uma competição com dúvidas sobre si mesmo já entra derrotado. É claro que não posso prever o futuro e garantir que tudo vai dar certo. Mas vou treinar duro, como sempre treinei. É claro que vai ser ainda mais difícil, pois vou estar mais velho, mas e daí? Tenho certeza de que nos próximos anos ainda serei um dos melhores corredores do mundo e, com certeza, vou querer provar isso. Mas se alguém quiser tirar o ouro de mim vai ter de bater o melhor. E, enquanto eu for o melhor, vou querer competir.

**E a Olimpíada do Rio será o último ato de Usain Bolt como atleta olímpico?** Sim, a de 2016 será minha última Olimpíada.

**O que você pretende fazer depois de se aposentar?** No futuro não me vejo trabalhando como treinador. Creio que poderia atuar como um mentor, ajudando jovens atletas de outras formas além da preparação técnica.

**De onde vem essa confiança toda no seu desempenho?** Não sei, acho que desde cedo estou acostumado com as pressões envolvidas em uma corrida. Na Jamaica, temos o Champs *(como é mais conhecido o Inter-Secondary Schools Boys and Girls*

*Championships, o principal campeonato interescolar da Jamaica).* Essa competição é tão importante para os jamaicanos quanto uma Olimpíada.

**Mas o Champs é um campeonato juvenil. Como pode realmente ajudar numa Olimpíada?** Essa experiência prévia serviu porque nela aprendi a controlar os nervos e a lidar com grandes plateias, barulho e outras coisas que podem atrapalhar. Na minha primeira final do Champs eu estava mais nervoso que na minha primeira final olímpica. Então acho que ser o melhor desde muito cedo ajudou a chegar ao grande momento, como é uma disputa olímpica, e vencer todas as adversidades.

**Quão difícil é disputar uma final olímpica dos 100 metros?** Por incrível que pareça, a parte da prova em si é a mais fácil de todas. Os treinos é que são o problema. É quando o trabalho duro prevalece. Na preparação para os últimos Jogos, relaxei um pouco nos cuidados com as costas *(Bolt tem escoliose, uma deformidade na coluna vertebral, e depois dos Jogos de Londres revelou que problemas relativos à doença o tiraram de uma competição em Mônaco, dias antes do início da Olimpíada),* o que me trouxe um problema pouco antes da competição. Por isso, o trabalho daqui para a frente tem de ser ainda mais forte.

**Quais são as vantagens pessoais de se tornar uma lenda?** É claro que a gente ganha muitas coisas. Em Pequim, meus patrocinadores me perguntaram o que eu gostaria de ganhar e respondi que queria um BMW M3. Ganhei.

**Depois da vitória em Londres você ganhou outro carro?** Acabei batendo o BMW, então eles não me ofereceram nada desse calibre depois de Londres. Mas aí fechei outro patrocínio e ganhei um carro dourado, um Nissan GT-R.

**Muito se comentou, no mundo inteiro, sobre aquela foto com as jogadoras suecas de handebol *(depois da final dos 100 metros, Bolt postou no Twitter uma foto com três atletas da Suécia em seu quarto na Vila Olímpica).* O que rolou ali?** Isso acontece com todo mundo que ganha fama, não é uma exclusividade minha. Quando chegamos a esse estágio de reconhecimento, conseguimos as coisas que queremos mais facilmente. Mas o que mais me fascina em ser famoso é o fato de conhecer tanta gente interessante. Melhor ainda quando se tem a oportunidade de conhecer a fundo a pessoa e ter um papo bacana.

**E quem foi a última pessoa com que você teve uma conversa interessante?** Há alguns dias conheci o Mark Webber *(piloto australiano de Fórmula 1),* na minha visita pela Ásia, e foi muito legal. Sou um apaixonado por carros e fiquei perguntando coisas como quão rápido é um carro de F-1, ou qual a melhor forma de envenenar ainda mais o motor.

**Alguma ansiedade em relação à visita ao Brasil?** As garotas. Dizem que as mulheres do Rio são muito bonitas. Estou empolgado.

# CULTURA

# RETRATOS DO BRASIL E OUTRAS NARRATIVAS

Reportagens de fôlego sobre os gêneros musicais que seduzem — e, de certo modo, definem — os brasileiros já se tornaram tradição em VEJA. Em 2013, uma dessas apuradas radiografias, sobre o sertanejo, foi capa da revista. Pudera: trata-se do gênero musical mais popular do país. Popularíssimo também foi *Tropa de Elite 2,* filme dirigido pelo carioca José Padilha. Tema de capa em 2010, o longa arrastou para as salas de cinema 11 milhões de pessoas, um recorde nacional. Se a produção cinematográfica brasileira marcou fortemente o panorama da arte do país nos últimos dez anos, as telenovelas perderam preciosos pontos de audiência — ainda que permaneçam com grande apelo junto ao público. Um dos maiores êxitos da história da TV por aqui, *Avenida Brasil,* de João Emanuel Carneiro, ganhou o apropriado destaque em outra capa de VEJA, em 2012. Sem terem, nem de longe obviamente, a força da ficção televisiva, os dois romances escolhidos para encerrar o tema "Cultura" neste livro — *Neve* (2006), do Nobel turco Orhan Pamuk, e *Submissão* (2015), do francês Michel Houellebecq — dão bem a medida do vigor da arte narrativa no século em que vivemos.

30 DE JANEIRO, 2013

# O BRASIL VIROU SERTÃO

VEJA viajou pelo país com Fernando & Sorocaba, Bruno & Marrone, Zezé Di Camargo & Luciano e Michel Teló para mostrar como a música sertaneja saiu do interior para se tornar a campeã nas rádios, nos palcos e até nas baladas frequentadas pela juventude AA das metrópoles

**Sérgio Martins**

**NA MANHÃ DO DIA 21 DE OUTUBRO,** o turbo-hélice King Air B200, vindo de Itápolis, no interior de São Paulo, chega ao hangar de uma empresa de táxi aéreo do Aeroporto de Congonhas. A bordo estão os sertanejos Bruno & Marrone, sua assessora, seus secretários e a reportagem de VEJA. Não foi uma viagem tranquila: a caminho de São Paulo, a aeronave enfrentou uma turbulência e chacoalhou mais que carrinho bate-bate em parque de diversões. O secretário de Marrone, Jardel Alves Borges (que em 2011 passou três meses no hospital após um desastre de helicóptero), foi quem mais sofreu com os solavancos. A certa altura, pediu que lhe segurassem as mãos, que estavam geladas. Marrone permaneceu em silêncio e em momento algum tirou os fones de ouvido que havia colocado em Itápolis. Quando o avião pousou, ele fez o primeiro — e o mais improvável — comentário do dia. Aproximou-se do fotógrafo de VEJA, Luiz Maximiano, e deu dicas de qual avião comprar: "Este aqui me foi vendido pelo Ratinho. Ele me deu um desconto que nem meu pai daria". Depois, convidou a equipe da revista para jogar bola e comer churrasco em sua fazenda, no noroeste de Goiás. Essa informalidade, tão rara em artistas de outros gêneros musicais, é comum no mercado sertanejo. Nele há uma matutice, uma coloquialidade que contrasta com as cifras milionárias e as performances espetaculosas. E a turma da bota e do chapelão sempre preferiu a praticidade ao luxo. Um avião turbo-hélice é mais barato e menos glamouroso que um jato, veículo predileto das divas da axé music. Por outro lado, pousa em qualquer tipo de pista — algo imprescindível para quem, não importa o tamanho do sucesso, nunca pode abandonar o público dos rincões do país. São essas particularidades (além, é claro, da música) que fazem do sertanejo o gênero mais popular do Brasil. VEJA acompanhou quatro expoentes do filão (Zezé Di Camargo & Luciano, Bruno & Marrone, Michel Teló e Fernando & Sorocaba) em viagens pelo território nacional. E pôde constatar como e por que o estilo dominou o país.

O mercado sertanejo não conhece crise. Em 2011, a indústria fonográfica comemorou o aumento suado de 8,4% na venda de CDs, DVDs e música digital em relação ao ano anterior. Embora boa parte desse crescimento se deva ao aumento do poder aquisitivo da classe C, que consome música sertaneja com gosto, a turma da bota e do chapelão há muito não depende exclusivamente de vender discos. Uma das estratégias de divulgação propagadas por esse pessoal, aliás, é a doação de CDs. Foi assim que Fernando Fakri de Assis, o Sorocaba, ganhou seu primeiro quinhão de fãs. "Produzia meus próprios CDs, prensava 1 000 cópias e distribuía nas cidades em que ia me apresentar. No dia do show, todo mundo já conhecia as músicas." A principal fonte de renda dos artistas sertanejos é esta, a apresentação ao vivo. E como eles se apresentam! Um nome do primeiro — e até do segundo — escalão faz entre quinze e vinte apresentações por mês, com cachês que vão de 200 000 a 350 000 reais — ou até 500 000, dependendo do desespero do cliente. "Já vi terem de chamar carro-forte para transportar o dinheiro depois do show", diz uma produtora. Os sertanejos investem pesado na produção de suas apresentações. Zezé Di Camargo & Luciano têm a melhor banda do meio sertanejo e utilizam até imagens em 3D (no dueto de Zezé com a cantora Paula Fernandes). Sorocaba caminha sobre o público dentro de uma bolha, tecnologia celebrizada pelo grupo de rock alternativo Flaming Lips. E, embora a música sertaneja seja hoje onipresente nas casas de espetáculos e boates, os rodeios ainda desempenham um papel crucial na receita dos artistas. "Oitenta por cento da agenda de um sertanejo vai para os rodeios, feiras de agronegócio e festas de exposições", diz Marcos Mioto, um dos mais respeitados profissionais do showbiz. Não é para menos: todos os anos cerca de 1 500 rodeios acontecem no país, e eles movimentam algo como 2 bilhões de reais. Nos últimos tempos, as casas noturnas, reduto das classes A e B, também se renderam ao chacundum. A pioneira foi a Villa Country, na Zona Oeste de São Paulo. Em uma década de existência, ela não apenas promoveu o namoro apaixonado entre a juventude abastada e o sertanejo como revelou duplas de sucesso. "Victor & Leo começaram aqui, como banda da casa", diz o proprietário Marco Antonio Tobal Junior.

Quem ganha muito tem de cuidar para que o dinheiro não evapore — e essa lição os astros sertanejos, não raro vindos de lares humildes, trazem do berço. Caracteristicamente, eles costumam ser tanto astutos quanto conservadores em seus investimentos. Michel Teló e Bruno & Marrone investem em imóveis, Sorocaba agencia artistas e tem um estúdio de gravação em parceria com Fernando. Zezé Di Camargo cria gado (é um dos maiores produtores da raça nelore) e é sócio do irmão no ramo de construção. E Leonardo, o ex-parceiro de Leandro, faz de tudo isso um pouco: cria gado, investe na construção civil e empresaria outros sertanejos.

Neste momento, o universo sertanejo é só alegria, em todas as suas esferas. O consumidor de música sertaneja, por exemplo, é jovem. A média varia de 25 a 44 anos. Gosta de festa, e gosta de beber — como gosta de beber! "Sou o maior vendedor de vodca e energético do país", jacta-se Rafael Setrak, proprietário da filial paulistana da discoteca Wood's, voltada para a classe AA. A balada sertaneja também é ideal para a conquista. Mais de 50% do público pertence ao sexo feminino. As composições refletem essa alma festeira. "Tudo que eu quero ouvir: / Eu te amo e open bar", diz *Eu Te Amo e Open Bar*, de Michel Teló. É uma visão bem diferente de uma, digamos, *Desculpe, Mas Eu Vou Chorar*, sucesso de 1990 da dupla Leandro & Leonardo, em que o personagem da canção encontrava a amada perdida num copo de cerveja. Os proprietários das casas sertanejas, no entanto, têm procurado soluções para as tragédias causadas pelo álcool. O Villa Country criou um sanduíche a preço popular (3 reais) para que o frequentador da boate se alimente e espere o efeito dos drinques passar.

O sertanejo já foi considerado um gênero menor. "As pessoas tinham vergonha de confessar que gostavam", diz Michel Teló. Hoje não é mais assim, nem de longe. Segundo uma pesquisa da Target Group Index, 47% dos brasileiros que escutam rádio o fazem para ouvir música sertaneja. E a maioria desses ouvintes está dividida entre as classes A e B (36%) e C (52%). Não espanta que o gênero domine as preferências do público em São Paulo e seu interior (60% e 61%), ou mesmo em Brasília (56%). Mas é assombroso que responda por 45% delas em Salvador. O sertanejo já é o terceiro gênero mais popular na capital baiana. De acordo com levantamento da Futura Pesquisa e Consultoria, em 2011 perdia só para a MPB (este, um rótulo que congrega de tudo, de Roberto Carlos a axé) e para o pagode. A música sertaneja é também campeã de execução. Segundo a Crowley Broadcast Analysis, empresa que afere a audiência das rádios, das vinte canções mais executadas no país em 2012, onze são sertanejas.

Verdade seja dita, faz tempo que o estilo perdeu o bucolismo da música caipira tradicional e o romantismo rasgado que o impulsionou na década de 90. Hoje ele incorpora influências do axé baiano, do pop rock dos anos 80, da música eletrônica e até de um pancadão baiano chamado arrocha. Esse terremoto que arrancou o gênero das entranhas interioranas do país para fazê-lo aflorar nas metrópoles tem nome, inclusive: sertanejo universitário — que é como se batizou a acelerada radical que duplas como César Menotti & Fabiano e João Bosco & Vinícius imprimiram às baladas românticas a partir de 2003. Assim transformado, mais rápido e percussivo, o sertanejo roubou sem piedade o público do pop rock. "É música de balada e cumpre essa função. Se você está saindo para a festa, não vai pedir para seu amigo colocar a *Nona Sinfonia* de Beethoven", diz Marco Aurélio, um dos autores de *Camaro Amarelo*, sucesso sísmico da dupla Munhoz & Mariano (que, aliás, rendeu um sem-número de canções de inspiração automobilística: *Vem Ni Mim, Dodge Ram* e *Fiorino* são algumas das que concorrem com o carrão de Munhoz & Mariano). Aurélio é um caso de sertanejo da velha geração que migrou para o universitário. No passado, ele fez dupla com Mathias (dos tradicionalíssimos Matogrosso & Mathias) e Paulo Sérgio. Bandeou-se para a ala moderna por razões evidentes. "Um dia, cheguei em casa e a luz tinha sido cortada por falta de pagamento. Concluí que estava na hora de mudar de vida." O sertanejo universitário alterou também a cantilena clássica do gênero: adeus, dor de cotovelo; olá, alegria. "O papo agora é outro", diz Sorocaba. "Antigamente, o sertanejo perdia a mulher e fazia uma letra chorando as mágoas. Hoje ele diz: 'Não me quer? Não estou nem aí, vou pegar a tua amiga' ", resume Aurélio.

O avanço do sertanejo universitário, no entanto, não necessariamente se traduz em ameaça aos ícones já estabelecidos. Tome-se o caso de Zezé Di Camargo, que está para a nova geração de artistas sertanejos como Roberto Carlos esteve para os românticos dos anos 70. Mais que um ídolo, ele é um modelo a ser seguido. "Meu irmão e eu fomos os responsáveis por tirar o gênero do gueto", diz Zezé, imodesto assumido, nos camarins do Teatro Guaíra, em Curitiba. As fãs da dupla são, com o perdão do pleonasmo, fanáticas: acampam em frente aos hotéis em que eles se hospedam, gritam, choram, tatuam-se com imagens dos ídolos. "Linda, são 4 horas da manhã, vai descansar um pouco em casa", recomenda a uma delas Arleyde Caldi, assessora da dupla por mais de duas décadas de trabalho incontornavelmente incansável (note-se que ela está lá, no meio da madrugada, para delicadamente enxotar a admiradora persistente demais: viver no universo sertanejo, seja para um membro da equipe, seja para um artista consagrado, significa trabalhar, trabalhar e trabalhar — e então trabalhar mais um pouco). Se Zezé adora a comoção, Luciano é seu oposto. É reservado, leva a mulher aos shows (ela fica sentadinha num canto do palco) e desaprova as cantadas. No camarim do Credicard Hall, em São Paulo, irritou-se quando uma moça lhe fez uma proposta indecorosa. "Sou um homem casado, e ela me tratou feito um prostituto", indigna-se. Outros veteranos adeptos do estilo discreto são Bruno & Marrone. Manter-se acessível e dispensar carinho às fãs é o primeiro mandamento do artista sertanejo, e a dupla o segue religiosamente — mas Bruno se incomoda quando o afeto vira assédio. "Eu queria tanto poder tomar uma cerveja e comer um churrasco tranquilamente...", suspira. Bruno & Marrone, aliás, têm uma dinâmica curiosa. Embora sejam amigos, Bruno não perde uma chance de provocar o parceiro. "Marrone, você não está falando coisa com coisa. Não foi isso que eles perguntaram", disparou, no meio de uma entrevista.

Com o Brasil conquistado, faltava ganhar o mundo — e Michel Teló, inesperadamente, internacionalizou o sertanejo com o hit *Ai, Se Eu Te Pego*, cuja coreografia foi imitada em campos de futebol, baladas e salas de estar da Espanha à Holanda e à taciturna Suíça, e também na plateia das dezenas de shows do artista em países estrangeiros. Teló, porém, preserva o jeitinho matuto do artista que chegou à gravadora Som Livre vestindo roupas perto de virar farrapos — o que motivou a então gerente de marketing da companhia a levá-lo a um shopping center e dar-lhe um banho de loja. "Tenho muitos ídolos no mundo sertanejo, mas sabe que não me aproximei deles por medo de me decepcionar? Prefiro ficar com os discos", diz, enquanto leva a reportagem de VEJA para casa em seu Porsche. Teló era cantor de um grupo de forró modernoso chamado Tradição. "A gente sertanejou o Michel na carreira-solo", diz Teófilo, irmão e empresário do cantor. No estilo Michel Teló, o sertanejo é apenas um detalhe. Ele faz música para balada, com forte influência de dance music e covers de Tim Maia e Adele. Um dos primeiros sucessos de sua carreira, *Fugidinha*, era um pagode romântico. E *Ai, Se Eu Te Pego*, um forró acaipirado. De início, os irmãos Teló não se mostraram muito confiantes na faixa. "Eles achavam que ela não iria fazer sucesso. Eu disse: 'Michel, a canção é forte, você vai ver'", conta Dudu Borges, produtor do cantor e hoje um dos mais requisitados do mercado. Ex-tecladista de grupo gospel — foi dispensado por suas ligações com artistas seculares —, ele trabalhou com a dupla Bruno & Marrone e será responsável pelos próximos discos de Fernando & Sorocaba e Luan Santana. Borges também está cotado para produzir o novo álbum de Zezé Di Camargo & Luciano. Michel, porém, ainda não tem seu próprio jato — nem sequer um turbo-hélice. "A gente vai de voo de linha mesmo. E, se rolar um assédio das meninas, ele atende", diz o irmão e empresário.

Outro destaque da nova geração, Fernando & Sorocaba estão mais para astros do rock que para artistas sertanejos. Os shows da dupla são repletos de efeitos que fazem a alegria dos amantes de hard rock, como solos de guitarra (cortesia de Fernando, confortável no papel de *guitar hero*) e fogos de artifício. Às vezes eles soltam até releituras sertanejas de *Pais e Filhos*, do Legião Urbana, e *Sweet Child O'Mine*, do Guns N'Roses. Quando receberam a reportagem de VEJA, em Apucarana (PR), tinham acabado de chegar de São Paulo de carro. "O aeroporto estava sem teto. A gente parou o avião em Sorocaba e pisou fundo até aqui", diz Fernando. Passado o cansaço, subiram ao palco e tocaram por uma hora e quarenta minutos. Em seguida, foram de carro até Londrina. De lá, voariam rumo a Curitiba, para outra apresentação. Sorocaba é um compositor requisitado. Foi o maior arrecadador de direitos autorais de 2011, e suas músicas foram gravadas por Luan Santana e Chitãozinho & Xororó. "Minhas criações são simples. Mas também sei fazer canções complicadas, que poderiam ser gravadas por um Zé Ramalho", orgulha-se. Ele tem um escritório, onde administra a carreira das duplas Thaeme & Thiago e Marcos & Belutti, além do grupo de samba pop Inimigos da HP.

Para chegar ao olimpo sertanejo ocupado por essas duplas, entretanto, é preciso antes engolir muita poeira na estrada. O cantor Israel Lucero é um desses aspirantes ao sucesso. No momento, ele gasta mais do que ganha. Seu empresário investe cerca de 50 000 reais mensais para mantê-lo em São Paulo e incrementar seu guarda-roupa. Mas seu cachê está na casa dos 18 000 reais, e se preciso ele dá desconto. Lucero e seu empresário se locomovem num carro ganho numa permuta, ocupam camarins improvisados em tendas, com cadeiras de plástico bambas, e distribuem um CD promocional. "Tenho talento para chegar ao topo", aposta o tenaz Lucero.

A música sertaneja é uma realidade no showbiz brasileiro desde 1990, quando as duplas Chitãozinho & Xororó, Zezé Di Camargo & Luciano e Leandro & Leonardo atingiram o auge de sua popularidade — e os ataques ao gênero se intensificaram. A moral da canção sertaneja era conservadora demais para os críticos, que desdenhavam dela; e a ética de trabalho interiorana dos artistas, de que quem trabalha é que tem de mandar no seu trabalho e ficar com os proventos dele, sempre deixou a indústria fonográfica meio de escanteio nesse jogo. As tentativas de derrubar o gênero prosseguem: recentemente, um novo levante do samba e a onda de sonoridades do Pará foram apregoados como remédios contra a turma da bota e do chapelão. Balela. Haverá, sim, uma seleção natural dos artistas. Quem tiver talento permanecerá e certamente influenciará uma nova onda de neocaipiras. Mas que não se espere o fim de um gênero que há mais de três décadas frequenta as paradas e está consagrado na realidade nacional. O Brasil, de fato, virou um grande sertão.

10 DE NOVEMBRO, 2010

# ENFIM, UM HERÓI DO LADO CERTO

Recordista de público, *Tropa de Elite 2* consagra o tenente-coronel Nascimento, vivido por Wagner Moura, como o exemplo do policial honrado com que todos os brasileiros gostariam de contar

**Bruno Meier** e **Jerônimo Teixeira**

**JÁ TENDO ATRAÍDO** quase 8,5 milhões de pessoas aos cinemas, *Tropa de Elite 2* entra em sua quinta semana de exibição como o filme mais visto do ano e o segundo filme brasileiro de maior público na história. Tem todas as chances de ultrapassar os 10 milhões do ainda campeão *Dona Flor e Seus Dois Maridos*, de 1976. Para além desses números impressionantes, *Tropa de Elite* — o primeiro filme, de 2007 — e sua sequência são fenômenos de repercussão. O tenente-coronel (no primeiro filme, capitão) Roberto Nascimento, vivido com intensidade assustadora por Wagner Moura, tornou-se um personagem da cultura brasileira. Os dois filmes protagonizados por ele merecem ser vistos duas vezes: uma vez para observar o que se passa na tela e outra para ver a reação do público, que costuma ovacionar Nascimento quando ele tortura bandidos (no primeiro *Tropa)* e quando espanca barbaramente um político corrupto (em *Tropa 2).* Por terem suscitado essa reação barulhenta, os filmes de José Padilha já receberam a velha pecha com que os patrulheiros tentam coibir tudo o que não se enquadre na sua ideologia: "fascista". A torcida por um personagem de ficção, porém, não significa necessariamente endosso a todos os seus atos. A aclamação a Nascimento vem, em grande parte, de um legítimo anseio comum aos brasileiros de bem, de qualquer região ou classe social: todos querem circular pelas ruas de sua cidade sem medo do assédio da bandidagem, e desejam que essa segurança seja garantida por uma polícia impecavelmente honesta, gerida por homens públicos probos. Nascimento é irredutível em seu repúdio à corrupção, seja ela praticada pelo soldado da PM ou pelo secretário de Segurança do estado. E essa pureza brutal fez dele um verdadeiro herói nacional.

O código de ética de Nascimento é — para usar a expressão de José Padilha — "torto": não condescende com a desonestidade, mas admite a tortura. "Como o Estado falha na segurança, nós, que somos vítimas, temos a tendência de buscar soluções personalizadas, individuais. Nascimento dá vazão a essa ânsia por soluções imediatas. Ele é um justiceiro do século XXI brasileiro", define o historiador Marco Antonio Villa, da Universidade Federal de São Carlos. Engana-se quem imagina que essa demanda por soluções efetivas na segurança e, sobretudo, por honestidade por parte dos agentes do poder público seja veleidade de uma classe média amedrontada. Ex-policial da "tropa de elite" aludida no título dos filmes — o Batalhão de Operações Policiais Especiais (Bope) do Rio de Janeiro —, Rodrigo Pimentel, colaborador essencial de Padilha na elaboração de seus enredos, já assistiu a *Tropa de Elite 2* uma dezena de vezes, nos mais variados pontos do Rio de Janeiro, de shopping centers da Zona Sul a favelas dominadas por milícias (tema central de *Tropa 2)*. A cena em que o tenente-coronel encarnado por Wagner Moura mói de pancadas um político ficha-suja foi aplaudida vigorosamente em todos os lugares.

A corrupção da polícia, em particular, faz-se sentir mais dolorosamente na população das favelas. Em 2006, uma pesquisa feita pelo Núcleo de Pesquisa das Violências da Universidade Estadual do Rio de Janeiro com 3 500 habitantes de bairros distintos da capital mostrou que 60% não confiam na polícia, que consideram corrupta e violenta. A pesquisa ainda revelou que 4,4% desse universo foi vítima de violência física, 7,1% de violência verbal e 10% de extorsão por policiais militares. "Esses números podem ser ainda maiores. Em áreas violentas e pobres, as pessoas têm medo de acusar a polícia", diz Alba Zaluar, coordenadora da pesquisa. Em 2007, Alba realizou um estudo similar, com foco social mais estreito: foram entrevistados 660 moradores de favelas cariocas. O dado é chocante: 52% dos entrevistados disseram já ter visto alguém pagando propina a um policial.

"Nenhuma polícia pode ser eficiente se tiver corrupção em seus quadros", diz José Vicente da Silva Filho, ex-coronel da Polícia Militar de São Paulo e um dos maiores especialistas brasileiros em segurança. As experiências de cidades americanas como Los Angeles revelam uma relação direta entre a moralização da polícia e a queda nos índices de criminalidade. Historicamente marcado por casos de corrupção (que, aliás, forneceram argumento para uma penca de bons filmes, como *Chinatown* e *Los Angeles — Cidade Proibida)*, o Departamento de Polícia de Los Angeles passou por uma longa intervenção federal entre 2000 e 2009. Dois episódios foram decisivos para determinar essa medida drástica: o espancamento do taxista negro Rodney King por policiais brancos, em 1991, foi o estopim de motins raciais que abalaram a cidade. Em 1999, um grupo de policiais foi preso por assassinato e envolvimento com o tráfico de cocaína (caso que inspirou *Dia de Treinamento*, estrelado por Denzel Washington). O Departamento de Justiça dos Estados Unidos, então, passou a dirigir a polícia diretamente, fixando metas a ser cumpridas. E esta contratou William Bratton, gestor de forças de segurança que ajudara o prefeito Rudolph Giuliani a converter Nova York na metrópole mais segura do país. Bratton implantou medidas cuja eficácia já fora testada em Nova York: investiu na cooperação com outras polícias e agências de segurança, como o FBI, deu início a uma gestão baseada na cobrança de resultados e, sobretudo, prendeu bandidos em escala industrial (750 000 presos em sete anos). A redução da criminalidade é a segunda mais acentuada entre as dez principais cidades americanas a vencer o crime (perde apenas para a de Nova York). Tudo isso foi realizado, é bom frisar, sem nenhuma tolerância com a brutalidade policial encarnada por Nascimento. "Não se pode quebrar a lei para impor a lei", disse Bratton, hoje aposentado da polícia, a VEJA.

O que falta à polícia brasileira são reformas verticais, para expurgar os elementos corruptos e profissionalizar os honestos. As milícias, tema central de *Tropa de Elite 2*, são uma mostra perversa das deturpações a que chega a polícia quando se é leniente com a corrupção e a violência. No filme, a milícia instala-se em favelas que o Bope do tenente-coronel Nascimento liberou do tráfico, mas há aí certa simplificação ficcional. "Há vários modelos. Em alguns lugares, a milícia tomou o lugar do tráfico, como se vê no filme. Em outros, ela faz acordos com os traficantes", esclarece o antropólogo e especialista em segurança pública Luiz Eduardo Soares, coautor, ao lado de Cláudio Ferraz, André Batista e Rodrigo Pimentel, de *Elite da Tropa 2*. Entre os maiores interessados na moralização da polícia estão os próprios policiais. É uma questão básica de autoestima. Uma pesquisa encomendada por VEJA ao instituto Sensus e divulgada pela revista em dezembro de 2009 constatou que os policiais cariocas são os que mais percebem corrupção em seus quadros: 46% dos policiais militares veem muita corrupção na Polícia Civil, e 52% dos civis dizem o mesmo da PM. Os dados nacionais das polícias Civil e Militar são alarmantes: o porcentual dos que admitem a existência da corrupção se aproxima dos 90% em cinco capitais.

A ironia trágica é que os policiais, na linha de frente das conflagrações urbanas do Brasil, são vítimas preferenciais da violência. Em São Paulo, à medida que decresce a taxa de homicídios (a divulgada na semana retrasada, de 10,17 mortes intencionais para cada 100 000 habitantes, é a mais baixa em décadas), menos policiais também tombam em serviço. Passaram de 38 em 2006 para 22 em 2009. No Rio, onde as estatísticas acompanham a precariedade da segurança pública, pelo menos 89 policiais militares foram assassinados em serviço desde 2007. Em comparação, em Nova York, nos últimos cinco anos, apenas três foram mortos. Em Los Angeles, talvez a metrópole mais conflagrada dos Estados Unidos, um policial tombou em ação em 2006 e dois em 2008.

O aspecto simbólico desse descompasso está bem representado pela pompa dos serviços fúnebres dados aos policiais americanos — com autoridades a postos, corporação em traje de gala, parada nas ruas. E indenização, para a família, que pode chegar a 200 000 dólares. No Brasil, as viúvas de policiais assassinados têm em geral de brigar para receber uma pensão parca. Os dois *Tropa de Elite* apresentam um policial complicado, miserável em sua vida pessoal, que pratica indizíveis atos de violência. Mas, apesar disso — e da desilusão com que ele chega ao fim do segundo filme —, é um homem que se orgulha de sua farda. Esse é um aspecto fundamental para a autoestima da polícia — e também para a saúde da democracia brasileira: afinal, uma sociedade que não se reconhece minimamente em sua polícia evidencia um descrédito perigoso nas próprias instituições.

Entre os milhares de homens da lei já retratados pelos filmes e séries americanos, alguns, como Nascimento, se tornaram icônicos. Por exemplo, o policial que arrisca a vida pela honestidade em *Serpico,* de 1973, ou o Dirty Harry que Clint Eastwood começou a interpretar em 1971, irredutível na defesa dos direitos das vítimas e muito flexível no que toca aos direitos dos criminosos. Essas figuras chegaram à condição de ícones porque ecoam um anseio existente na realidade. E a realidade brasileira é complexa: as pessoas aplaudem Nascimento; e algumas delas, então, procuram cópias piratas de *Tropa de Elite* no camelô, pagam "uma cervejinha" ao guarda para que cancele uma multa, pedem ao fiscal que vistoria sua reforma que "dê um jeitinho" (e como é ofensivo o uso desse diminutivo pretensamente inocente). Para que Nascimento — ou melhor, uma versão civilizada dele — deixe de ser exceção e se torne regra, cada cidadão tem de deixar de abrir exceções para si e seguir também ele as regras. Da mesma maneira que o primeiro *Tropa de Elite* demonstrava que um cigarro de maconha aceso numa festa de classe média põe um fuzil nas mãos de um menino do morro, cada "cervejinha" torna mais distante o sonho de uma polícia civilizada. Esse é, talvez, o único aspecto em que *Tropa de Elite 2* desaponta: na invocação de uma ideia de "sistema", cuja engrenagem perversa seria tão carregada pela inércia da corrupção e da ineficiência que giraria sozinha, a despeito de tudo e todos. Mas não há "sistema": o que há é a soma das ações dos indivíduos.

José Padilha resiste a considerar o personagem de seus filmes um herói. "Ele tortura inocentes e mata pessoas que deveria prender. Não tem as virtudes morais que o senso comum exige de um herói", diz. Mas um herói — em particular, um herói de ficção — não precisa se apresentar como um ser humano exemplar, de moral irretocável. Ao considerar os heróis da tragédia clássica grega em sua *Poética,* o filósofo

Aristóteles dizia que os homens completamente virtuosos ou totalmente maus não servem para esse papel: a situação trágica por excelência, dizia ele, é a do homem de grande reputação, moderadamente virtuoso, que cai no infortúnio não por ser vil, mas "por força de algum erro". Resguardadas as diferenças entre um blockbuster brasileiro e o teatro grego, é cabível afirmar que o personagem vivido por Wagner Moura é uma figura dessa estirpe, vítima da arrogante ideia de que sua simples promoção a subsecretário de Segurança do Rio seria o bastante para limpar a criminalidade e a corrupção policial da cidade. O tenente-coronel Nascimento, em suma, é um herói da tragédia brasileira.

**Com reportagem de Ronaldo Soares e Sérgio Martins**

8 DE AGOSTO, 2012

# VINGANÇA – A EMOÇÃO PRIMORDIAL

Com seu enredo de retaliações desmedidas, *Avenida Brasil* faz o que só as grandes novelas do passado faziam: hipnotiza e, sobretudo, inquieta os espectadores de todo o país

**Marcelo Marthe**

**ADRIANA ESTEVES E DÉBORA FALABELLA** se preparavam para gravar a primeira cena da virada que se operou na novela *Avenida Brasil* nas duas últimas semanas. Ao lado da diretora Amora Mautner, as intérpretes da vilã Carminha e da cozinheira Nina debatiam que tom deveriam imprimir às suas respectivas personagens agora que começava a se consumar o plano de vingança da mocinha. A atmosfera era de ansiedade à beira da piscina da mansão do ex-jogador Tufão (Murilo Benício), item mais vistoso da cidade cenográfica que reproduz o fictício subúrbio do Divino na central de produção da Rede Globo no Rio de Janeiro, o Projac. De repente, uma abelha teimosa começou a rodear Adriana, até pousar em seus cabelos. A atriz saiu correndo, aos berros. "Carminha com medo de abelhinha? Fala sério", tripudiou a diretora. Nas semanas seguintes, porém, Carminha apresentou-se de fato como uma criatura frágil e cheia de medo, muito diversa da mulher arrogante e estridente que os telespectadores conheciam. Essa suavização de um caráter férreo de bruxa foi obra da chantagem de sua rival. Na teledramaturgia brasileira, nunca houve uma criatura tão obcecada por vingança quanto Nina — aliás, Rita. Para todos os efeitos heroína de *Avenida Brasil*, a personagem revelou-se de uma monstruosa criatividade para bolar as mais diversas humilhações à mulher que fizera sua infelicidade na infância. Tratou-a por "vaca" e "vadia", entre outros epítetos, fez com que ela lavasse roupa e esfregasse o chão e, suprema degradação, obrigou-a a comer o intragável macarrão com salsicha que Carminha adota como ração básica para os empregados da casa. Nina/Rita parece confirmar uma daquelas geniais tiradas misóginas do filósofo alemão Friedrich Nietzsche (1844-1900): "Na vingança e no amor, a mulher é mais bárbara que o homem". Fazer o personagem "do bem" cruzar de forma tão ostensiva a linha que separa a equilibrada justiça da mais bárbara vingança foi uma das ousadias do autor João Emanuel Carneiro. O público aprovou essa novidade perversa: no capítulo em que se concretizou a virada, exibido no dia 23 passado, *Avenida Brasil* alcançou 50 pontos no painel nacional do Ibope, o equivalente a mais de 46 milhões de espectadores sintonizados na novela — ou à marca impressionante de oito em cada dez lares que viam TV no horário. A via-crúcis de Carminha prosseguiu na semana passada, quando a novela atingiu seu recorde de audiência na principal praça do país para o mercado de TV, a Grande São Paulo, com 46 pontos.

Nos próximos dias, Nina chegará ainda mais baixo: fará uma armação para que Carminha venha a flagrá-la na cama com Max (Marcello Novaes), amante e parceiro de crimes da vilã. De tão perturbada, Carminha acabará internada numa casa de repouso. "Quando ela não aguentar mais ser tripudiada pela outra, vai pedir para sair de casa", antecipa o noveleiro João Emanuel Carneiro. A má índole da heroína não é a única inovação do autor: em *Avenida Brasil*, o subúrbio deixou de ser mero cenário lateral para impor-se pela primeira vez como o centro absoluto de um folhetim das 9 — sem que, com isso, os espectadores sentissem que sua inteligência foi subestimada, o que ocorre sempre que os autores se apoiam nos bares das Donas Juras e afins como chamarizes popularescos. O ritmo ágil, a fotografia bem cuidada, os figurinos notavelmente precisos: tudo aponta para um rejuvenescimento providencial de um gênero que se acomodara no marasmo. Por fim, há os méritos da história em si mesma. Valendo-se de um elenco de pouco mais de trinta personagens fixos, menos da metade do usual, Carneiro entrincheirou-se na principal atração do horário nobre munido de uma bala de ouro: um embate entre vilã e heroína baseado numa radical subversão de papéis. "Através da obsessão de Nina pela vingança, me interessa refletir sobre até que ponto vale a pena se corromper eticamente em nome de uma boa causa", afirma Carneiro.

Se a intenção do noveleiro era provocar um curto-circuito na cabeça da audiência, não há dúvida de que seu esforço está sendo recompensado. O comportamento torto de Nina desperta sentimentos contraditórios. "Ouço muitos elogios, mas também tomo lições de moral e xingamentos de velhinhas nas ruas", diz Débora Falabella. Marcello Novaes, intérprete do notório "pau-mandado" de Carminha, já colheu reações piores: "O público compreende as razões da vilania do Max e da Carminha, mas reclama que a Nina virou uma chata, que desiste até de seu grande amor porque está cega pela vingança". Logo depois da virada, a central de atendimento da Globo foi inundada por mensagens que elogiavam o destemor com que Nina passou a humilhar Carminha. Mas, à medida que o desatino da heroína ia escalando e ela mimetizava até os trejeitos da antiga algoz, o desconforto se tornou evidente. Nas redes sociais (que vêm fervilhando com a novela), eram as mulheres que mais se incomodavam com as atitudes da suposta heroína. Para elas, Nina teria ultrapassado o limite do tolerável — em especial quando, profanando um atributo caro ao orgulho feminino, ela passou a tesoura no megahair da inimiga.

Seria difícil para o espectador ficar indiferente ao comportamento ensandecido de Nina. *Avenida Brasil* explora um elemento perturbador, mas absolutamente incontornável na vida em sociedade: o desejo de vingança. Revidar à altura um ato lesivo é um impulso comum a várias espécies animais. Os psicólogos evolutivos aprenderam a pensar na vingança em termos quase matemáticos, empregando instrumentos que vêm da Teoria dos Jogos. No mundo duro da competição darwinista, a vingança é um modo de impor prejuízos àquele competidor que antes disso impôs prejuízos ao vingador. É um comportamento que faz sentido sobretudo para animais sociais, que não podem permitir que seus rivais os vejam como fracos. A vingança passa a mensagem inequívoca de que aquele indivíduo não aceita que tentem tirar vantagens dele — e tende a ser mais intensa quando outros indivíduos testemunharam a ofensa que a originou. No mundo (ou submundo) humano, é o que se vê na ação de gangues urbanas, agiotas e mafiosos. O "tubarão" que mata quem lhe deve dinheiro não o faz apenas para recuperar o que perdeu: mata acima de tudo para deixar claro à clientela que atrasos nos pagamentos não serão admitidos. Uma experiência conduzida em 2004 pela Universidade de Zurique, na Suíça, demonstrou que a vingança desencadeia um efeito concreto no organismo. Com o uso de exames de ressonância magnética, constatou-se que a satisfação desse desejo ativa a área do córtex relacionada à sensação de recompensa, aliás uma das regiões mais primitivas e ancestrais do cérebro humano. A euforia sádica estampada no rosto de Nina a cada tortura perpetrada contra Carminha, quem diria, tem lá sua razão biológica: assim como ocorre quando se ingerem doces, se faz sexo ou se usam drogas, a vingança provocaria uma descarga de um hormônio ligado ao bem-estar, a dopamina.

No convívio social, a função da vingança é ainda mais eloquente. Não se discute que a busca por reparação é um anseio legítimo. "A vingança é a justiça em estado bruto", resume o filósofo Denis Rosenfield, citando um conceito consagrado (a vingança é a "justiça selvagem", dizia o filósofo inglês Francis Bacon no século XVI). Desde que o mundo é mundo, a retaliação tem sido um regulador da conduta dos homens. Não há estímulo maior à violência do que a impunidade. "Toda vez que temos de arquivar um inquérito por falta de provas, ou que um criminoso nem sequer é identificado, a impunidade triunfa. Isso frustra as pessoas e só estimula o crime", diz o promotor Francisco Cembranelli, que acumula casos de grande repercussão em seus 24 anos de atuação, a exemplo do assassinato da menina Isabella Nardoni, em 2008, que levou à condenação de sua madrasta e seu pai. Os dilemas de uma autoridade investida do poder de acusador público, contudo, ilustram o equilíbrio necessário para purgar a potencial selvageria. "Compreendo a ansiedade do público de querer que a maldade seja vingada sem demora. Mas quem lida com casos que provocam tanto clamor tem de se apegar à lei e à análise fria dos fatos", afirma Cembranelli.

Tanto quanto a inexistência da retribuição, afinal, os excessos cometidos em nome dela exacerbam a barbárie. A mais antiga tentativa conhecida de equacionar a questão é a lei de talião. Descrita no chamado Código de Hamurabi, embrionária peça de direito oriunda da Babilônia e datada do ano 1780 a.C., a regra que preconiza o famoso "olho por olho, dente por dente" choca os cidadãos de hoje por sua crueza. Mas, ao estabelecer que o revide deveria ser proporcional à agressão, a lei de talião representou um avanço civilizatório. O surgimento da Justiça propriamente dita atendeu à necessidade de transferir a execução dos atos de vingança das mãos das vítimas para a esfera pública — evitando, assim, que a retaliação ficasse sujeita a critérios pessoais mesquinhos. O vingador individual com facilidade recai naquela falha que os gregos chamavam de húbris: o momento da desmedida, em que os excessos até daquele que busca justiça se convertem em uma nova (e talvez ainda mais profunda) injustiça. Todos os heróis da tragédia clássica grega, sejam ou não vingadores, têm seu momento de húbris — e nenhum encarna tão bem a falta de medida do vingador quanto Medeia, que mata os próprios filhos para vingar a traição do ex-marido Jasão.

Em uma novela que — como a anterior, *Fina Estampa* — dramatiza dificuldades e dilemas da ascensão social, era inevitável que a vingança embutisse elementos classistas. A retaliação de Nina contra Carminha não se esgota na expiação de seus traumas de infância: significa também a desforra das domésticas reprimidas contra as patroas abusivas. E que os moradores do Leblon durmam com outra causa barulhenta abraçada por *Avenida Brasil*: a vingança do subúrbio contra as décadas de monopólio da Zona Sul carioca como cenário das tramas contemporâneas da Globo. A parte abastada da cidade agora sobrevive apenas no fiapo mais tíbio da novela: o núcleo das três dondocas que se digladiam pelo cafajeste vivido por Alexandre Borges. Para conferir "verdade" aos encontros na casa do encantador novo-rico Tufão, a diretora Amora Mautner — inquieta filha do maluco tropicalista Jorge Mautner — recorre ao que batizou de "cama de sujeira": os diálogos são poluídos com frases criadas de improviso pelos atores na hora da gravação. "No subúrbio, as pessoas não conversam de modo comportado: elas falam umas por cima das outras. É uma acústica muito doida", diz a diretora, responsável também pela identidade visual desta que é a primeira novela das 9 gravada com padrão de fotografia de cinema. O "núcleo Tufão" tem inegável apelo cômico, mas seus personagens não são estereótipos humorísticos. "A gente imprime humanidade a essas caricaturas. Muito da personagem eu extraí de uma tia minha", diz Letícia Isnard, que interpreta Ivana, a irmã mal-amada de Tufão. A nota que destoa do alto-astral reinante é Jorginho, herói hesitante e melancólico vivido por Cauã Reymond. "O Jorginho é atormentado, coitado. Um sujeito chato pra caramba", reconhece o ator.

A novela incorre em um atrevimento inédito no campo da cenografia: o lixão. A Globo preocupava-se com a ideia de levar à casa das pessoas, e bem na hora do jantar, um ambiente sujo, sórdido e habitado por um canalha como Nilo, vivido por José de Abreu. "Havia um medo de botar no ar aquele sujeito fedido e, ainda por cima, explorador de criancinhas", diz Abreu, que está em um dos melhores desempenhos de sua carreira. Contra todas as expectativas, as crianças adoram sua estampa de vovozinho maluco. A barba e o cabelão ensebado, porém, causam contratempos domésticos ao ator. "Na cama, de noite, minha mulher ainda toma um susto sempre que encosta em mim", diz ele. O lixão da novela é tão impactante que se tornou destino concorrido dos tours de visitantes do Projac. Ao longo de dois meses, mais de 1500 caminhões de entulho foram despejados no local, com o cuidado de não misturar resíduos orgânicos. Os moradores da área até se assustaram, imaginando que seria um depósito de lixo de verdade. "Conseguimos fazer um lixão limpinho", diz José Luiz Villamarim, diretor da maioria das cenas ambientadas ali. Quem visita o lugar experimenta uma estranha dissonância sensorial: no lugar do fedor de chorume, sente-se o cheiro de pão que vem de uma fábrica nas proximidades.

Da parte do autor, talvez a grande sacada de *Avenida Brasil* seja o resgate — com o devido banho de modernidade — de expedientes engenhosos dos velhos folhetins. A virada de Nina no meio da trama, consumada no capítulo 103 de 179 previstos até outubro, retoma uma tática consagrada pela rainha do gênero nos anos 70 e 80, Janete Clair. Para gravar as cenas secretas da fase da vingança, a Globo montou uma operação de guerra no Projac. Com o fim de evitar que seu teor vazasse para a imprensa, só os atores que participam de cada uma delas e uns poucos técnicos privilegiados ganham a pulseirinha colorida que dá acesso ao estúdio — mediante ainda a assinatura de um protocolo de sigilo. Os atores que gravavam as sequências hilárias da família de Tufão na praia, em Cabo Frio, não tinham a mínima ideia dos babados que envolviam Nina e Carminha. "Não fomos convidados para essa festa vip", diz Eliane Giardini, a ruidosa Muricy.

A vingança, em *Avenida Brasil*, é assunto de mulheres. A atuação de Mel Maia, a garotinha que fez o papel de Nina (ou Rita) na infância, definiu o tom dramático da novela. Num futuro folhetim das 6, a atriz de 8 anos terá realce de protagonista, na pele de uma espécie de Pequena Buda. No set, ela só deu certo trabalho para chorar — problema que foi resolvido com alguma dose de coerção psicológica. "Minha tática para fazer a Melzinha abrir o berreiro foi dizer que ela nunca seria tão boa quanto outra atriz infantil de quem ela é fã", revela Amora Mautner. A personagem forte, porém, é Carminha, papel em que brilha Adriana Esteves. "A imagem de boa moça fez dela a escolha perfeita para uma vilã dissimulada", diz o diretor de núcleo Ricardo Waddington (surpreendentemente, porém, não foi ela a primeira opção para o papel). Nascida ela própria no subúrbio do Méier, na Zona Norte do Rio, Adriana é conhecida pela capacidade de "entrega", em sentido quase espírita, à personagem. Nas cenas em que estapeou Max, Adriana desceu o sarrafo — de verdade. "Eu ficava todo vermelho", conta Marcello Novaes. Na constelação das estrelas da Globo, Adriana nem ganha o salário de quem se impôs há pouco tempo como protagonista, como a colega Débora Falabella (80 000 reais mensais), nem está no púlpito ocupado por uma prata da casa absoluta como Gloria Pires (250 000 reais). Fica num belo meio-termo, na casa de 150 000 reais.

Depois de fazer Carminha sofrer, a mocinha interpretada por Débora não vai escapar de um inevitável processo de expiação. Pouco a pouco, o plano de vingança vai degringolar — e a vilã vai virar o jogo a seu favor. João Emanuel Carneiro adianta que Nina irá para a cadeia sob a acusação de ter tramado o falso sequestro de Carminha ocorrido tempos atrás (do que ela é inocente) e roubado o dinheiro do resgate (o que ela de fato fez). "Mais adiante, alguém vai ser assassinado. Todos serão suspeitos, inclusive a Nina", conta o autor (sabe-se que a vítima será Max). Ao que tudo indica, a obsessão vingativa de Nina está afetando outro lado da vida profissional da atriz. Ao contrário do usual para heroínas de novelas da Globo, ela não tem faturado com campanhas publicitárias. "Isso deve ter a ver, sim, com a personalidade da Nina", afirma Débora. *Avenida Brasil* mostra que quem se agarra à vingança de forma assim tão doentia corre o risco de comer um prato gelado. De macarrão com salsicha, quem sabe.

1º DE NOVEMBRO, 2006

# QUANDO O PARANOICO TEM RAZÃO

No livro do Nobel Orhan Pamuk, a política turca é uma sucessão de conspirações absurdas

**Jerônimo Teixeira**

**O MELANCÓLICO KA** é um exilado político que não se interessa por política. Poeta de alguma reputação nos restritos círculos de vanguarda de Istambul, ele teve seus dias de esquerdista na juventude, e por causa disso se viu forçado a fugir para a Alemanha. Depois de doze anos de uma vida solitária em Frankfurt, retorna à Turquia natal. Acaba se envolvendo com militantes islâmicos, militares golpistas, espiões da polícia secreta e até um suposto líder terrorista — quando tudo o que desejava era escrever seus poemas e namorar a bela Ipek. Há um paralelo interessante entre Ka, protagonista de *Neve* (tradução de Luciano Machado; Companhia das Letras; 488 páginas), romance recém-lançado no Brasil, e seu criador, o romancista turco Orhan Pamuk, de 54 anos, ganhador do Prêmio Nobel de Literatura deste ano. Pamuk tampouco é um "escritor político" — mas se viu no meio de uma absurda polêmica política ao ser processado por suas declarações sobre o genocídio de armênios promovido pelos otomanos na I Guerra Mundial, episódio que é tabu para os nacionalistas turcos. Mesmo *Neve*, considerado o mais político de seus livros, está a serviço não da opinião ideológica, mas da imaginação literária. "*Neve* é, ao mesmo tempo, um romance jornalístico e surrealista. É divertido escrever essas obras que misturam pesquisa e imaginação", disse Pamuk em entrevista a VEJA, por telefone, de Nova York, onde se encontrava na semana passada.

O anúncio de que Pamuk seria o primeiro turco a receber um Nobel gerou sentimentos ambivalentes entre seus compatriotas. Muitos comemoraram — o primeiro-ministro Recep Tayyip Erdogan, de um partido islâmico dito moderado, conclamou os turcos a "deixar a polêmica de lado" para congratular o escritor. Ultranacionalistas como o advogado Kemal Kerincsiz, que levantou as acusações contra Pamuk e outros escritores turcos, consideraram a premiação como uma espécie de insulto europeu à alma turca. Filho de uma família de classe média de Istambul — cidade onde reside ainda hoje e à qual dedicou um ensaio autobiográfico —, o escritor já estudou em universidades americanas e é um grande admirador de autores modernos como o italiano Italo Calvino e o argentino Jorge Luis Borges. Seus livros falam da Turquia (ou do Império Otomano em obras de fundo histórico como *Meu Nome É Vermelho* e *O Castelo Branco*), mas os puristas o veem como um autor "ocidentalizado".

A obra de Pamuk retrata a posição intermediária que a Turquia ocupa, geográfica e culturalmente, entre o Ocidente e o Oriente. Fundada em 1923 pelo general Mustafa Kemal, mais conhecido como Ataturk ("pai dos turcos"), a Turquia moderna nasceu como um Estado laico, no modelo europeu. Ataturk instaurou padrões ocidentais com mão de ferro: fechou escolas religiosas e proibiu os turbantes, entre outros itens do vestuário e da cultura do antigo Império Otomano. Essas imposições autoritárias geraram ressentimentos e controvérsias persistentes. O lenço que cobre o cabelo das muçulmanas, proibido em escolas e universidades, tornou-se um símbolo do "Islã político" (tema, aliás, central no enredo de *Neve*). Embora sempre seja citado como um grande exemplo de democracia muçulmana, o parlamentarismo turco tem passado por alguns percalços, com intervenções e golpes militares (o último foi nos anos 80). Regiões no sudeste do país sofrem com a guerrilha de separatistas curdos (e a resposta do governo não costuma ser gentil).

Os recentes processos criminais movidos contra escritores e jornalistas que se atrevem a mencionar o genocídio de armênios em 1915 arranham a imagem democrática do país. A Turquia, a rigor, ainda não existia nessa época. O massacre foi um dos atos finais do Império Otomano, que se esfacelou na I Guerra Mundial. Mesmo assim, esses crimes são uma mancha sobre a identidade nacional turca. Mais de quarenta autores estão sendo processados e ameaçados de prisão por comentar o assassinato de armênios ou por outras supostas ofensas à "identidade turca". Esse atentado oficial contra a liberdade de expressão tem prejudicado o esforço da Turquia para se integrar à União Europeia. As negociações para a entrada dos turcos na UE foram oficialmente abertas no fim de 2004, mas vêm andando muito lentamente. Para agravar a situação, a Turquia ainda tem impasses territoriais com a Grécia, Estado-membro da UE, em torno da Ilha de Chipre.

O leitor não precisa estar informado de nenhum desses impasses para se deleitar com *Neve*, romance que já entrou na lista de mais vendidos de VEJA. A obra é, sim, um retrato irônico do cipoal de facções políticas que dividem a Turquia contemporânea. Estão lá os fundamentalistas islâmicos, os nacionalistas radicais, os separatistas curdos. No centro desse drama político um tanto farsesco, porém, está Ka, um solipsista radical — o tipo de artista que os comunistas da velha-guarda costumavam chamar de "alienado". O poeta exilado retorna à Turquia para assistir ao enterro da mãe, em Istambul. Mas decide também viajar para Kars, na condição de repórter, a fim de cobrir as eleições municipais e investigar uma recente "epidemia" de suicídios entre jovens muçulmanas (cujos motivos, especula-se, estão ligados à proibição do lenço nas escolas). Ka não leva muito a sério suas atribuições jornalísticas: no fundo, ele só vai a Kars para reencontrar-se com Ipek, sua paixão da juventude.

Uma nevasca fecha as estradas de acesso à cidade. Aproveitando o isolamento, um delirante ator mambembe chamado Sunay Zaim, apoiado pelos militares, dá uma espécie de golpe municipal, supostamente para impedir que o candidato islâmico vença as eleições para prefeito. Ka torna-se uma peça-chave no meio das intrincadas conspirações que agitam Kars. Não por acaso, o apelido Ka (o nome é Kerim Alakusoglu, mas ninguém o chama assim) evoca os personagens dos pesadelos burocráticos de Franz Kafka. *Neve* também lembra o universo do americano Thomas Pynchon, com sua aflitiva sucessão de conspirações dentro de conspirações. "Eu gosto desses romances paranoicos, pois a política, na Turquia, é repleta de paranoia. Tudo o que eu preciso fazer para compor meus romances engraçados é copiar a realidade", diz Pamuk.

Cidade que já ocupou uma estratégica posição fronteiriça entre a Rússia e o Império Otomano, Kars parece congelada no tempo. A história transcorre nos anos 90, mas ainda há carroças nas ruas e as casas de chá onde se reúnem patéticos desempregados curdos exibem obsoletos televisores em preto e branco. Kars às vezes mostra uma inocente face familiar, com suas crianças brincando de trenó nas ruas — mas também pode assumir uma atmosfera opressiva e fantasmagórica (o genocídio promovido pelos otomanos é lembrado discretamente, na imagem das igrejas e casas armênias abandonadas). É um lugar improvável para quem busca Deus, a poesia, a felicidade. O ansioso Ka, no entanto, deseja todas essas dádivas — e até as encontra, só para perdê-las em seguida. A neve que dá título ao livro é uma metáfora magistral. Com seus flocos brancos e silenciosos, ela pode representar o amor puro que Ka deseja redescobrir ao lado da misteriosa Ipek. Quando a neve derrete, porém, só resta a lama da política.

22 DE ABRIL, 2015

# O TERROR DOS MODERADOS

Em *Submissão*, fantasia política de Michel Houellebecq, o islamismo domina a República francesa sem recorrer à jihad – graças à covardia de políticos e intelectuais

**Jerônimo Teixeira**

**NA SEMANA EM QUE** sua redação foi atacada por terroristas islâmicos e doze de seus jornalistas foram assassinados, o satírico *Charlie Hebdo* trazia na capa uma caricatura de Michel Houellebecq. O escritor francês estava então lançando *Submissão*, que agora chega ao Brasil (tradução de Rosa Freire D'Aguiar; Alfaguara; 256 páginas). O romance é uma brilhante, ainda que irregular, peça de ficção política, que imagina a França governada por um partido muçulmano em 2022. A coincidência dos eventos — atentado e lançamento do livro — convidaria a saudar a atualidade do romance e talvez até o dom de presciência do escritor. Não é o caso: quase nada se diz sobre o jihadismo em *Submissão*. Na especulação de Houellebecq, não são radicais de metralhadora que põem abaixo os fundamentos de uma república moldada no fogo e no sangue das revoluções. Quem afinal começa a trocar as leis laicas pela sharia — incluindo a legalização da poligamia e normas sobre o decoro das roupas femininas — é um político de fala mansa, Mohammed Ben Abbes, que vence as eleições presidenciais, com apoio de socialistas e conservadores, contra Marine Le Pen, da ultradireitista Frente

Nacional. Houellebecq, sempre provocador, parece sugerir que o perigo mais insidioso está entre aqueles muçulmanos que, nas semanas depois dos atentados, apareciam abraçando sinagogas e carregando cartazes de "Je suis Charlie". Em *Submissão*, é o islamismo dito "moderado" que vence, pelo cansaço, a democracia liberal.

Em 1998, quando lançou *Partículas Elementares*, o autor consagrou-se como o *enfant terrible* da literatura francesa, e tem feito por merecer o título mesmo agora que se aproxima dos provectos 60 anos. Mas que não se confunda sua permanente provocação com inconsequência ou leviandade: Houellebecq é um escritor sério, como sabem ser sérios só os grandes satiristas. Ainda que a histeria militante queira acusá-lo de "islamofobia", o fato é que o fuzil crítico de *Submissão* aponta não tanto para a religião islâmica, mas antes para a Europa em geral e para a França em particular. O argumento de fundo da narrativa é que o humanismo laico professado pelos meios intelectuais do Ocidente carece da convicção e da têmpera necessárias para sustentar seus valores e instituições.

Embora a narrativa acompanhe uma reviravolta no governo francês e faça com que várias figuras reais — François Hollande, Marine Le Pen, Nicolas Sarkozy — figurem nas proximidades do fictício Ben Abbes, o centro do romance não está nos gabinetes ministeriais, mas no mundo acadêmico. O protagonista é François, um professor universitário de literatura, especialista na obra de J.K. Huysmans (1848-1907), romancista francês que foi do naturalismo ao decadentismo e daí ao catolicismo. Como o Meursault de *O Estrangeiro*, de Albert Camus, François lá pelas tantas recebe a notícia da morte da mãe (e depois também do pai) com total indiferença. Não é propriamente cínico, mas desencantado, e seu desapego das paixões políticas faz dele um observador acurado das transformações da França. Descontado o artifício barato do agente dos serviços de inteligência que entra em cena só para explicar certas maquinações partidárias, Houellebecq conduz sua doida especulação político-cultural com mão ágil e hábil.

O momento crucial da história é o diálogo entre François e Robert Rediger, intelectual alçado ao posto de reitor (mais tarde, ministro) pela nova ordem. Rediger lembra o momento em que se converteu ao islamismo: foi em Bruxelas, quando fecharam o bar do Hotel Metrópole, cuja beleza art nouveau ele tanto admirava. "Nesse momento, compreendi: a Europa cometera suicídio", diz. François, em certa medida, compartilha dessa desilusão com um mundo — o nosso mundo — em que as coisas belas são desprezadas, as melhores instituições, desmanteladas, a mediocridade, premiada. Mas, por mais que o fascine a história da conversão de seu autor amado, Huysmans, a fé não está ao alcance de François. *Submissão* é um fruto tardio e melancólico de uma tradição francesa que remonta no mínimo até *Cândido*, de Voltaire: o romance de ideias. A ideia central aqui é que já não há, na França ou na Europa, nenhuma ideia que salve.

# MEMÓRIA

# A HISTÓRIA DO FUTURO

O que o mundo veio a ser na última década não teve melhor sinônimo do que Steve Jobs, cofundador da empresa que revolucionou alguns dos nossos hábitos mais elementares — ouvir música, conversar com os amigos, ler uma revista. A ele não se aplica a máxima do escritor francês Gustave Flaubert segundo a qual "nunca existiram grandes homens enquanto vivos. É a posteridade que os cria". Jobs representou o futuro no presente. Compreensível, portanto, que ele abra a série de textos a seguir, sobre mortos célebres homenageados por VEJA.

Se a política deve almejar o bem comum, como acreditava Aristóteles, pode-se também compreender por que esta seção abriga um único estadista, o sul-africano Nelson Mandela: não houve, naquele mesmo período, tantos políticos cuja vida tenha sido marcada, como a dele, pela adesão ao ensinamento do filósofo de Estagira.

Se a arte "é aquilo em que o mundo se transformará, não aquilo que o mundo é", conforme definiu o autor austríaco Karl Kraus, não surpreende que personalidades desse universo compareçam aqui em maior número, três no total: Michael Jackson, Liz Taylor e Gabriel García Márquez. A arte, como a história, é o presente do futuro.

12 DE OUTUBRO, 2011

# "QUERO DEIXAR UMA MARCA NO UNIVERSO"

As criações de Steve Jobs tornaram o nosso cotidiano mais agradável, bonito e eficiente – o Mac, o iPod, o iPhone e o iPad espalharam-se pelo mundo com a força de um renascimento cultural. Eles são fruto do poder criativo do fundador da Apple, morto de câncer no pâncreas, aos 56 anos

**Fábio Altman**

**CENTRALIZADOR MANÍACO,** totalitário e explosivo, exigia que os produtos da Apple tivessem leveza, simplicidade, funcionalidade e fossem, a começar pela embalagem, a fonte de uma experiência quase zen para seus usuários. Desapegado do dinheiro, andava em trajes despojados — calça jeans, tênis e camiseta preta —, mas triturou os executivos de terno e gravata da sua concorrente mais constante, a Microsoft, de Bill Gates. No começo do ano 2000, com o valor de uma ação da Microsoft podiam-se comprar duas ações da Apple. Onze anos depois, a Microsoft valia apenas 7% da Apple, que vem se alternando com a Exxon no posto de empresa mais valiosa do mundo. Jobs tem a estatura de Henry Ford e Thomas Edison quando se analisa seu impacto na criação da civilização tecnológica contemporânea. Será lembrado e até reverenciado daqui a 100 anos.

Sem Albert Einstein, a física teria deduzido a teoria da relatividade cinquenta anos mais tarde — e não em 1905. Sem Steve Jobs, estaríamos usando computadores e ouvindo músicas em artefatos portáteis, mas, sem dúvida, eles seriam piores, maiores, mais caros e mais toscos. Certa vez lhe perguntaram que sensação experimentava alguém acostumado com os aparelhos tradicionais ao usar um Apple. Jobs respondeu: "A mesma de alguém no inferno que ganha um copo de água gelada". Assim era Steve Jobs, o menino adotado que fugiu da faculdade, abriu uma fabriqueta de computadores na garagem de sua casa na Califórnia e que, ao morrer, havia revolucionado a indústria de computadores pessoais, os filmes de animação, o mundo da música, dos telefones celulares e, com o iPad, a imprensa.

"#Requiescat in pace Steve Jobs", "#RIP Steve Jobs", "#descanse em paz, Steve Jobs". Tão logo foi anunciada a morte do gênio criativo da Apple, às 17 horas de quarta-feira, 5 de outubro, uma avalanche de pequenas frases elegíacas varreu como um tsunami as redes sociais. Na primeira hora foram 10 000 mensagens no Twitter a cada segundo — o recorde anterior (8 868 frases de até 140 caracteres por segundo) ocorrera em agosto, quando a cantora Beyoncé anunciou que estava grávida numa entrega de prêmios da MTV, ao vivo. O fundador do Facebook, Mark Zuckerberg, também reagiu rapidamente e escreveu em seu mural na página eletrônica: "Steve, obrigado por ter sido um mentor e um amigo. Obrigado por ter mostrado que tudo o que você construiu podia mudar o mundo. Sentirei sua falta". Em duas horas, 145 000 pessoas tinham "curtido" a mensagem. Coube ao presidente Barack Obama resumir a extraordinária comoção, e o que há de inédito nela, em um texto divulgado pela Casa Branca e depois espalhado nas redes: "Não pode haver maior tributo ao sucesso de Steve que o fato de que boa parte do mundo soube de sua morte através de um dos vários dispositivos que ele inventou".

iPhones, iPads e iPod Touchs, além de espalharem a má notícia, serviram como velas eletrônicas em improvisadas cerimônias de homenagem a Jobs. Lojas da Apple viraram velórios quase iconoclastas — sem pranto e sem fio, numa celebração que tem a cara de nosso tempo, esse tempo, a passagem do século XX para o XXI, que Steve Jobs inventou. Desde o Apple II, de 1977 — o DNA ancestral de todos os computadores pessoais —, e o Macintosh, de 1984, ícones de sua primeira temporada na Apple, e depois com o iPod, o iPhone, o iPad, que nos permitiram pôr a vida inteira na palma da mão, Jobs moldou as sociedades urbanas de todo o planeta. "Ele criou não apenas produtos que deram prazer aos consumidores e enriqueceram sua empresa", diz Alan Deutschman, autor de *A Segunda Vinda de Steve Jobs*. "Ele ergueu ou reergueu indústrias inteiras. A computação pessoal, o negócio da música, a editoração eletrônica, Hollywood, tudo foi transformado radicalmente por Steve Jobs."

Para usar uma frase já em desuso, cunhada pelo filósofo canadense Marshall McLuhan no fim dos anos 1960, Jobs provou que "o meio é a mensagem". Associou a computação pessoal à diversão e à portabilidade, e elevou de tal forma o padrão de exigência dos consumidores que a concorrência mal consegue imitar. Jobs não era excepcionalmente inteligente, mas era gênio, antena da raça, experimentador de sensações (usou LSD na juventude e peregrinou pela Índia). Era instintivo e, certa vez, explicou assim sua filosofia de trabalho: "Quando você faz em frações de segundo o que os outros levariam horas para fazer, tudo parece mágica". Esse é o ponto. As visões de Jobs pareciam brotar do éter e suas intuições vinham como que sopradas pelo vento.

Na vida pessoal cometeu alguns indesculpáveis erros humanos — entre eles o reconhecimento tardio da filha que teve com uma namorada quando tinha 23 anos. Sonhou em deixar uma marca no universo — e conseguiu. Morreu como um ídolo pop, o que é extraordinário para o dono de uma empresa que vendia produtos caros, ainda que quase mágicos e esteticamente próximos da perfeição. "Foi parecido com a morte de John Lennon", disse Steve Wozniak, parceiro dos primeiros tempos na Apple. O legado de Jobs é imenso e incontornável. Foi-se um Leonardo da Vinci da era digital, mas suas ideias e sua sabedoria ficam. Elas podem ser resumidas, em um exercício de simplicidade que era caro a Jobs, por uma de suas frases no magnífico discurso feito em 2005 para uma turma de formandos da Universidade Stanford. Disse ele: "Tenha coragem de seguir o seu coração e a sua intuição. Eles, de algum modo, já sabem o que você realmente quer ser". Jobs, de algum modo, sabia o que as pessoas queriam ter antes mesmo que elas se dessem conta do desejo de consumo.

11 DE DEZEMBRO, 2013

# MANDELA – O HERÓI INCOMUM

O líder sul-africano, morto aos 95 anos, resistiu à tentação de se perpetuar no poder e deixou um legado político conciliador. Foi o último grande homem do século XX

**Tatiana Gianini**

**O MOMENTO ÉPICO** durou dois minutos, mas vai ressoar pela eternidade. Pouco antes da final da Copa do Mundo em Johannesburgo, na África do Sul, em julho de 2010, Nelson Mandela desfilou no estádio Soccer City sentado em um carrinho de golfe. Vestindo um gorro de pele escuro e luvas, ele acenava para 85 000 torcedores em delírio. Foi reverenciado ao som das vuvuzelas e a gritos de "Madiba", o apelido que remete ao nome de seu clã. Aquele foi o último evento público do qual participou, já com a saúde fragilizada pela idade. Desde que contraiu tuberculose na prisão, Mandela sofria com a deterioração dos seus pulmões. Ele adoecera no regime de trabalhos forçados a que era submetido nas pedreiras da Ilha Robben — onde funcionava o primeiro dos três presídios nos quais permaneceu encarcerado durante 27 anos por tentar derrubar o apartheid, o governo racista que prevaleceu na África do Sul entre 1948 e 1994. Na quinta-feira passada, dia 5 de dezembro, aos 95 anos, ele não resistiu a uma infecção pulmonar e morreu em sua casa, em Johannesburgo, onde era mantido vivo com a ajuda de aparelhos havia três meses. Seu legado histórico e seus ideais não precisarão de nenhum incentivo para perdurar no tempo. Mesmo antes de se retirar da vida pública, Mandela personificou a identidade da nação, mas, em vez de assumir-se como um mito, expunha os próprios erros. Não era pacifista, mas buscava a paz. Abominava o regime de segregação, mas não guardou rancor de seus representantes. Ascendeu à Presidência nos braços da maioria, mas não se aproveitou dela para se eternizar no poder. Foi assim, desafiando a lógica dos instintos políticos, que ele se tornou o último herói de inspiração global do século XX. Um herói incomum.

Com o humor autodepreciativo que lhe era peculiar, Mandela costumava contar um episódio real de sua vida que ajuda a explicar como um homem que passara quase três décadas encarcerado conseguiu, ainda na prisão, assumir o protagonismo no desmonte de um regime opressor. Em 1994, quatro anos depois de ser libertado e pouco antes de ser eleito presidente da África do Sul, Mandela estava em uma viagem particular às Bahamas quando foi abordado por um casal de turistas. O homem lhe perguntou: "O senhor não é Nelson Mandela?". "Não, sempre me confundem com esse sujeito", respondeu o próprio. A mulher não se conformou e soltou esta: "Por que o senhor é famoso, mesmo?". No auge de sua fama, Mandela atraía admiração mundial, mas poucos fora da África do Sul sabiam exatamente quem ele era e o que havia feito. No máximo, tinha-se uma noção de que representava a luta de um povo por justiça. Essa percepção vaga bastou para que, nos anos 80, milhões de pessoas aderissem a uma campanha internacional para libertá-lo da prisão, que incluiu de shows de rock a pressões diplomáticas. Não se sabia sequer como ele era, pois desde 1964 não se divulgavam novas fotos do prisioneiro-celebridade, que não recebeu indulto temporário nem para ir ao enterro de um de seus filhos e de sua mãe.

As expectativas sobre o papel que viria a desempenhar quando fosse libertado eram tão altas que, para os mais céticos, só podiam resultar em decepção. Isso não ocorreu. Mandela era um revolucionário quando entrou na prisão, e saiu de lá um estadista disposto a negociar com o inimigo a construção de um país mais justo. O seu carisma cresceu. Com 1,83 metro de altura, 15 centímetros a mais do que a média dos homens sul-africanos, ele se destacava fisicamente, e também por ser atencioso com todos, brancos ou negros, e por outros gestos simples mas genuínos. Na Presidência, por exemplo, Mandela fazia questão de arrumar a própria cama. O mais importante, porém, foi ter sido fiel à noção, presente em seus escritos desde cedo, de que a cor da pele é um péssimo parâmetro para políticas de Estado. Considerando quanto a maioria negra e ele próprio sofreram com a segregação oficial, teria sido fácil cair na tentação de inverter o sinal da tirania.

O apartheid começou a ser instalado na África do Sul em 1948, pelo Partido Nacional. "Muitos dos seus líderes foram influenciados pela ideologia nazista", diz o historiador americano Thomas McClendon, da Universidade Southwestern, no Texas. A ideia de superioridade branca estava intrinsecamente relacionada à história dos africâneres, descendentes dos holandeses que chegaram ao país no século XVII e lutaram pela sua independência combatendo os ingleses. Entre eles se havia disseminado a crença de que eram os escolhidos por Deus e, portanto, superiores a outras "raças". Ao todo, o Partido Nacional criou 148 leis para restringir os direitos dos negros. A proibição de casamentos inter-raciais entrou em vigor em 1949. Em 1953, foi instituída a segregação em lugares e serviços públicos. Os negros, que representavam 80% da população, revoltaram-se contra as imposições e foram reprimidos. Em 21 de março de 1960, a polícia sul-africana abriu fogo contra um protesto pacífico na cidade de Sharpeville, deixando 69 mortos, entre os quais mais de quarenta mulheres e crianças, e 180 feridos. O episódio convenceu vários líderes negros — entre eles Mandela, então um advogado que militava no Congresso Nacional Africano (CNA) — de que a resistência civil não levaria o governo a negociar.

Mandela e outros concluíram que a solução só poderia ser alcançada sob a coerção dos fuzis. Mesmo antes disso, ele demonstrava admiração por revolucionários socialistas históricos, mas apenas por representarem a luta por uma transformação da sociedade, não pelo desejo de construir um Estado proletário. Como o próprio Mandela explicou anos depois, o que ele almejava mesmo para o seu país era uma "democracia burguesa". A aproximação do CNA com os comunistas no início da década de 60, portanto, era meramente estratégica. Em 1962, Mandela viajou a Adis-Abeba, na Etiópia, para obter treinamento de guerrilha para o Umkhonto we Sizwe ("Lança da Nação"), ou MK, o braço militar do CNA que ele próprio idealizou e presidia. Entre 1961 e 1963, o MK foi responsável por 134 ações violentas. Em 1983, quando Mandela completava 21 anos na cadeia, os membros de sua milícia detonaram um carro com 40 quilos de explosivos em frente à sede administrativa da Força Aérea Sul-Africana, na Church Street, em Pretória. Dezenove pessoas morreram e mais de 200 ficaram feridas. Até a libertação de Mandela, em 1990, 63 pessoas morreram pelas mãos do MK, na maioria civis. Mandela nunca se arrependeu de ter apoiado a luta armada, e mesmo após sua libertação só se comprometeu a interrompê-la quando a realização de eleições democráticas estava garantida. Para ele, não fosse isso o governo nunca se veria forçado a reconhecer o direito político dos negros. O fato é que o apartheid desmoronou mais por fatores externos e econômicos do que pela ação direta de grupos armados. A pressão internacional pelo fim da segregação era intensa, com as grandes potências aprovando sanções comerciais contra a África do Sul. A derrocada de tiranias contaminava o espírito da época — o Muro de Berlim caíra meses antes da libertação de Mandela. O investimento estrangeiro despencou e os empresários locais começaram a perceber que a situação do país se tornara inviável. O governo passou a temer a reação nacional e internacional caso Mandela morresse no cárcere e decidiu transferi-lo para presídios cada vez menos insalubres. No último deles, o colchão em que dormia era mais confortável do que o de seus filhos e de sua mulher, Winnie, em sua casa no bairro de Soweto. O desmonte institucional do apartheid coube ao presidente Frederik Willem de Klerk, um político do Partido Nacional que, nos seus tempos de ministro da Educação, havia defendido a existência de universidades exclusivas para brancos. De uma tacada e sem consultar o próprio partido, em um pronunciamento na TV, De Klerk tirou o CNA e outros grupos políticos da clandestinidade, aboliu leis racistas e anunciou a libertação de Mandela. Nos dois anos que se seguiram, De Klerk e Mandela comandaram tensas negociações para a formulação de uma nova Constituição e para a convocação de eleições, ao mesmo tempo que tentavam conter os confrontos entre diferentes facções da população negra e a ação de radicais brancos.

Eleito presidente em 1994, Mandela teve como seu maior feito a consolidação da recém-conquistada democracia, afastando o sentimento de revanche entre brancos e negros, quando a regra na África era que os heróis nacionais de ontem se tornariam os tiranos de amanhã. Em 1995, seu governo estabeleceu a Comissão de Verdade e Reconciliação, para analisar as violações de direitos humanos cometidas durante o apartheid. Ao contrário de outras comissões que dizem se inspirar nela, como a brasileira Comissão Nacional da Verdade, a sul-africana não serviu para apontar os crimes cometidos por apenas um lado. Foram esclarecidos desde episódios de violência cometidos pelos agentes do apartheid até a atuação da mulher do presidente, Winnie, no período em que Mandela esteve preso. Os integrantes do Clube de Futebol Mandela, fundado por ela, cometeram diversos assaltos, sequestros e assassinatos entre agosto de 1988 e fevereiro de 1989. Na comissão, as vítimas e os algozes de ambos os lados deram seus depoimentos em público, às vezes na televisão. Alguns se desfaziam em prantos e deixavam todos os demais em lágrimas. O objetivo era expor a dor causada e buscar uma reparação, sem revanchismos. A capacidade de virar a página da história e de mirar no futuro, com os pés firmemente fincados na realidade presente, é um dos principais legados de Mandela.

O pai da democracia sul-africana falhou em transmitir plenamente seus ideais aos herdeiros políticos e aos familiares mais próximos. O seu partido, o CNA, está no quinto mandato presidencial consecutivo, apesar da alta criminalidade e dos escândalos de corrupção, e se esmera por consolidar sua hegemonia. Nos últimos anos, os filhos e netos de Mandela se dedicaram mais a explorar comercialmente o seu nome e a brigar pela administração dos seus bens do que a propagar os seus ideais. O neto mais velho, Mandla, chegou a ponto de transferir de Qunu para sua aldeia, Mvezo, os corpos de três filhos do avô, na esperança de que ele decidisse ser enterrado lá. Por ordem judicial, os restos mortais foram devolvidos aos seus túmulos originais, e é em Qunu, onde passou a maior parte da infância, que Mandela também terá o seu jazigo — como, aliás, sempre foi o seu desejo.

**Com reportagem de Tamara Fisch**

1º DE JULHO, 2009

# UMA LENDA ENVOLTA EM MISTÉRIO, DENTRO DE UM ENIGMA

**Sérgio Martins**

**A MÚSICA POPULAR AMERICANA** deu origem a três ídolos incontestáveis no século passado. Frank Sinatra foi... Frank Sinatra. Elvis Presley foi a cintura e o topete do rock. Michael Jackson, o terceiro, inventou a música pop — e não há exagero nessa afirmação. Ele derrubou uma das últimas barreiras que restavam entre brancos e negros nos Estados Unidos, desde o movimento dos direitos civis nos anos 60. Em vez de música para brancos e música para negros, agora havia sua fusão revolucionária de duas tradições. Jackson elevou formas de dança das ruas à categoria de arte. Assombrou com seu estilo extravagante de se vestir, que definia, afinal, o que é um ícone pop: alguém que vive em um mundo em que as únicas regras a seguir são as próprias regras. Vendeu 750 milhões de discos, 100 milhões deles de *Thriller*, o álbum de maior sucesso da história da discografia mundial. Na quinta-feira 25 de junho, Michael Jackson morreu, aos 50 anos, depois que seu médico e os paramédicos de Los Angeles falharam em ressuscitá-lo de uma parada cardíaca. Estava longe dos palcos havia anos. Era visto como a personificação das deformações que a fama é capaz de imprimir, até mesmo fisicamente, em quem vive dela. Numa paráfrase da frase célebre de Winston Churchill, Jackson continuará sendo uma lenda envolta em mistério, dentro de um enigma. No momento de sua morte, contudo, voltou a ser o que foi na maior parte da vida: um ícone.

O cantor foi socorrido na mansão alugada onde vivia em Los Angeles por volta das 12h20. Jackson havia recebido os primeiros cuidados de seu médico particular, Conrad Murray (figura que logo se tornou uma incógnita: ele teve seu carro apreendido pela polícia, que queria interrogá-lo mas não o encontrava; em seguida, veio à tona que onze dias atrás o médico havia anunciado seu desligamento da profissão). Paramédicos o encontraram sem respiração e sem pulso. Levaram-no, em estado de coma, para o hospital da Universidade da Califórnia, a poucas quadras. Mal haviam chegado e a notícia de sua morte iminente — finalmente declarada às 14h26 — já causava comoção global. O tráfego do serviço de microblogs Twitter dobrou. O Google entrou em pane, tantas as buscas. O serviço de mensagens instantâneas da AOL também sofreu um colapso nos Estados Unidos. O iTunes e a Amazon, as maiores lojas virtuais de música do mundo, registraram um aumento extraordinário nas vendas de discos e canções de Jackson. No caso da Amazon, o volume de vendas cresceu incríveis 700 vezes.

A causa exata da morte só deverá ser conhecida em quatro a seis semanas, quando serão divulgados os resultados de sua autópsia. Mas informações vindas de parentes e amigos do cantor sugerem que Jackson vinha abusando de analgésicos potentes. Segundo aventou na sexta-feira o canal de fofocas TMZ, entre eles estaria o demerol, um opiáceo sintético de ação similar à da morfina. Jackson teria tomado uma injeção poucas horas antes da parada cardíaca. Na classe dos opiáceos, só a heroína causa mais dependência que a meperidina, como é chamado o princípio ativo do demerol. Nas primeiras doses, o efeito dura de seis a oito horas. "Se ele for consumido todos os dias, bastam duas semanas para o efeito do medicamento durar a metade disso", diz Irimar de Paula Posso, anestesiologista do Hospital das Clínicas de São Paulo. A parada respiratória ocorre porque o medicamento diminui a sensibilidade das células do sistema nervoso central que regulam a respiração — a qual vai diminuindo, até causar sonolência. A falta de oxigênio, então, pode culminar em colapso do coração. O cantor começou a usar remédios para a dor em meados dos anos 80. Desde então, teria se tornado dependente deles. Nos últimos tempos, Jackson os estaria tomando em razão de uma lesão numa vértebra e de dores nas pernas produzidas pelo excesso de ensaios: depois de vários anos sem fazer shows e da longa reclusão que se impôs desde que foi absolvido da acusação de abuso sexual de um garoto, em 2005, o cantor estava prestes a retornar ao palco. No próximo dia 13, daria início a uma temporada de cinquenta apresentações em Londres.

No início da década de 80, momento de explosão de Jackson, nem nos confins do planeta se encontraria um adolescente que não tivesse se arriscado a imitar o quase impossível *moonwalk*, a dança que ele inventou ao fundir a suavidade dos passos de Fred Astaire à agressividade dos dançarinos de break, ou suas coreografias sensacionais, profundamente estilizadas — como aquela mão na virilha que era, ao mesmo tempo, erótica e uma paródia do erotismo. Hoje, não se encontra em lugar nenhum artista pop que não dance no palco à maneira de Jackson: como uma declaração criativa que avança por territórios e sentidos aos quais a letra e a melodia não chegam. Mas essa foi apenas uma das revoluções de Jackson.

As imagens de *Thriller*, catorze minutos que sempre pareciam curtos demais, cravaram o videoclipe como a forma essencial de veicular uma música e ajudaram a tornar a MTV uma força decisiva entre o público jovem. E o público jovem (com a ajuda decisiva de Walter Yetnikoff, então presidente da CBS, que ameaçou tirar todos os artistas da companhia da MTV caso ela não exibisse *Thriller)* obrigou a emissora, que antes torcia o nariz para artistas de música negra, a abrir sua programação para eles. Hoje, o rap e o rhythm'n'blues (R&B) são os estilos hegemônicos na emissora.

Jackson desenhou ainda o mapa de comportamento do ícone pop para as décadas seguintes: o artista inacessível que, com suas esquisitices e demandas, causa frenesi entre os paparazzi, aumenta a circulação dos tabloides e leva seus assessores e contratantes à loucura. Pop star que se preze, hoje — e a lista vai de astros "normais" como Madonna, Justin Timberlake e Mary J. Blige a "excêntricos" do quilate de Mariah Carey e Britney Spears —, reza pela cartilha escrita por Jackson. Em uma reflexão que só pode ser feita *a posteriori*, Jackson foi ainda um exemplo definitivo do soft power, ou a tração que um país exerce por meio de conceitos e ideias. Na primeira parte da década de 80, a economia americana estava às voltas com um dado novo e desconcertante: a ascensão esmagadora do Japão como potência industrial — e dono de uma indústria não mais imitadora, como antes, mas criadora. A Sony japonesa lançou, nesse período, um ícone cultural tão poderoso quanto o próprio *Thriller:* o walkman, acessório que inaugurou a era da portabilidade da música. Mas os Estados Unidos, se não inventaram o aparelho, tinham a música que se ouvia nele — a de Michael Jackson.

E aí, claro, está a questão crucial para entender Jackson ou qualquer outro artista capaz de alcançar a longevidade na carreira: a música, o epicentro do qual irradiam todos esses tremores culturais e comportamentais. Em razão do aparato industrial e mercadológico que cerca os pop stars, é comum que se pinte com tintas ideológicas a sua existência, acusando-os de serem fabricações. Alguns o são. Outros trazem para o cenário artístico um talento verdadeiro e uma capacidade real de inovação. Descartar Madonna ou Justin Timberlake como "produtos" é só uma forma de não compreendê-los, nem ao mundo em que vivemos; categorizar Jackson como uma fabricação seria um equívoco ainda mais completo.

Ele de fato criou o pop. Até a década de 70, a música jovem se dividia em dois nichos distintos. Havia o rock e suas variações, consumidos principalmente por adolescentes brancos e de classe média. E havia a música negra — soul, funk, disco, rhythm'n'blues —, que era ouvida por negros. Jackson quebrou essa barreira em álbuns como *Off the Wall*, de 1979, e *Thriller*, de 1982, e borrou para sempre a linha que separava os dois universos. Nesses discos, o cantor talhou as linhas de baixo e bateria na medida para as pistas de dança; mas associou-as à vibração característica do rock'n'roll. Até mesmo as origens de um fenômeno social notável entre os jovens americanos, o dos adolescentes brancos que querem falar, dançar e agir como negros, podem ser traçadas diretamente à sua influência.

Descontado Stevie Wonder, que lançou o primeiro disco aos 12 anos, mas cujo apelo nunca residiu no magnetismo ou na dança, Michael Jackson foi o primeiro grande ídolo mirim da música. Nascido em 29 de agosto de 1958 em Gary, no Estado de Indiana, desde cedo ele mostrou talento para o canto e a dança. Seu pai, Joseph, que havia tentado a carreira num grupo de rhythm'n'blues, percebeu logo o talento de Michael, bem como de seus outros filhos. Transformou-os no Jackson Five, que ensaiava exaustivamente. Em 1968, o grupo foi contratado pela gravadora Motown, a referência mítica da música negra. A audição do Jackson Five para Berry Gordy Jr., fundador e presidente da Motown, deixa claro que a estrela ali era Michael. No vídeo remanescente do teste, ele canta *I Got the Feelin'*, de James Brown, e encarna todos os trejeitos do astro do funk — mas com graça própria.

Ao se lançar como artista-solo, em 1971, Jackson já havia aprendido muito sobre composição e produção musical. Teve a sagacidade de, pouco depois, aliar-se ao produtor Quincy Jones, que havia feito carreira no mundo do jazz. Eles colaboraram nos álbuns *Off the Wall*, *Thriller* e *Bad*. Jackson não era ainda o recluso das últimas décadas, mas um artista curioso e vivo. Muitos dos ritmos presentes nesses trabalhos nasceram de suas idas às discotecas, e suas letras vinham repletas das angústias de um rapaz da sua idade. Até 1996, ano em que foi ao Morro Dona Marta, no Rio de Janeiro, e ao Pelourinho, em Salvador, para gravar o clipe de *They Don't Care about Us*, Jackson ainda vivia no mundo real. Cada vez mais, porém, ia sendo dominado pelo lado obscuramente infantilizado de sua personalidade, que o levaria, a certa altura, a se isolar em sua bizarra propriedade de Neverland — ou Terra do Nunca, em referência ao lugar em que vivia Peter Pan, o garoto que não queria crescer. Esse Jackson aberrante e patético encobriu o totem da revolução pop. Mas, com a sua morte, ele renasceu.

30 DE MARÇO, 2011

# A ESTRELA ARDENTE

Nenhuma outra mulher emitiu brilho mais intenso e genuíno no firmamento artificial que é Hollywood do que Elizabeth Taylor

**Isabela Boscov**

**É DIFÍCIL SABER** pelo que Elizabeth Taylor foi mais famosa. Se pelos olhos amendoados que, em seu violeta intenso, eram o destaque de uma beleza arrebatadora. Se pela doçura que fez dela a maior estrela infantil da década de 40, ou se pela sensualidade explosiva que, adulta, procurou mais e mais em seus papéis. Se pelos excessos da sua era balzaquiana e pelas excentricidades da maturidade, ou se pelos inacreditáveis oito casamentos — em particular os dois com Richard Burton, que entre os anos 60 e 70 garantiram fofoca em fartura aos interessados nessa atividade. Bem mais fácil é enumerar as coisas de que ninguém poderia acusar Elizabeth Taylor: comedimento, insipidez, reserva, fraqueza, frieza, inapetência, insinceridade. Nas palavras de Joseph L. Manckiewicz, que a dirigiu em *Cleópatra,* Liz vivia a vida como se esta fosse um filme. Morta na quarta-feira 23 de março, de insuficiência cardíaca, aos 79 anos, em Los Angeles, Liz foi a maior estrela de Hollywood. E o foi de um jeito que hoje, na era das celebridades, já não se pode mais ser — a um só tempo onipresente e inatingível, motivo de escândalo e inspiradora de novos comportamentos. Foi pioneira em viver em público uma vida amorosa tórrida, quando às mulheres cabia ocultar as idas e vindas intempestivas do desejo. Foi a primeira mulher a abraçar a condição de ícone gay. Foi uma atriz corajosa, disposta a, em pleno auge, se mostrar gorda e vulgar como uma esposa cujo casamento está ruindo, em *Quem Tem Medo de Virginia Woolf?* (de 1966, seu segundo Oscar; o primeiro viera seis anos antes, por *Disque Butterfield 8*). Foi das primeiras a admitir a luta com o álcool e os medicamentos e internar-se em clínicas de reabilitação — e também a se lançar de corpo e alma na benemerência. Depois da morte do amicíssimo Rock Hudson em decorrência de aids, levantou mais de 100 milhões de dólares para a pesquisa da doença; e, entre outras façanhas, vendeu um diamante de extraordinário valor material e afetivo para construir um hospital em Botsuana — país em que, numa cabana em uma aldeia, se casara pela segunda vez com Burton, em 1975. Passional, hiperbólica e entregue, Liz emitiu brilho genuíno no firmamento artificial que é Hollywood.

Nascida em Londres, de pais americanos — ele, marchand, e ela, ex-atriz —, Liz foi desde cedo induzida pela mãe a uma carreira artística. Fez seu primeiro trabalho aos 4 anos e estourou aos 12, em *A Mocidade É Assim Mesmo*. A família, então, mudou-se para Los Angeles, para que ela pudesse progredir. E como Liz progrediu. Aos 14 anos, era já a maior estrela infantil da MGM, o estúdio líder do período. A adolescência tal como é conhecida hoje, como uma fase de rebeldia, só seria inventada anos mais tarde, com o advento de James Dean e Elvis Presley. De onde Liz não viveu a sua: graduou-se de atriz mirim a menina-moça, como se diria então, e daí para jovem estrela, recatada e romântica como se exigia. Algo diferente, porém, já se anunciava: aos 18 anos, quando Manckiewicz a viu pela primeira vez e se sentiu transportado pela visão, ela não só mostrava beleza e aquele seu acompanhamento mais raro, a formosura, como exercia também uma espécie de atração gravitacional.

Essa Liz tão composta não tardaria a se revelar uma mulher de vontade. Em 1958, quando, recém-viúva, ela passou do caso ao casamento com o cantor Eddie Fisher, marido de sua amiga Debbie Reynolds, o público começou a perceber que Liz não era de tatear. Quando bebia, bebia mesmo, e compartilhou porres homéricos com Burton. Quando ganhava joias, elas não eram apenas vistosas; eram históricas — como o diamante Cartier, de 69,42 quilates, e o diamante Krupp, de 33,19 quilates. "Não dá para chorar no ombro de um diamante, e diamantes não vão aquecê-la à noite — mas não há nada mais divertido do que eles quando o sol está brilhando", disse. (Ambas as pedras lhe foram presenteadas por Burton, com quem ela começou um romance sísmico em 1962, nas filmagens de *Cleópatra* — ele fazia o romano Marco Antônio. O Vaticano chegou a denunciá-la como imoral. Quanto ao diamante Cartier, rebatizado Taylor-Burton, ele está hoje nas mãos de um saudita.) Quando Liz ficava doente, era também para valer: naturalmente, seus diversos problemas de saúde se agravaram na velhice, mas ela enfrentou de pneumonias quase fatais a um tumor no cérebro. Quando se apaixonava, principalmente, era com veemência, e quando brigava era com vigor tremendo (de novo, Burton foi seu par perfeito nesses paroxismos de humor). Nada em Liz, porém, era tão extremo quanto a beleza. Além daqueles olhos de profundidades insondadas, sombreados por cílios tão longos que um diretor certa vez pediu que ela os tirasse — achou que eram postiços —, Liz tinha curvas generosas que, arrematadas pela pele cremosa, sugeriam convites indizíveis.

Tão bela foi Liz que demorou para que o público e a crítica se apercebessem de que ela podia ser também uma grande atriz. Menos porque desdenhassem de seu talento — sua personalidade foi sempre tão enorme e magnética que era difícil resistir a ela —, e mais porque sua radiância ofuscava percepções racionais. De início, nem os diretores se preocupavam com essa questão, se ela sabia ou não atuar. O que se queria de Liz era que fosse Liz. Coube a ela própria sentir a insatisfação e aplacá-la com papéis então tidos como perigosos, mas nos quais ela podia extravasar seu erotismo, sua eletricidade e sua inquietação artística. Liz exalava desejo e culpa, convite e recusa, em filmes como *Gata em Teto de Zinco Quente*, com Paul Newman, e *De Repente, no Último Verão*, com Montgomery Clift (ambos adaptados de Tennessee Williams, o dramaturgo ideal para uma mulher tão intensa). Em *Quem Tem Medo de Virginia Woolf?*, baseado na peça de Edward Albee, ela guerreou com Burton com veracidade perturbadora e se expôs como poucas estrelas, ainda hoje, ousam fazer: engordou, exibiu sua vulgaridade (sim, esse era um lado importante de sua personalidade), desesperou-se, embriagou-se. Ganhou o Oscar. Comentário do marido: "É. Mas eu não ganhei". A união com Burton era, em si só, um ato de coragem. Louco por Liz, o ator galês, filho de um mineiro de carvão, podia ser de franqueza brutal. Sobre a beleza da mulher, disse: "Os olhos são esplêndidos. Mas ela tem queixo duplo, é peituda e tem pernas curtas".

Liz, porém, era surpreendentemente equânime no que se referia à opinião alheia. Chegou a dizer que aquela Elizabeth Taylor que se construíra nos tabloides lhe era meio repugnante, mas não despendeu nada de sua energia monumental para reconfigurar essa imagem. Quando devolvia o golpe, era de maneira ferina, mas divertida. Certa feita, a atriz e perua emérita Joan Collins fez um comentário maldoso sobre, de novo, o queixo duplo de Liz. "Não pegou em nenhum lugar que doesse", replicou a estrela, dando de ombros. Joan se converteu em admiradora incondicional. Liz firmou amizades profundas e duradouras. Amava James Dean, com quem contracenou em *Assim Caminha a Humanidade*, e desabou com sua morte prematura. Era devotada a Rock Hudson, e também a Michael Jackson, que conheceu já bem mais velha (foi no rancho dele que, em 1991, celebrou seu oitavo e último casamento, com Larry Fortensky). Até onde se pode afirmar algo tão íntimo, foi uma mãe querida para os dois filhos e as duas filhas (uma delas adotada), e todos estavam ao seu lado no momento de sua morte. Até com Debbie Reynolds, a quem ela humilhou com o roubo de Eddie Fisher, reconstituiu a amizade. Disse a atriz Carrie Fisher, filha do casal desfeito: "Se era para papai deixar mamãe, fico feliz que tenha sido por Liz".

A partir dos anos 80, com a saúde fragilizada e a silhueta cada vez mais arredondada, Liz pouco trabalhou — seu último papel marcante, se é que se pode dizer assim, foi em *Os Flintstones,* de 1994. A Liz desse período é a da extravagância. Dizer que ela se enfeitava como uma perua nem começa a dar conta de quanto podia ser espalhafatosa. Mas continuava singrando, impávida, no oceano de espanto provocado por sua figura. "Liz torna os conceitos de bom e mau gosto igualmente insignificantes", escreveu a crítica Margo Jefferson em 1998. Pode-se explicar assim o que Margo quis dizer: as outras grandes estrelas de Hollywood foram símbolos. Símbolos de sensualidade, como Rita Hayworth e Marilyn Monroe. De elegância, como Grace Kelly. De feminilidade, como Audrey Hepburn. De audácia e voracidade, como Ava Gardner. Eram, por assim dizer, mulheres adjetivas, que expressavam com mais ênfase um aspecto qualquer entre os vários que podem construir um ícone. Liz era a mulher substantiva: foi a estrela, porque foi tudo isso — e mais — ao mesmo tempo. Como as estrelas verdadeiras, as feitas de incandescência, teve de morrer um dia. Mas seu brilho, como o dessas, continuará viajando.

23 DE ABRIL, 2014

# O ESCRITOR EM SEU LABIRINTO

Criador do "realismo mágico" e um dos autores mais populares da América Latina, o colombiano Gabriel García Márquez morre no México, aos 87 anos

**Jerônimo Teixeira** e **Rinaldo Gama**

**PASSADOS MUITOS ANOS,** diante da notícia da morte do escritor, seus leitores haveriam de recordar o dia em que Gabriel García Márquez os levou a Macondo e os apresentou aos Buendía, uma estirpe trágica condenada a 100 anos de solidão, e cujos membros eram propensos aos mais estranhos fins — um ancião da família fundiu-se à vegetação do quintal, uma moça reclusa em um convento fugiu voando, alçada por borboletas, um bebê com rabinho de porco foi carregado por formigas. O mundo já era velho e conturbado no ano de 1967, quando García Márquez — familiarmente chamado de Gabo — publicou *Cem Anos de Solidão* (cujo memorável primeiro parágrafo é glosado aqui), livro fundador de um estilo que ficou conhecido como "realismo mágico" e grande propulsor do chamado boom literário latino-americano, que revelou, entre outros, o peruano Mario Vargas Llosa, o argentino Julio Cortázar e o mexicano Carlos Fuentes — além, é claro, do próprio García Márquez. O fundador de Macondo morreu na quinta-feira 17 de abril, em sua casa na Cidade do México, de complicações decorrentes de um câncer. Nos últimos anos, foi assolado também pelo Alzheimer.

A expressão "realismo mágico" é um tanto equívoca. A simples irrupção de elementos fantásticos no cotidiano, afinal, aparece em vários autores europeus do século XIX *(O Nariz,* do russo Nikolai Gogol, por acaso seria realismo fantástico?). O termo quase nunca é aplicado para definir obras escritas acima da linha do Equador: é uma categoria latino-americana. A rigor, Gabriel García Márquez é, sozinho, o realismo mágico. É com *Cem Anos de Solidão* — um best-seller mundial, com mais de 40 milhões de exemplares vendidos — que o estilo se cristaliza, em todos os seus elementos: a cidadezinha atrasada, dominada por clãs oligárquicos, em cujo cotidiano o maravilhoso parece nascer das pedras. Calcada em Aracataca, cidade colombiana onde García Márquez nasceu, em 1927, Macondo é uma espécie de representação literária do atraso latino-americano; no entanto, o autor sempre teve a destreza de não deixar sua criação se esvaziar em uma mera alegoria política: o leitor é envolvido pela ilusão de uma cidade real, palpável até na sua umidade.

A lista de escritores de quem García Márquez é devedor é longa e heterogênea. Do americano William Faulkner, criador do condado fictício de Yoknapatawpha, no sul dos Estados Unidos, Gabo terá herdado a capacidade de conjurar um território interiorano que parece autossuficiente, como um universo regido por regras muito próprias. De Jorge Luis Borges, o pendor para um certo absurdo metafísico. O checo Franz Kafka terá contribuído com a ousadia de levar o fantástico ao extremo: em uma entrevista de 1981 à *Paris Review,* Gabo recorda a experiência de ler *A Metamorfose* pela primeira vez, em meados da década de 40, em uma pensão de Bogotá, nos dias em que cursava a faculdade de direito (nunca chegou a exercer a advocacia: antes de se tornar escritor, foi, sobretudo, jornalista): "A primeira frase — que conta como Gregor Samsa acorda e se vê transformado em um imenso inseto — quase me derrubou da cama. Eu não sabia que se podia escrever daquela forma. Se soubesse, teria começado a escrever mais cedo". O modo como García Márquez conjuga e mistura essas influências merece este adjetivo tão desgastado em resenhas literárias: original. Da forma como é praticado por ele, o tal "realismo mágico" é uma espécie de lente deformadora aplicada sobre a dura realidade — pobreza, atraso, violência — tantas vezes descrita pelo velho realismo social. Tome-se o exemplo de *A Incrível e Triste História de Cândida Erêndira e Sua Avó Desalmada,* conto que dá título a uma coletânea publicada em 1972. O enredo de exploração sexual é perfeita e tristemente plausível em rincões atrasados da América do Sul: uma avó prostitui a neta adolescente. Mas então entra o olhar pitoresco e exagerado de Gabo, e a jovem prostituta recebe filas de homens em uma só noite, a ponto de encher baldes com o suor acumulado nos lençóis.

Ainda que tenha sido consagrado pelo Prêmio Nobel, em 1982, muitos críticos e escritores desdenharam a exuberância da fantasia e do estilo de García Márquez, diversas vezes acusado de vender uma imagem exótica da América Latina. O escritor Guillermo Cabrera Infante, cubano dissidente da ditadura de Fidel Castro, comparou o colega colombiano à espalhafatosa Carmen Miranda: assim como se dizia que a cantora era *the lady with the tutti-frutti hat* (a mulher do chapéu de tutti-frutti), García Márquez seria, de acordo com a tirada ácida de Cabrera Infante, *the writer with the tutti-frutti pen* (o escritor da caneta de tutti-frutti). Mas a literatura de García Márquez não se resume a mulheres voadoras e a cidades nas quais chove por anos a fio. Sua literatura madura dispensou grande parte desse aparato sobrenatural. *O Amor nos Tempos do Cólera* é um pungente retrato do romance outonal — e o erotismo da idade tardia é retomado em *Memórias de Minhas Putas Tristes,* seu último livro.

"Morrer é nunca mais estar com os amigos", escreveu García Márquez no prefácio de *Doze Contos Peregrinos,* narrativas baseadas em sua experiência europeia (na década de 50, trabalhando como correspondente, ele viveu em Roma e Paris — e jamais se sentiu confortável por lá; sentia-se, numa palavra, "solitário"). Curiosamente, uma de suas maiores amizades foi construída com alguém que não o admirava como escritor: o ditador cubano Fidel Castro, cuja presença oculta parece pesar sobre alguns dramas políticos do escritor *(O Outono do Patriarca* e até *O General em Seu Labirinto,* romance histórico sobre Simón Bolívar). O biógrafo inglês Gerald Martin, autor de *Gabriel García Márquez: uma Vida,* relata que Fidel sempre considerou a ficção do colombiano pessimista e fantasiosa. A palavra que os unia era a política, esta, sim, capaz de tecer, em demoradas conversas, uma língua comum entre dois homens aparentemente tão distintos em sua humanidade. Sim, distintos: diante da realidade miseravelmente fantástica de Cuba, com sua profissão de fé no silêncio imposto aos opositores do regime, a veia realista de que tanto se orgulhava o García Márquez escritor e jornalista se entupia de forma desconcertante.

Um entupimento de que escapou, por exemplo, outro Nobel de larga envergadura, o português José Saramago: em 2003, após a execução, pelo governo castrista, de um grupo de dissidentes, ele anunciou o seu rompimento com Havana (embora em 2005 voltasse a elogiar Fidel). Na época, a escritora e ensaísta americana Susan Sontag chegou a criticar García Márquez por não se haver manifestado contra os fuzilamentos. Ele se declarou contra a pena de morte — mas, haja contradição, ficou do lado do ditador.

Por contraste, o mexicano Octavio Paz e o peruano Vargas Llosa, que, como García Márquez, foram fervorosos admiradores da Revolução Cubana, acabaram rompendo com o totalitarismo tropical (ambos, aliás, com mais vigor do que Saramago). Vargas Llosa e García Márquez foram grandes amigos — conheceram-se em Barcelona, depois da publicação de *Cem Anos de Solidão,* sobre o qual o peruano escreveu um ensaio entusiasmado. A admiração mútua, contudo, se desfez em 1976, com direito a cenas de pugilismo explícito em um cinema do México. O colombiano teria levado a pior, saindo da briga com um olho roxo.

Durante décadas especulou-se qual teria sido o motivo do rompimento. A política seria uma razão mais do que suficiente para isso — Vargas Llosa não apenas se distanciou do esquerdismo da juventude como se tornaria um defensor do liberalismo. Mas uma versão nada inverossímil dá conta de que Vargas Llosa brigou com García Márquez por ciúme de sua mulher. O colombiano parecia cultivar, de fato, um indisfarçável *donjuanismo*. Certa vez, ele disse que, onde quer que entrasse, algo de inevitável acontecia: a mulher mais bonita do local lhe dirigia o olhar. Indagado, em 2012, sobre o motivo de ter deixado de ser amigo de García Márquez, Vargas Llosa declarou: "Vamos deixar essa pergunta sem resposta. É um trato que ele e eu temos. Vamos deixar que nossos biógrafos, se os merecermos, investiguem a questão".

Na estreita e labiríntica via de mão única que conduz a vida inexoravelmente para a morte, é provável que poucas perdas se comparem à de um amigo. García Márquez sabia disso. Em uma ocasião, sonhou com o próprio enterro, que ocorria em clima de descontração, na companhia de seus melhores parceiros. Quando eles começaram a ir embora, tentou acompanhá-los — até que um se virou e disse que, para ele, a festa acabava ali. Agora que a morte deixou de ser apenas um sonho na vida de Gabriel García Márquez, pode-se constatar que a festa de sua literatura vai prosseguir: a escrita não deixa de ser uma demonstração de amizade do autor para com o mundo, para além do seu espaço e do seu tempo.

# ÍNDICE ONOMÁSTICO

# F



# G



# H

# I



# J



# K

# L



# M

# N



# O



# P

# Q



# R



# S

# Y



# Z

Este livro foi composto nas tipologias Veja Serif e Titling GothicFB e impresso em papel chambril avena (imune) 70 g/m² pela Pancrom Indústria Gráfica, com tiragem de 120 000 exemplares.